BIOGRAFIAS — MEMÓRIAS — DIÁRIOS — CONFISSÕES
ROMANCE — CONTO — NOVELA — FOLCLORE
POESIA — HISTÓRIA

1. MINHA FORMAÇÃO — Joaquim Nabuco
2. WERTHER (Romance) — Goethe
3. O INGÊNUO — Voltaire
4. A PRINCESA DE BABILÔNIA — Voltaire
5. PAIS E FILHOS — Ivan Turgueniev
6. A VOZ DOS SINOS — Charles Dickens
7. ZADIG OU O DESTINO (História Oriental) — Voltaire
8. CÂNDIDO OU O OTIMISMO — Voltaire
9. OS FRUTOS DA TERRA — Knut Hamsun
10. FOME — Knut Hamsun
11. PAN — Knut Hamsun
12. UM VAGABUNDO TOCA EM SURDINA — Knut Hamsun
13. VITÓRIA — Knut Hamsun
14. A RAINHA DE SABÁ — Knut Hamsun
15. O BANQUETE — Mario de Andrade
16. CONTOS E NOVELAS — Voltaire
17. A MARAVILHOSA VIAGEM DE NILS HOLGERSSON — Selma Lagerlöf
18. SALAMBÔ — Gustave Flaubert
19. TAÍS — Anatole France
20. JUDAS O OBSCURO — Thomas Hardy
21. POESIAS — Fernando Pessoa
22. POESIAS — Álvaro de Campos
23. POESIAS COMPLETAS — Mário de Andrade
24. ODES — Ricardo Reis
25. MENSAGEM — Fernando Pessoa
26. POEMAS DRAMÁTICOS — Fernando Pessoa
27. POEMAS — Alberto Caeiro
28. NOVAS POESIAS INÉDITAS & QUADRAS AO GOSTO POPULAR Fernando Pessoa
29. ANTROPOLOGIA — Um Espelho para o Homem — Clyde Kluckhohn
30. A BEM-AMADA — Thomas Hardy
31. A MINA MISTERIOSA — Bernardo Guimarães
32. A INSURREIÇÃO — Bernardo Guimarães
33. O BANDIDO DO RIO DAS MORTES — Bernardo Guimarães
34. POESIA COMPLETA — Cesar Vallejo
35. SÔNGORO COSONGO E OUTROS POEMAS — Nicolás Guillén
36. A MORTE DO CAIXEIRO VIAJANTE EM PEQUIM — Arthur Miller
37. CONTOS — Máximo Górki
38. NA PIOR, EM PARIS E EM LONDRES — George Orwell
39. POESIAS INÉDITAS (1919-1935) — Fernando Pessoa
40. O BAILE DAS QUATRO ARTES — Mário de Andrade

O BANDIDO DO
RIO DAS MORTES

Vol. 33

Capa
Cláudio Martins

EDITORA ITATIAIA
BELO HORIZONTE
Rua São Geraldo, 53 — Floresta — Cep. 30150-070
Tel.: 3212-4600 — Fax: 3224-5151
e-mail: vilaricaeditora@uol.com.br
Home page: www.villarica.com.br

Bernardo Guimarães

O BANDIDO DO RIO DAS MORTES

EDITORA ITATIAIA
Belo Horizonte

2005

Direitos de Propriedade Literária adquiridos pela
EDITORA ITATIAIA
Belo Horizonte

Impresso no Brasil
Printed in Brazil

ÍNDICE

Ao Leitor	11
Capítulo I - Duas Palavras de Apresentação	13
O Bandido	20
Capítulo II - Ouro Preto em 1709 - O Padre João de Faria Fialho	27
Capítulo III	38
Capítulo IV	42
Capítulo V - O Encontro	80
Capítulo VI	85
Capítulo VII	92
Capítulo VIII	104
Capítulo IX	112
Capítulo X	121
Capítulo XI	140
Capítulo XII	151
Capítulo XIII	156
Capítulo XIV	165
Capítulo XV	168
Capítulo XVI	173
Capítulo XVII	182
Capítulo XVIII	188
Capítulo XIX	202
Capítulo XX	212
Capítulo XXI	218
Capítulo XXII	224

Belo Horizonte, 12 de junho, 1942.

Srs Briguiet E Cia.
                    Rio.

Prezados senhores. - Estando vossa Livraria editando em serie as obras de Bernardo Guimarães, meu falecido pai, resolvemos, eu e meus irmãos, propor-vos a compra da propriedade seu ultimo romance, "O Bandido do Rio das Mortes, unico livro da autor de que temos exclusivamente o direito de reprodução, tendo (10 romances, 6 novelas, 4 Livros de poesias e um drama), quase todos de edições esgotadas, perdido o direito de propriedade por já haver decorrido, de asordo com a lei, o prazo que no-lo garantia, podendo hoje qualquer editor edita-os. O mesmo não se dá com o romance. O Bandido do Rio das Mortes, por que, tendo sido concluido e publicado pela viuva do romancista em 1905, só aos seus herdeiros cabe o direito de tirar dele outras edições, por um prazo ainda de 15 anos ou seja até 1955.

O fato de terdes tirado outra edição de "Maurício" é o que nos induz a levar-vos agora a presente proposta de compra, pois o romance de que se trata é uma continuação daquele; completa-o, embora possa ser lido separadamente, por formar por si só um romance áparte, jogando com os mesmos personagens anteriores a seu tempo, como Camilo Castello Branco, que, tendo escrito o mistérios de Lisbôa, continuou-o, empregando os mesmos personagens no "Livro Negro de Padre Diniz", que só por si constitue um romance completo. O autor usou aí do processo de escrito.

Tivemos que mover uma ação contra o Jornal do Brasil, que, tendo começado a publicar em folhetos "Ó Bandido do Rio das Mortes" sem consultar a sua proprietaria, ainda viva em 1933, não quiz chegar a um acordo amigavel e acitavel. Essa pendencia ficou resolvida a nossa favor(!) o mez passado, sendo nossos advogados no Rio os drs. Confucio Pamplona e Diogo Gomes Xerez. Soublinho de proposito a expressão — a nossa favor, porque, já havendo o integro juiz, dr. Homero Brasilicense dado sentença a nosso favor, que mandava aquele jornal nos pagar a indemisação de 65:000.000 mais as custas, um cambalacho cansidico posterior, que não conseguimos entender deu causa a nova liquidação que calculou a indemisação que recebemos em 3:100.000!, depois de nove anos de pendencia juridica. De modo que, a bem dizer, o unico lucre que tivemos de toda essa questão foi a conservação, ou antes, o reconhecimento de nosso direito de propriedade sobre a obra. Esse livro teve duas edições, a primeira, de 5.000 exemplares, feita na Imprensa Oficial de Minas, e a segunda, no Rio tirada pelo sr. Monteiro Lobato.

Não encontro um exemplar de qualquer uma dessas edições para juntar a esta. Ai fica um breve histórico do livro.

Si convier-vos a proposta que vos faço, de acordo com meus irmãos, deixo ao vosso justo criterio estabelecer um preço de compra, pois, não sendo comerciantes, falta-nos a pratica sobre qualquer transações comerciais.

Aguarda vossa resposta,
Fico
Vosso criado at°.
Bernardo Guimarães Filho

B. Horizonte. Brasil-Hotel
462. Rua da Baía

Fac-Símile da carta de Bernardo Guimarães Filho.

Entre os abaixo assignados, o Sr. Bernardo Joaq.^m da Silva Guimarães, morador em Ouro Preto de Minas, como auctor, e B. L. Garnier, estabelecido no Rio de Janeiro, como editor foi convencionado e contractado o seguinte:

§ 1º

O Sr. Bernardo Joaq.^m da Silva Guimarães, vende a B. L. Garnier, a propriedade, com todos os direitos de auctor, de sua obra intitulada "Mauricio ou os Paulistas em S. João D'El-rei," pela quantia de um conto de reis (1.000$000) já pagos.

§ 2º

Em fé de que, passarão dous contractos de igual theor, por cujo cumprimento obrigão-se, por si e seus bens, bem como por seus herdeiros e successores cujos contractos entre si trocarão depois de assignados.

Rio de Janeiro, 28 de Março de 1876.

Bernardo J. da Silva Guimarães

B. L. Garnier

Bernardo Joaq.m do S.to Guimarães

Maurício ou os Paulistas em S. João d'El-Rei

Rio 28 de Março de 1875

106 — 297 1.000,000.

Fac-Símile do contrato de cessão de direitos autorais de
Maurício ou os Paulistas em São João del-Rei

AO LEITOR

Termos apresentado na Câmara dos Deputados um projeto, convertido em lei, autorizando a impressão deste livro por conta do Estado de Minas, motivou caber-me a tarefa de rever as provas tipográficas e corrigir o original, a pedido da viúva do inditoso poeta e romancista.

Mais do que esperávamos, se nos tornou árdua a empresa, pois Bernardo Guimarães será um marco milenário de um dos estádios da língua brasileira; di-lo com incontestável autoridade Sílvio Romero: "Bernardo Guimarães pode ser tomado como um documento para estudar-se as transformações da língua portuguesa na América. Nas locuções, no modo de dizer, no tour de frase o espírito atilado vai marcar as variações da língua no Brasil".

É bem de ver e fácil para [ser][1] compreendido o respeito, o acatamento, a timidez cuidadosa com que ousamos corrigir erros, mui poucos, preencher faltas e alinhar frases, que pelo autor seriam certo melhor torneadas, se não deixasse apenas um autógrafo inacabado, incompleto, desconexo às vezes, o qual muito brilho daria às letras se Bernardo o houvesse remodelado.

Quem pretendesse retocar um painel de Murilo, quem ousasse enflorar à moderna uma estância de Camões ou um hexâmetro de Virgílio, nem mais respeito e nem mais timidez teria do que nós com a tarefa de rever o original e as provas tipográficas. Ao labéu de sacrílego, que com desem-

---

[1] O período, na edição original, apresenta-se truncado. Por essa razão, acrescentamos a palavra "ser", entre colchetes, para torná-lo mais claro.

baraço profanamos uma obra de arte, preferimos que a severidade da crítica nos acuse, porque perdoamos senões, porque não ornamos de passamanes vistosos os períodos, donde ressumbram o "caráter nacional das narrações, a simplicidade dos enredos e a facilidade do estilo de Bernardo Guimarães".

Precatado andamos que nosso ofício se limitasse a simples revisão, e, como escusa bastante, nos acolhemos à autoridade de Sílvio Romero, que para muitos pontifica em matéria de letras: "Bernardo Guimarães era do número dos que se não preocupam com as portentosas maravilhas do purismo: não quebrava a cabeça nem perdia o sono cismando sobre a coloração dos pronomes e outras brilhaturas da espécie... quando o escritor é como Bernardo Guimarães inteiramente despreocupado de purismo, quando escreve conscientemente em dialeto brasileiro, podem-se-lhe desculpar certos erros".

Saboreiem os leitores a prosa mimosa e louçã de Afonso Celso, o mais mimoso dos nossos estilistas, aquilatem como de subido valor o livro de Bernardo Guimarães, e deixem passar despercebidos os ligeiros senões de um autógrafo, que não foi corrigido, emendado e revisto pelo autor.

S. Domingos do Prata, 1º de agosto de 1905.

P. João Pio.

DUAS PALAVRAS DE APRESENTAÇÃO

I

Segundo os antigos, os livros, como os homens, têm o seu destino.

Nas velhas cousas há sempre verdade. Continua cada opúsculo moderno a ser levado por uma sina, boa ou má. A história de não poucos constitui genuíno romance, cheio de peripécias dramáticas. É o caso deste que ides compulsar, leitor. O presente romance tem o seu romance. Basta isso a que por ele vos interesseis.

Compô-lo Bernardo Guimarães ou, melhor, improvisou-o, não já ao correr, mas ao galopar da pena. Anoitecia-lhe a existência. Deixou apenas em esboço os derradeiros capítulos.

A novela é continuação e conclusão de outra do mesmo genitor: Maurício ou os Paulistas em S. João Del-Rei. Andou o manuscrito de mão em mão, à procura de quem lhe desse remate. Extraviou-se. Parecia condenada a obra a definitivo desaparecimento e olvido.

A isso, porém, não se resignou a digna viúva do morto, D. Thereza Guimarães. Com inexcedível solicitude, com insigne perseverança (que não conseguem as mulheres?) logrou reaver os trechos esparsos. Concatenou-os, recopiou-os, engendrou para a narrativa o desfecho que lhe faltava. Em seguida, graças à dedicada coadjuvação do Ex.mo. e Rev.mo. Padre João Pio de Souza Reis, alcançou do Congresso Mineiro que fosse o trabalho impresso à custa do Estado. Tornou-se, destarte, D. Thereza Guimarães secretária, colaboradora, editora de seu marido. Mais ainda: salvadora do livro. Revelou inteligente devotamento à obra do esposo morto, equiparável ao de Madame Michelet, ou de Madame Alphonse Daudet, acrescendo que a soma de esforços necessárias no Brasil foi incomparavelmente mais meritória do que a reclamada em França.

De maneira indireta, toda consorte de escritor pode eficazmente cooperar na tarefa de seu companheiro: organizando-lhe os meios de produção fácil e fecunda, quer dizer, poupando-lhe certas preocupações domésticas, mantendo-lhe a serenidade do lar, proporcionando-lhe as condições de espírito indispensáveis à elaboração de primores.

D. Thereza Guimarães foi além. Debateu-se contra a indiferença e a má vontade, superou mil embaraços, para que o último filho intelectual de Bernardo, nascido quase invivedouro, não perecesse à míngua.

Durou nada menos de 4 lustros esse carinhoso labor maternal. Vinte e um anos após o falecimento do autor, surge à publicidade, e reconstituído integralmente, o derradeiro volume.

Representa a publicação ingente cabedal de fadigas, sacrifícios e tenacidade. D. Thereza Guimarães fez jus à gratidão das letras mineiras. E D. Thereza Guimarães assim procedeu arcando com óbices de outra ordem. Imaginai: viúva, pobre, educando filhos, sustentando velha mãe enferma!

Deve ser, pois, de agora em diante, lembrada, sempre que se nomear o seu glorioso marido. O nome dela ainda uma vez se enlaçou perpetuamente ao do preclaro autor do Seminarista e do Ermitão do Muquém.

Não achais o fato belo e tocante, leitor? Sois mineiro, isto é, acessível a todas as nobres comoções. Vejo-vos, portanto, curvado, qual eu estou, na mais respeitosa reverência, perante D. Thereza Guimarães.

Salve, ínclita mineira, excelentíssima senhora!

II

Valeria a pena o empreendimento de D. Thereza Guimarães?

Sem dúvida. Quando menos, assiste ao romance póstumo de Bernardo a valia de curioso documento. Sucinta resenha do entrecho vo-lo demonstrará. De bandido nada se percebe no herói. É galhardo, cavalheiro. Consiste-lhe o crime único em amar D. Leonor, filha de D. Diogo, capitão-mor de São João del Rei, no tempo dos bandeirantes, disputando-a à ambição de Fernando, primo da mesma.

Deseja Fernando desposar D. Leonor, com o só intuito de herdar a fortuna e o cargo do tio, já idoso.

Abre-se a exposição quando Maurício, foragido, vai buscar, a Ouro preto, reforços e munições para atacar os emboabas capitaneados, em S. João, pelo cruel e ambicioso Fernando, ataque no qual cumpria proteger ao capitão-mor e à sua filha.

A Maurício acompanham Itaubi, também chamado Antônio, índio catequizado, filho de Itapema, ex-chefe de poderosa tribo Aimoré, e Iambi, negro forte e corajoso.

Itaubi, à semelhança de Maurício, vota ódio de morte aos emboabas; Maurício, pela crueldade com que tratam os indígenas e desdém que empregam relativamente aos altivos íncolas de São Paulo de Piratininga; Itaubi, porque eles escravizaram Indaíba, aquela a quem adora, a formosa filha de Irabussu, ex-cacique dos carijós.

Há para Maurício outros motivos de acometer o arraial: vingar-se de Fernando que insidiosamente convencera Leonor ser ele, Maurício, traidor e vilão; justificar-se, ante aquela e o capitão-mor, da morte de Afonso, jovem e impetuoso irmão da moça, que, em renhido combate entre paulistas e emboabas, sucumbira às mãos do mesmo Maurício.

15

Auxiliado por Itapema e Itaubi, alcança Maurício um troço de aimorés e paulistas fugitivos de S. João. Com essa diminuta gente, vai investir contra o arraial. Em caminho, sucede topar com seu amigo Gil, que lhe vinha ao encalço, comandando um bando de paulistas. À tropa de Gil agrega-se Maurício, formando pequeno exército.

Dirigem-se à gruta do pai de Indaíba, Irabussu. Devem aí reunir-se ao resto dos indígenas e paulistas escapos de São João, após a peleja em que expirara o irmão de Leonor. Na gruta, além de Irabussu, o bugre feiticeiro, conforme o alcunhavam os emboabas, estacionava mestre Bueno, velho mestiço, devotadíssimo a Maurício e inimigo, por seu turno, dos emboabas, que lhe haviam escravizado a filha, a graciosa Helena.

Ainda outro afeiçoado de Maurício ali se via, o Capitão Nuno, valente paulista. Aprestavam-se Maurício e Gil para o assalto, quando souberam por Irabussu que Fernando se aliara a Caldeira Brant, célebre bandeirante, orgulhoso e mau, aumentando assim consideravelmente a guarnição defensora do arraial.

Não desanimam. Enviam Iambi entender-se com Amador Bueno, outro afamado bandeirante, de índole benévola, amigo dos paulistas, rival de Caldeira Brant.

Amador acede, desejoso de responder a um desafio do altaneiro Caldeira Brant. Guiado pelo intrépido Itambi, marcha à frente dos seus, para a gruta de Irabussu, onde este, ao lado de Maurício, Gil, Itaubi e mestre Bueno o aguardam impacientes.

Entretanto, Leonor não olvidara Maurício, como Indaíba, identicamente, não olvidara Itaubi. Julgava a primeira que Maurício traíra a D. Diogo, pactuando com os indígenas assaltantes do arraial; supunha-o assassino do irmão. Amava-o, a despeito de tudo; e, ao anunciar-lhe Fernando de boa fé a morte de Maurício, não vingou a donzela dissimular o seu desespero. Daí imensa cólera em Fernando. Odiava Maurício; deplorava não o apanhar vivo, para o torturar à vontade, antes de, com a própria mão, o trucidar. Eis o dia da peleja. Leonor e seu pai vão vê-la do cimo de um morro. Indescritível o júbilo da bela, ao avistar na frente dos contrários o nunca esquecido Maurício. São completamente batidos os emboabas e Caldeira Brant; Fernando, mortalmente ferido, não tardará a expirar. Maurício acerca-se do capitão-mor e de sua filha, dando-lhes cabais explicações restaurando a verdade, perfidamente falseada por Fernando. Calixto, outro amigo de Maurício, noivo de Helena, corrobora as asserções daquele. Termina a história, a contento geral: mestre Bueno, Itaubi e Irabussu abraçam os filhos que choravam; casam-se os adoradores com as respectivas adoradas.

III

É, como se viu, a um tempo... ingênuo e complicado. Escassa psicologia; violenta ação. Acumulação de personagens; dispersão em escusados episódios, repetições, cousas perfeitamente dispensáveis.

Sem embargo, interessa, o caráter de cada indivíduo desenha-se acentuadamente. Nos incidentes, há seguro colorido e firme perspectiva. Mais que chão, em extremo familiar, encanta o estilo pela espontaneidade borbulhante. Não se azou ao autor ensejo de ser conciso.

Afirmadas em tantos trabalhos anteriores, persistem aqui as qualidades de Bernardo.

Em primeiro lugar, o vivo amor à natureza brasileira, o dom de evocá-la, de lhe interpretar a suavidade e a excelsidade. De quase todas as páginas, evola-se o olor das florestas virgens, com os pios ásperos ou bramidos de aves ariscas. De súbito, desvenda-se imenso panorama, impreciso, misterioso e soberbo. Sombra intensa, agora, cortilhada de vagas cintilações infinitas...

17

A par desse amor e dessa evocação, conhecimento dos costumes, das tradições, das particularidades natais. Sente-se que conversou afetuosamente assuntos antigos; viajou; tratou com os moradores, tropeiros ou garimpeiros, apreendendo-lhes, sobre a linguagem, o modo especial do pensar e do sentir. Daí a apresentação de tipos inconfundíveis, substancialmente nacionais, que perambulam nos volumes.

Em seguida, a graça, — graça desajeitada, muita vez, — como a das formosas virgens da roça, graça desataviada e fresca, a provocar indulgente sorriso de simpatia.

Dominando, embebendo tudo, acendrada poesia. Porque Bernardo Guimarães foi primordialmente poeta. Poeta pela fina sensibilidade, pela opulência das sensações, pelo transcendente predicado de perceber e traduzir aspectos sutis do mundo material e do mundo íntimo. Não já de seus versos, mas de seus mínimos escritos exala-se poesia. Poesia inconsciente, como a do pássaro trinando, ou a do arroio a derivar.

Poeta pela maneira como produziu, pelo jeito do seu viver.

Embora desordenado, escreveu bastante. Foi um ativo, um fecundo. Considerando a existência que levou, o meio onde o seu espírito evolveu, desprovido de estudos e estímulos, ninguém se eximirá a lhe admirar assim a cerebração como a fertilidade dela decorrente.

Ser de eleição, dotado de nobre engenho, não o malbaratou.

Poderia deixar ainda mais e ainda melhor? Poderia, sem dúvida. Abundam em seus livros fragmentos esparsos de obra-prima. Coordenados, ajustados com paciência e tempo, eliminadas as excrescências, surdiria a obra-prima absoluta e imortal.

Mas o que deixou basta a lhe perpetuar a memória na estima e veneração de quantos o lerem; basta a lhe insculpir a figura na galeria dos brasileiros egrégios.

Jacta-se Minas Gerais das pedras preciosas extraídas das suas entranhas.

Por maioria de razão, deve ufanar-se desta inteligência. Nascida, descuidosamente lapidada no solo mineiro, despediu ela fulgurações inefáveis, cristalizadas em livros, — fulgurações mais valiosas que as das gemas riquíssimas.

Affonso Celso

Vila Petiote — Petrópolis — VII — 1905

Capítulo I

OS BANDIDOS

Nas sombrias e lôbregas[2] serranias que demoram ao sul de Ouro Preto, nas vizinhanças do pequeno arraial do Itatiaia, que então não existia e que hoje em ruínas tende a desaparecer do mapa da província, se é que algum dia aí figurou, há um pequeno vale dominado por um serrote de singular configuração.

Quem, passando ao pé do Itatiaia, se dirige para a Capital de Minas, depois de passar sobre uma ponte o ribeirão que tem o mesmo nome do arraial, sobe continuamente por espaço de cerca de meia légua até chegar a esse pequeno vale no meio do qual desliza um regato a cuja margem esquerda se estende uma vargem de uns cem metros de largura. Esta vargem, elevando-se em suave declive, vai morrer ao pé de um serro que se eleva abrupto e alcantilado[3], quase a prumo, em extensão de meio quilômetro, como a barbacã[4] de um castelo de gigantes. O que concorre ainda para dar-lhe a mais perfeita semelhança de uma fortaleza colossal, é que, sobre seus cimos, traçados por uma linha horizontal quase sem inflexão alguma, dois cômoros se elevam nas duas extremidades de forma tão regular que imitam perfeitamente dois torreões como esses que na velha Europa guarneciam as antigas muralhas das cidades góticas.

A época em que começam os acontecimentos de cuja narração nos vamos ocupar é nos primeiros anos do século

---

[2] Lôbregas: lúgubres.
[3] Alcantilado: escarpado, íngreme, escabroso.
[4] Barbacã: muro avançado, construído diante de muralhas, e mais abaixo do que elas.

passado, época em que os exploradores portugueses e as bandeiras paulistanas cruzavam as regiões destas minas em contínuo movimento, à semelhança das tribos selvagens.

Figuraram então três nomes que ficaram para sempre célebres nos anais dos primeiros descobridores das minas: — Amador Bueno, Borba Gato e Nunes Viana. Os dois primeiros, paulistas, fiéis e submissos às leis e autoridades da Metrópole, mas aventureiros audazes e ambiciosos, só curavam de estender suas explorações por todo o território de Minas. O terceiro, Nunes Viana, era português, mas a acreditar-se a tradição muito verossímil, viera ainda criança para o Brasil, e era tão bom sertanista como qualquer dos outros. Enriquecera extraordinariamente, e por seu tino e habilidade alcançara tal influência e prestígio entre seus patrícios, que estes, suportando com impaciência o jugo das leis do Reino, se insurgiram e aclamaram seu chefe a Viana, que nesse posto causou bastante inquietação ao governo do reino.

Vê-se, pois, que não eram os paulistas os mais rebeldes ao governo da metrópole, mas sim os portugueses. Todavia não era em todos os pontos das minas que isto sucedia; isolados e dispersos como andavam os diversos grupos de uma e outra origem, por toda a vasta extensão, não podia haver entre eles uma combinação geral, e nem sempre eram os paulistas os vassalos fiéis, nem os emboabas os revoltosos; mesmo em uma ou outra localidade se congraçaram sem se dar entre eles a menor cizânia[5], como se verá no decurso desta narrativa.

Ali, bem ao pé do serro, junto a um rancho coberto de capim e de beira de chão, sentados sobre a relva, em um dia de novembro de 1709, achavam-se três vultos que conversavam entre si em tom grave, sombrio e misterioso.

---

[5] Cizânia: discórdia.

Estes três personagens divergiam essencialmente entre si na cor, no trajo e na fisionomia. O que se achava colocado entre os dois era um jovem de cor branca, e, posto que com a tez bastante tisnada pelos rigores do sol tropical, mostrava pelas feições nobres, regulares e caucasianas, que em suas veias girava sem mescla sangue europeu, talvez andaluz ou castelhano. Estava todo vestido de couro de veado e trazia na cabeça um largo sombreiro de palha de coqueiro; tinha por armas um punhal com guarnições de prata, uma escopeta e uma pistola de dois tiros. Em sua fisionomia ressumbrava um certo ar de sombrio abatimento. O outro era um índio, também moço, que no rosto e no olhar tinha uma expressão franca, audaz e resoluta; vestia os restos esfarrapados de uma camisa e calção tecido de algodão grosso. Trazia no cinto uma comprida faca de mato e jaziam-lhe ao lado, sobre a relva, um reforçado arco e um feixe de flechas.

O terceiro era um preto de estrutura agigantada, algum tanto mais idoso que seus comparsas, mas que parecia ser tanto ou mais ágil e robusto que os outros. Os nédios e espadaúdos ombros nus luziam-lhe ao sol como ébano brunido; trazia como única vestimenta um saiote ou tanga de couro de onça que da cintura lhe descia até um pouco abaixo dos joelhos. Suas feições enérgicas e pronunciadas nada tinham da grosseria e irregularidade africana e indicavam pertencer ele a essa raça mina, cujo tipo em nada diverge do árabe ou do muçulmano, senão na cor da pele ou no encarapinhado dos cabelos. Suas armas eram uma faca de ponta e uma comprida azagaia munida de aguda choupa de uma madeira tão rija como o ferro. Mais ao longe, em distância de uns duzentos passos, se divisava, remoinhando, um grupo confuso de vinte e tantos a trinta homens, em porte, feições, traje e armamento tão originais e divergentes entre si, como os três que acabamos de descrever.

O leitor naturalmente pensará que essa tropilha não é mais do que um bando desses exploradores ou bandeirantes que percorrem os sertões, afrontando todos os perigos, sujeitando-se a todo gênero de privações para descobrir jazidas de ouro ou pedras preciosas; e nem outra coisa é de presumir.

Ouçamos o diálogo que entre si travam os três personagens de que acima nos ocupamos, e veremos até que ponto pode ser exata a nossa conjectura.

— Itapema — disse o branco, dirigindo-se ao caboclo, — estou quase a desesperar. Há mais de quatro meses que andamos foragidos por estes ermos e nada conseguimos, nem gente, nem ouro.

— Se quer que lhe fale verdade, patrão, — respondeu o bugre, — nós não fizemos bem em vir para tão longe. Lá mesmo pelas redondezas de São João del-Rei, hoje mais perto, amanhã mais longe do arraial, se podia ter arranjado gente para dar cabo daquele maldito Capitão-mor e de toda a sua grei.

— Mas Itapema, e minha cabeça a prêmio. E os agentes assassinos, a quem prometeram quantos mil cruzados?... já nem me lembro...

— Vinte, patrão.

— Ah! bem vês... por aquelas imediações todos me conhecem perfeitamente e não haveria disfarce que pudesse me livrar do punhal dos pérfidos e avaros assassinos, e eu não quero morrer sem me justificar aos olhos de Leonor, sem desmascarar o infame Fernando e salvá-la, vingando-me dele.

— Sim, patrão; mas mesmo para isso, não teria sido melhor ficar por lá, mais perto?... ao menos poderíamos ter notícias de nossa gente que lá ficou nas unhas do capitão-mor e do maldito Fernando; de D. Leonor, de minha Indaíba, de mestre Bueno... quem sabe o que será feito deles?!...

— Sim, meu amigo; esta incerteza da sorte das pessoas a quem tanto amamos, por quem temos feito tantos sacrifícios, é sem dúvida mais um martírio cruel; mas por lá, nos domínios do capitão-mor, a vigilância deve ser extrema, e, antes que pudéssemos arranjar meios de fazer frente a eles, e exigirmos com as armas na mão aquilo que, bem pode-

23

mos dizer é nosso, que constitui nosso cabedal, nossa ventura e nossa paz, tínhamos de ser vítimas de alguma emboscada bem armada, ou de alguma traição.

— Ah! meu branco! — exclamou o negro, erguendo o corpo musculoso e firmando-se na azagaia arrimada ao chão. Para que a gente há de estar aqui agora a cismar no que já se passou e a lastimar à toa a sorte da gente que lá ficou nas mãos daqueles malditos? O que está feito, está feito. Uma vez que estamos aqui vamos ver se ajuntamos gente. Estamos em Vila Rica; sempre eu hei de encontrar algum malungo[6] meu, que me queira acompanhar...

— E eu aposto, replicou vivamente o bugre, que, pelo menos uns vinte dos meus irmãos do mato, posso arranjar; e com mais vinte ou trinta pessoas podemos bem avançar para São João del-Rei, ficando por minha conta amarrar toda aquela corja de emboabas.

— Não é tão fácil como supõem, meus amigos. Tenho grande confiança na amizade e dedicação de ambos, mas é preciso pensar...

— Pensar em quê, Senhor Maurício, — falou com sofreguidão o índio.

— Maurício!... Não te lembras que não deves pronunciar esse nome!... não te esqueças, eu me chamo Gaspar e tu Itaubi...

— É verdade, patrão, tinha me esquecido.

— E eu, todos me conhecem por Joaquim; mas agora se não me chamarem Zambi, eu não acudo.

— É preciso fazer-vos sempre esta advertência.

— Certo; mas daqui em diante não havemos de esquecer mais.

— Pelas bandas de Sabará e Caeté nada pudemos conseguir; Nunes Viana ali persegue os meus patrícios e os en-

---

[6] Malungo: camarada, companheiro.

xota como as feras do mato e foi-nos preciso fugir de lá, como fugimos de São João del-Rei. Em Itaverava, onde eu esperava encontrar Amador Bueno, que decerto nos prestaria auxílio contra o inimigo comum, não encontramos ninguém. Queira Deus que o mesmo não aconteça em Vila Rica.

— Pois bem, — disse Gaspar, eu parto agora mesmo para Ouro Preto, que fica a mais de três léguas de distância; vou sondar os ânimos e ver se posso obter aí com o Padre Faria e Antonio Dias, que são paulistas, o que não pudemos arranjar em Sabará, Caeté e Itaverava.

— Mas, por que há de ir sozinho, patrão? O patrão bem sabe que nasci nestas serras e, posto que saísse daqui pequenino, ainda me lembro de tudo isto palmo a palmo. Quero ir com o patrão.

— Não é preciso, Itaubi, eu também já por aqui andei e conheço bem estes sertões. Tu e Zambi levai nossa gente para o alto desse morro. Costeando pela esquerda há caminho muito bom para lá subir...

— Oh! bem estou me lembrando, patrão! Há lá em cima uma extensa campina e uma grande lagoa, caça, pesca com fartura e muito palmito pelas beiras do morro. Lá ficaremos às mil maravilhas.

— Tanto melhor, Itaubi. Desse ponto, tu com Zambi bem podes encontrar, em tuas saídas para caçar e procurar palmitos, alguma gente, alguns dos teus parentes do mato que rodam por estas montanhas; procura angariá-los... Não preciso te dizer mais nada senão que é necessário muito cuidado para que nenhum da nossa gente deserte.

— Não tenha susto, patrão; deixe tudo por nossa conta e se Deus nos ajudar, o patrão há de achar mais alguém no nosso rancho.

— A vosso respeito, meus amigos, eu vou com o coração bem sossegado; mas não sei o que me sucederá lá pelo Ouro Preto.

— Oh! patrão; se acha que corre algum perigo, por que vai sozinho? Por que não vamos todos?

— Perigo sério não há contra minha pessoa; os que lá governam são paulistas e meus conhecidos; mas tenho pouca esperança em seu auxílio.

— Nesse caso, é melhor ficar conosco: vamos procurar só gente do mato.

— Não. Meu branco, vá sempre, para ajuntar gente do mato nós dois chegamos.

Daí a momentos, a pequena tropilha se pôs em movimento, e, depois de costear a ponta oriental do serrote, aquele bando de homens tomou a esquerda, subindo por uma encosta bastante íngreme, mas muito acessível, em procura de palmito, enquanto Maurício, guiando-se mais pelo rumo, pelas vertentes e serros desse país que já conhecia, do que pelos mal abertos trilhos e confusas veredas que então existiam, se dirigia para Ouro Preto.

Estas paragens eram, ainda inóspitos e incultos sertões onde apenas se divisavam, aqui e além disseminados, alguns começos de toscas povoações e alguns fracos vestígios da passagem dos inquietos e vagabundos exploradores, que as percorriam em procura de ouro e pedras preciosas.

Já nesse tempo Antônio Dias e o padre Faria lançavam os fundamentos de Vila Rica nos bairros que até hoje conservam os nomes dos dois ilustres paulistas e onde existem ainda as venerandas relíquias daquela época.

Então o pequeno vale, que é hoje atravessado pela estrada que comunica Ouro Preto à Corte, era um recesso escuro e ignorado.

Capítulo II

Ouro Preto em 1709

O PADRE JOÃO DE FARIA FIALHO

O bandido que havia partido do Itatiaia às duas horas da tarde chegara a Ouro Preto ainda não era sol posto. Quando, havia oito anos, aí estivera pela primeira vez, começavam apenas a desbastar o solo de bastas e emaranhadas florestas que o cobriam, e apenas aqui e acolá via-se uma arranchação pendurada dos alcantis[7], ou quase sumida no fundo dos grotões e alguns acervos de cascalho e esmeril pela beira dos córregos.

Ao chegar aí o bandido, a tarde estava morna, serena e radiante, mas não silenciosa. O eco refrangia pelas quebradas das montanhas os últimos golpes do almocafre[8] e do alvião[9] entre alegres vozerias. Avizinhava-se a hora em que os trabalhadores, largando o serviço, punham as ferramentas ao ombro e se recolhiam às suas habitações, cantando ou conversando alegremente.

As falas do povo, que palrava e cantarolava, casavam-se admiravelmente com o marulhar das águas dos ribeiros que chocalhavam brincando e enredando-se entre o cascalho. Grandes borboletas azuis e brancas esvoaçavam como

---

[7] Alcantis: rocha escarpada, talhada a pique.
[8] Almocafre: enxada.
[9] Alvião: picareta.

flores volantes, pairando e pousando sobre as areias alvas e cintilantes das praias.

Andando por entre essas turmas, o bandido via ali uma casa que se construía, acolá os alicerces de um templo e de outros edifícios que até hoje são notáveis, senão pela grandeza e elegância, ao menos pela solidez da construção e pela superior qualidade dos materiais empregados.

O bandido passava maravilhado por entre esses grupos que trabalhavam, alegres e descuidosos, e notava o vivo contraste que se apresentava no aspecto daquele descoberto comparado com o de São João del-Rei, onde os trabalhadores, livres ou escravos, taciturnos e cabisbaixos, pareciam manejar contra a vontade a ferramenta e, em vez de cantiga alegre e algazarras, murmuravam a meia voz queixas e maldições.

É que em Vila Rica não tinha lavrado a cizânia que separava paulistas e portugueses, e ambos os grupos congraçados lavravam o mesmo solo sem rivalidades odiosas, sendo qualquer conflito, que porventura entre eles surgisse, logo terminado com prudência e espírito de justiça pelos dois ilustres chefes paulistas, a quem todos acatavam.

De fato, Antônio Dias e o padre Faria, como todos os outros chefes e descobridores, governavam com poder absoluto essas colônias, que, sem leis nem autoridades, separadas por longas distâncias e ínvios[10] sertões dos centros administrativos, viviam quase como em regime patriarcal; e, portanto, não é para admirar que das boas ou más qualidades de seus chefes dependessem, muitas vezes, a paz e a prosperidade desses nascentes povoados.

Gaspar, com ar sombrio e abatido, abeirando os córregos, ora encontrando, ora mesclando-se com diversos grupos de trabalhadores que se recolhiam em todas as direções, procurava em vão achar alguma pessoa conhecida, paulista ou emboaba, bugre ou negro.

---

[10] Ínvios: intransitável.

Por fim enxerga um índio velho, que se achava em companhia de um moço da mesma raça e que, longe de acompanharem a alegria geral, se tinham deixado ficar assentados ao lado um do outro, como que conversando tristemente.

Pelo caminho, Gaspar ia monologando consigo:

— Aqui tudo está satisfeito e contente; não acho companheiro. Aqui há paz e alegria, não é como em São João del-Rei.

Quando, pois, encontrou os dois bugres, cujo ar de descontentamento se harmonizava com a situação do seu espírito, dirigiu-se afoitamente a eles.

Gaspar conhecia algum tanto a língua indígena e em um dialeto misturado pediu que lhe ensinassem a casa do Padre Faria.

— Somos de lá, — respondeu o velho — e estamos descansando um pouco para nos recolhermos.

O índio velho respondeu em tão bom português, que Gaspar ficou maravilhado, começando portanto, a falar com ele a língua portuguesa sem mescla de indianismo.

— Quero que me conduzas à casa dele.

— Daqui até lá não tem nem um quarto de légua — podemos ir conversando pelo caminho.

— Pois vamos.

O índio pegou em sua ferramenta, o alvião, o almocafre e o carumbé[11], o filho fez outro tanto e puseram-se os três a caminho, Gaspar, o bugre velho e o moço.

Gaspar, que marchava atrás, observando-os com atenção, notou que tanto um como o outro traziam ao pescoço, em vez dos enfeites selváticos, rosários e bentinhos; compreendeu que eram já catequizados e cristãos e tratou de entabular conversação com eles.

— Então, como te chamas, meu velho?

— Quando estava com os meus companheiros do mato me chamavam Tacapemba, e a este curumim[12], que é meu

---

[11] Carumbé: vasilha ou panela cônica, na qual se conduz o cascalho a ser lavada nas catas de ouro.

[12] Colomi, columi, columim, colomim: o mesmo que curumim, "menino", em tupi-guarani.

filho, Juruci. Mas sinhô Padre Faria quando nos batizou, me botou nome de José e a este o de Francisco.

— Há muito tempo que estão em poder dos brancos?

— Há muito mais de dez anos.

— Já deviam estar acostumados a servi-los; mas pelo ar de abatimento em que os vejo, parece-me não estarem tão satisfeitos como os outros trabalhadores deste povoado.

— Que quer, meu branco? A idade é muita e eu tenho padecido tanto!...

— Pois o Padre Faria não os trata bem?

— Muito bem, o sinhô Padre é um santo homem e nos trata muito bem, mas uns malvados emboabas, que nos agarraram no mato à traição, a mim, a minha mulher e a meus colomins, que eram quatro, mataram o mais velho que procurou resistir; a menina, que já era grandinha, foi dada a um perro de paulista velho que, em pouco tempo, a poder de maldade, enviou a pobrezinha para o outro mundo. O segundo, que era um rapazito muito vivo e muito bonzinho, foi enviado para longe, para São Paulo do Piratininga; e, por mais que me diga o sinhô Padre que ele está lá muito bem arranjado, com um patrão muito bom, assim mesmo meu coração não fica sossegado. Ele era o mimo, o regalo de minha pobre companheira, que a semana passada deu a alma a Deus! Coitada! Tão desconsolada por não ver o filho! Ah! meu Deus!... estou vendo que também vou morrer sem enxergar mais o meu colomim.

Gaspar escutava comovido as palavras do velho indígena, que não pareciam sair dos lábios de um selvagem catequizado já em idade avançada, mas, sim, de um velho cristão que desde o berço professara a religião do Crucificado. Percebeu que o desventurado pai de família enxugava furtivamente com a palma da mão, ao proferir aquelas palavras tão repassadas de dó e sentimento, umas lágrimas escassas, que lhe brotavam dos olhos quase exaustos e, sulcando-lhe as faces, nela se embebiam como gotas de chuva pelos rigores da seca.

Enquanto Gaspar, enternecido, maravilhava-se de ver em um filho daquelas bárbaras e incultas regiões uma alma tão afetuosa e bem formada como a do velho caboclo, uma suposição, luminosa e rápida, como um meteoro, lhe atravessou o espírito.

— E como se chamava esse teu filho? perguntou com sofreguidão.

— Chamava-se Itaubi; mas decerto por lá já lhe deram outro nome.

— Que feliz achado!... murmurou consigo Gaspar — é o pai do meu Antônio!...

— Pois sossega teu coração, meu bom velho, — continuou em voz alta, — quando quiseres, tu poderás ver teu filho.

— Como?... quando? exclamou o bugre em alegre sobressalto.

— Não te posso dizer ainda; mas pode ser isso com mais facilidade e mais depressa do que imaginas.

— Qual! murmurou o velho abanando a cabeça com incredulidade — já estou muito velho. E dizem-me que Piratininga é muito longe; e que morrerei antes de lá chegar.

— Mas, ele pode vir cá.

— Ah! isso sim!... mas ele, coitado, nem sabe onde estou, nem se sou vivo ou morto...

— Tem esperança, meu bom velho; deixa tudo isso por minha conta. Eu sou de São Paulo de Piratininga e conheço muito teu filho; não hás de morrer sem vê-lo e sem deitar-lhe ainda muitas vezes a tua bênção. Mas, por agora, apressemo-nos a chegar à casa do Padre Faria; estou impaciente por falar-lhe hoje mesmo sobre negócio da maior importância.

Esperançado com as palavras de Gaspar, o índio sentiu novo alento dilatar-lhe o peito alquebrado, acelerou os passos, impaciente e ansioso por ter ocasião de ouvir da boca do forasteiro notícias mais circunstanciadas de seu filho. Gaspar, por seu lado, exultava dentro d'alma com aquele encontro tão propício, pois não lhe restava no espírito a menor dúvida de que aquele velho selvagem era o pai do jovem índio que vimos a seu lado junto à serra do Itatiaia.

Escravo ou camarada do Padre Faria, pessoa nenhuma se achava em melhores circunstâncias para conduzi-lo à presença daquele venerável sacerdote, cuja virtude e sabedoria eram apregoadas e exaltadas por todas as bocas naquela redondeza. A idéia, porém, que mais lhe sorria era a esperança de encontrar nele e em seu filho o mas poderoso auxiliar para angariar por aquelas paragens mais alguma gente a fim de reforçar o grupo de que dispunha, grupo ainda tão fraco em vista da arriscada empresa em que pretendia aventurar-se contra os emboabas de São João del-Rei. Parecia-lhe fora de toda dúvida que o velho bugre, descontente da sua sorte com os brancos e ansioso por ver seu filho, não hesitaria um momento em abandonar o Padre Faria e associar-se a ele, levando o outro filho, arrebanhando parentes e conhecidos que, sem dúvida, os teria muitos por aquelas brenhas.

Itaubi saíra de dez anos daquelas paragens, onde nascera e, por certo, não teria tido senão mui confusa recordação das localidades e das pessoas de que vivia separado desde a infância; mas reunido ao pai e ao irmão, com a dedicação ilimitada que votava a Gaspar, e com a resolução, força, coragem, tino e perspicácia de que era dotado, poderia, por certo, em pouco tempo, fornecer-lhe um valioso contingente. Parecia-lhe certo que Antônio não o abandonaria jamais para ficar em companhia do pai, que mal conhecia, em tranqüilo e ignóbil cativeiro; e não só a extrema amizade e dedicação que o índio lhe votava, como principalmente o amor que votava à índia Idaíba, que ficara prisioneira em São João del-Rei em poder do capitão-mor, também eram garantia mais que segura ainda, se é possível, que Itaubi jamais o abandonaria e não deixaria por motivo nenhum de acompanhá-lo a São João del-Rei. Era mais provável, sem dúvida, que o velho índio, em vista da saudade e afeto que mostrava pelo filho que perdera, e do descontentamento em que vivia, não hesitaria em acompanhá-lo por toda a parte.

Gaspar, mui de propósito, não quis revelar ao velho que seu filho se achava ali bem perto, apenas a duas léguas de distância; a sofreguidão do pai para tornar ver o filho, cuja perda tanto lastimava, o faria talvez lá ir procurá-lo imediatamente, e não lhe convinha que se divulgasse a sua chegada àqueles sertões com o bando que capitaneava. Reservava-se para, em ocasião mais azada, conversar largamente com ele e sondar melhor a disposição de seu ânimo.

Refletindo assim, Gaspar e os dois índios treparam silenciosamente uma extensa ladeira que vai à eminência que hoje se chama — Alto da Cruz.

Descambando do Alto da Cruz, os três caminheiros desceram por um íngreme declive para o fundo de um estreito e sombrio vale, onde estavam as casas e os estabelecimentos do Padre Faria, paulista natural da Ilha de S. Vicente, que penetrara nas Minas e ali viera se estabelecer com uma bandeira, da qual era ele ao mesmo tempo o chefe e o capelão. Viera pouco tempo depois do seu conterrâneo Antônio Dias, que se achava estabelecido no bairro que também até hoje conserva o nome de seu fundador.

Havia já nove para dez anos que os dois ilustres paulistas, com razão considerados os fundadores da Capital de Minas, se tinham ali estabelecido, e, entretanto, como é natural, a povoação nascente apresentava mais o aspecto de um acampamento provisório e temporário do que os delineamentos e planos para uma futura cidade. E esse desalinho e falta de simetria nos edifícios persistiu e veio a dar à cidade de Ouro Preto, além do acidentado do terreno, o privilégio de ser a mais irregular de todo o mundo.

Todavia já nesse tempo o bairro do Padre Faria, que era então o núcleo principal do extenso povoado, apresentava certos visos de uma aldeia mais ou menos regular.

33

Graças aos esforços, atividade e boa vontade de seu fundador, já aí se achava ereta a pequena capela que até hoje existe, solidamente construída de pedra e cal, tendo em frente uma grande cruz de pedra. A casa do Padre Faria era vizinha à capela e, como esta, pequena, mas construída com solidez; os móveis asseados de jacarandá preto modelados segundo o gosto da época, por artífices que consigo trouxera.

Faria não escravizava os índios; provavelmente filiado à Companhia de Jesus, como eram quase todos os sacerdotes daquela época, não só por índole, como por espírito de disciplina, os protegia; era um eloqüente pregador e um grande catequista.

Era o seu arraial composto de grande número de famílias indígenas por ele catequizadas. Tinha lavras de que tirava grandes cabedais, mas não se locupletava; empregava os rendimentos em benefício da catequese, em alfaias e ornamentos para a capela e em outros muitos atos de caridade. Era um verdadeiro patriarca no meio de sua tribo pacífica e laboriosa.

Chegados à casa do padre, o velho indígena deixou à porta Gaspar com seu filho e penetrou no interior da habitação. Daí a momentos voltou com o padre, o qual veio à porta e guiou seu hóspede à pequena sala modestamente mobiliada com algumas cadeiras de jacarandá, de assento de sola lavrada, e uma mesa da mesma madeira, sobre a qual ardiam duas velas de cera amarela cravadas em grandes castiçais de prata, em frente de um bonito oratório, o que tudo dava àquele recinto ares mais de sacristia do que de sala de visita.

O padre era homem de uns cinqüenta anos, de porte mediano, compleição vigorosa, fisionomia inteligente e expressiva; apesar da simplicidade do seu trajo, de suas maneiras lhanas e afáveis, tinha em seu olhar um não sei quê de grave e severo que incutia respeito e ante o qual Gaspar não deixou de sentir-se impressionado.

— Tenho muito prazer todas as vezes que hospedo em minha casa um patrício, — disse o padre ao desconhecido, depois dos primeiros cumprimentos.

— Ao que parece V. Mercê anda foragido; talvez seja um desses infelizes a quem persegue o Sr. Nunes Viana, esse homem fatal que não quer prestar obediência às leis do reino. Pode estar certo que aqui há de achar não só refúgio e abrigo seguro, como também meios fáceis de fazer fortuna, se quiser trabalhar. Não estamos em desavença com ninguém, mercê de Deus, nem mesmo com os gentios; obedecemos de boa vontade às ordens del-Rei e pagamos de bom grado o tributo que lhe é devido. Paz e trabalho é a nossa divisa.

Este intróito acabou de desconcertar Gaspar, que ali não vinha com nenhuma intenção pacífica nem vontade de estabelecer-se, mas sim com o interesse de agenciar auxílio e gente para uma resistência à mão armada contra os opressores dos paulistas em São João del-Rei. Pareceu-lhe que aquelas palavras eram ditadas pelo receio que, porventura, lhe inspirava o seu traje quase selvático; e que sua chegada sem comitiva alguma e o ar sombrio e merencório, que em vão procurava dissimular, despertavam desconfianças no espírito do padre.

Conservou-se mudo por alguns instantes, perplexo, sem atinar com o que deveria responder.

— Enfim, — continuou o sacerdote, como para provocar uma resposta do seu hóspede, — estou ansioso por saber quem é e o que pretende deste velho servo de Deus, que está pronto para o seu serviço em tudo que não ofenda à lei divina nem a de El-Rei, nosso Senhor.

As palavras do padre cada vez mais confundiam e desalentavam o mísero Gaspar. Dir-se-ia que já tinha adivinhado quem era ele e as intenções com que vinha já lhe tinham sido denunciadas.

— Minha cabeça vale mil dobras e há centenas de caçadores que a procuram e a cobiçam com mais avidez do que o mineiro que esfuraca a terra em busca do ouro ou do diamante. Mas ai deles! antes que recebam o preço de minha cabeça hão de provar a força de meu braço, — pensava ele consigo. Não tinha razão para pensar assim porque se achava entre bons e leais paulistas, os quais, ainda mesmo que tivessem notícia de quem ele era, e da perigosa e precária situação em que se achava, seriam incapazes de traí-lo. A hesitação e embaraço de Gaspar durou poucos momentos, a dissimulação repugnava ao seu caráter franco e resoluto; compreendeu que muito tardava em se explicar.

— Não venho aqui perseguido por Nunes Viana, senhor padre, e nem tampouco vim procurar estabelecer-me aqui com o fim de enriquecer-me. As minhas circunstâncias são bem diferentes do que pensa Vossa Reverendíssima; mas para que dê conta dos motivos que me trazem a Ouro Preto e à presença de Vossa Reverendíssima, é preciso que narre e explique por miúdo os graves acontecimentos que se deram, há perto de um mês, em São João del-Rei, nos quais tomei grande parte.

— Ah! — exclamou o padre com grande curiosidade, — já por aqui tínhamos tido uma leve notícia de que por lá houve grandes distúrbios e muita mortandade. Muito desejo saber de sua boca o que lá houve, visto que diz ter tomado parte nesse movimento ou levante.

— Tomei parte, sim, senhor padre, e parte bem importante e é por isso que me vejo foragido e minha cabeça posta a prêmio por mil dobras!

— Oh! que horror!... isso é deplorável! Pois V. Mercê acaso cometeria crimes que...

— Tranqüilize-se, senhor padre; não é um criminoso que tem em sua presença. A parte que tomei nesse distúrbio não foi de um bandido feroz, nem de um vassalo revoltoso; foi pelo contrário impelido por fatal necessidade e circunstâncias quase incríveis que me vi forçado a envolver-me nesse horrível conflito para conciliar os espíritos, poupar sangue e proteger a pessoa do capitão-mor e sua família. Não pude consegui-lo e eis a razão por que me vejo prescrito e perseguido.

A bela presença de Gaspar, o tom respeitoso, mas de nobre seguridade com que falava, produziram logo forte impressão no espírito do Padre Faria, subindo de ponto sua curiosidade.

— Há de contar-me a sua história, não é assim, meu amigo? disse dirigindo ao forasteiro em tom afetuoso.

— Sem dúvida, senhor padre; e isso até me é indispensável, a fim de que Vossa Reverendíssima fique ciente dos motivos que me trazem hoje a sua presença; mas a história não deixa de ser um pouco longa, e receio incomodar Vossa Reverendíssima a estas horas com a narração de acontecimentos que em nada lhe podem interessar.

— Por que não? — interrompeu vivamente o padre — tudo que diz respeito à sorte dos paulistas que têm vindo a estas minas me interessa grandemente. Pode contar-me sua história sem o menor receio de importunar-me.

— Mas além disso, senhor padre, eu desejaria contar-lhe essa história em ocasião em que ninguém pudesse me escutar. Bem compreende quanto é melindrosa e arriscada a minha situação; a narração dos acontecimentos que desejo fazer-lhe é como uma espécie de confissão que venho confiar aos ouvidos de um venerável e virtuoso sacerdote, debaixo de todo o sigilo.

— Compreendo. Não instarei mais por hoje; também Vossa Mercê deve estar fatigado. Vá descansar que amanhã pela manhã lhe proporcionarei meios de contar-me a sua história sem receio de ser ouvido. O índio velho que aqui o trouxe vai lhe dar ceia e aposento. Até amanhã.

Capítulo III

Gaspar, a despeito das preocupações que lhe agitavam o espírito, dormiu profundamente essa noite. Para isso contribuíram não só as longas fadigas da escabrosa vida de foragido que há dois meses levava, como também o tranqüilo e confortável aposento, o leito quente e macio como por certo nunca encontrara em seu errar por brenhas e montanhas. Este sono reparador foi-lhe muito útil para fortalecer o corpo e vigorar o espírito, tão quebrantado pelas vigílias, privações e fadigas de dois meses de uma vida fragueira[13], inquieta e rodeada de contínuos perigos e sobressaltos. O índio velho que guiara Gaspar à casa do Padre Faria, nesse dia não quisera ir ao serviço de mineração; estava ansioso por saber da sorte de seu filho de quem Gaspar na véspera lhe dera notícias vagas, que lhe alvoroçaram o coração de curiosidade e esperança.

Desde que Gaspar se levantou, não o perdeu mais de vista.

O padre, logo ao romper do dia, como era seu costume, tinha ido dizer missa na Capela vizinha de que já falamos. O bugre querendo aproveitar de sua ausência para colher de Gaspar informações mais minuciosas a respeito do filho logo que se lhe apresentou ocasião, acercou-se do hóspede e, com um gesto, sem dizer palavra, postando-se diante dele, fitou-o com certo olhar tão significativo e suplicante, que Gaspar logo lhe compreendeu o sentido interrogativo.

— Queres saber de teu filho, não é assim, meu velho? — disse Gaspar. Posso te afiançar que não está longe, e que amanhã, mesmo hoje, poderás vê-lo, se quiseres me acompanhar.

---

13. Fragueira: que anda por fragas, serras, mourejando.

— Pois ele está tão perto, porque não pode vir cá?...
disse o índio sacudindo a cabeça.

— Logo saberás o motivo; nada te poderei dizer enquanto
não conversar com teu amo; mas se quiseres, já t'o disse,
amanhã mesmo poderás ver teu filho.

— Pois sim, branco, eu vou; preciso ver meu filho antes de
morrer; eu vou, sim, mas com ele ou sem ele, tenho de voltar;
Deus não quer que eu largue a companhia de meu patrão.

— Farás o que quiseres, mas talvez te resolvas a ir comigo e com teus dois filhos para as bandas de São Paulo de
Piratininga.

— Isso nunca, meu branco. Estou velho e cansado, já
não presto para nada; devo morrer mesmo nestas serras onde
nasci e quem me batizou é quem me há de enterrar...

— E quem foi que te batizou?

— Pois não sabe?... quem mais poderia ser? Quem me
batizou a mim, a minha defunta e os meus filhos todos foi...
aquele santo homem que lá vem.

Era o padre Faria que saía da Capela e se recolhia à casa.

O bugre retirou-se e Gaspar ficou à espera do seu hóspede. [14]

— Depois de almoçar iremos dar um passeio por estes
arredores — disse o padre — e então teremos ocasião de
conversar sem testemunhas.

De feito, depois do almoço, que foi frugal, mas suculen-
to, o padre conduziu o mancebo beirando o longo de um
córrego, por entre montes de cascalho já apurados e serviços abandonados, até a um recesso semicircular, uma espécie de gruta descoberta, onde penetrava a luz de um formo-
so dia, formada por um grupo de maciças rochas, e tapizadas
de tenra relva macia. Era enfim, um recanto misterioso que
serviria maravilhosamente de rendez-vous para entrevistas
e confidências amorosas mas que ia agora ouvir horríveis e
sinistras revelações de um bandido.

---

[14] Hóspede: à época, possuía também o sentido de "hospedeiro".

A seus pés murmurava brandamente, a alguns passos de distância, o regato que vieram bordejando e que descia saltitando por entre alvas areias e cascalho; por cima, uns arbustos florescidos meneavam-se brandamente ao sopro da viração que entornava de vez em quando algumas pétalas cheirosas sobre eles e sobre a relva macia em que se reclinaram. Era um pequeno e delicioso cenário, mais próprio para servir de esconderijo às confidências de um amor feliz do que para as sombrias revelações que o leitor vai escutar.

Sentados ali sobre a relva, Gaspar começou assim sua narração.

— Em primeiro lugar, meu reverendo padre, devo declarar-lhe que o meu verdadeiro nome não é Gaspar, mas, sim, Maurício, o nome que recebi na pia da Sé em São Paulo de Piratininga. se uso de outro nome, é por motivos que Vossa Reverendíssima ficará sabendo depois que ouvir a história dos acontecimentos que lhe vou contar.

Espero que depois que V. Reverendíssima me tiver escutado, não me terá em conta de um aventureiro ambicioso e sem coração, nem de um vassalo rebelde que não quer sujeitar-se às leis e ao domínio de El-Rei, nosso senhor.

Se vivo foragido e perseguido como uma fera, não é por crimes que eu tenha cometido, mas por circunstâncias de acontecimentos extraordinários em que me vi envolvido em São João del-Rei. Mas, para esse fim, me é preciso contar-lhe a minha história com muitas minudências e particularidades e muito receio tomar a V. Reverendíssima um tempo precioso, incomodando-o com uma longa narrativa.

— Não lhe dê isso cuidados, senhor Maurício; conteme, tudo muito por miúdo, que com isso em vez de incomodar-me, dar-me-á grande satisfação. Se não puder terminar agora, deixará o resto para a tarde, e, se ainda lhe ficar alguma coisa a dizer, deixaremos para o dia de amanhã.

Maurício começou então a contar, por miúdo, ao padre Faria a história que constitui o assunto do nosso romance, que tem por título "Maurício ou os Paulistas em São João del-Rei.

Neste ponto batia meio-dia na capela; o padre Faria interrompeu Maurício:

— É tempo de ir ensinar a doutrina a meus catecúmenos, depois do que irei revistar os serviços de mineração e algumas obras que estamos fazendo. À tarde, V. Mercê poderá continuar a relação de sua história que muito está me interessando. Se não quiser acompanhar-me pode ficar em nossa casa; lá achará o índio velho que o conduziu, o qual servirá em tudo que for mister.

Bem desejava Maurício acompanhar o sacerdote na dupla faina de colher almas para a religião do crucificado e ouro que assegurasse a prosperidade de sua nascente colônia... porém, maior era o interesse que tinha em achar-se a sós, dispondo de tempo para conversar largamente e em plena liberdade com o velho pai de Antônio. Se conseguisse chamar a si o velho chefe de tribo que ainda contava por aquelas brenhas em derredor numerosos arcos, prontos a acompanhá-lo a toda parte, a um aceno seu, poderia marchar sobre São João del-Rei com boas esperanças do feliz êxito de sua empresa.

O padre foi para a igreja e Maurício para casa. Nesse intuito contou ao velho chefe indígena a história de seu filho e a amizade que entre eles existia, fazendo-lhe as mais sedutoras promessas a fim de o conjurar a acompanhá-lo a São João del-Rei com seus dois filhos, e reunir os restos de sua tribo, espalhados pelo mato. Nada pôde obter do velho senão a promessa de ir ter com Itaubi no dia em que Maurício voltasse a Itatiaia. Desanimado, Maurício contentou-se com essa promessa.

Capítulo IV

À tarde, depois do jantar, Maurício continuou, mesmo em casa do padre, sua narrativa, a qual terminou pela noite.

— Agora vejo, depois do que acaba de me contar, que são bem tristes, bem complicadas e cruéis as circunstâncias em que V. Mercê se vê enredado. Eis aí em que dão estes amores tão fáceis quão impossíveis, que se contraem na meninice. Devia ter comprimido, desde a nascença, essa fatal inclinação.

— Devia, bem o sei; mas, meu padre, o cálculo e a reflexão são coisas que se não compadecem com o amor e a mocidade.

— É isso uma triste e pura verdade — disse com amargo sorriso o padre — mas vejamos o que pretende agora V. Mercê fazer.

— Pelo que acabo de lhe expor, bem vê Vossa Reverendíssima que me é forçoso já não obter uma felicidade a que aspirei ardentemente e que talvez jamais poderei alcançar, por não ser digno dela, mas lavar meu nome da nódoa de traição que o mancha em São João del-Rei, tanto perante meus patrícios como perante o capitão-mor e sua filha; e para chegar até a presença do capitão-mor, me é preciso abrir caminho à mão armada.

— Mas, V. Mercê com um coração tão bem formado, quererá levar a guerra, a devastação, o sangue à habitação de seu benfeitor?...

— Não, decerto; mas se Vossa Reverendíssima deu atenção à minha história, verá que meu principal intento é salvar o capitão-mor e sua filha, a fim de, perante eles, provar a minha lealdade e depois morrer.

— Não era melhor — replicou com grande fleuma o bom padre Faria — esquecer estas tristes aventuras, deixar lá o capitão-mor e sua filha e empregar-se aqui nestas lavras que são muito mais ricas do que as vossas de São João del-Rei? Ficará aqui seguro e tranqüilo, eu lhe afianço: com a habilidade e boas disposições que mostra ter, pode enriquecer-se e ser tão considerado e poderoso como Bueno e Borba Gato.

— Não, senhor. Não poderei viver aqui tranqüilo; a sanha implacável de meus inimigos me procurará por toda parte: ninguém pode estar livre de uma traição. Nem a segurança de minha pessoa, nem a paz de meu coração acham aqui refúgio. Vim — falo-lho agora com toda a franqueza — a ver se acho aqui algum reforço de homens que me coadjuvem na tentativa honrosa, que já expus, de ir justificar-me na presença de Diogo Mendes e sua filha da triste reputação em que as circunstâncias me colocaram. Justificar-me e inocentar-me aos olhos de ambos é o meu principal e ardente propósito; tendo conseguido isto, pouco me importa o que depois suceder. O que me arroja a estes extremos não é tanto o amor mal sucedido, como a minha honra, a minha lealdade posta em dúvida, digo mal, inteiramente destruída ante pessoas a quem tenho tributado a mais extrema dedicação, respeito e amor, e tudo isso pelos ardis de um celerado, de um ambicioso, intrigante e infame... ah! senhor padre, desculpe-me estas palavras odientas e inflamadas... em sua consciência pura, em sua alma cândida e tranqüila, que nunca esteve exposta ao embate das paixões, não pode V. Reverendíssima, decerto, compreendê-las; mas se há ódio santo, se há vingança que mereça as bênçãos do céu...

— Perdão — atalhou o padre, está blasfemando; não há vingança alguma legítima tomada pela mão do homem... só Deus é justo, só Deus é reto; a ele só compete vingar e punir os transgressores de sua santa lei.

— Mas ele pode servir-se de um instrumento para dar execução às sentenças de sua eterna justiça... meu braço é o instrumento escolhido por ele...

43

— Cale-se, moço; a justiça do Eterno nunca deixa de fulminar a cabeça do criminoso; mas quem lhe disse que é V. Mercê o encarregado da execução dos decretos de sua vontade onipotente? Assim quer V. Mercê punir um crime com outro crime?... e Deus mandará também um outro executor para puni-lo do crime que cometer.

— Crime não, senhor padre; minha vida está em perigo constante, e a minha honra calcada aos pés de um miserável aventureiro sem brio e sem consciência. Defender a própria vida e a honra, por qualquer modo que seja, não é crime, nem perante Deus, nem perante a sociedade.

O padre empregou ainda, em vão, por algum tempo, os recursos de sua palavra branda e suasiva para demover o mancebo de sua temerária empresa; mas viu-se suplantado sempre pela dialética enérgica e fogosa de Maurício que, além de ser inspirado pela paixão, desenvolvia recursos de hábil polemista, graças à educação que recebera e a sua bela inteligência.

— Bem vejo que nada há que o arrede do obstinado e louco intento em que com tanto aferro persevera. Deixo-lhe o campo livre e lavo as mãos sobre as conseqüências; declaro-lhe somente que em nada lhe posso valer. Na qualidade de sacerdote de Cristo e como súdito e vassalo fiel de S. Majestade Fidelíssima, El-Rei de Portugal, não devo e nem posso cooperar, nem prestar auxílio algum à arriscada empresa em que V. Mercê pretende se empenhar. Posso lhe fornecer alguns víveres para as necessidades de sua jornada, se deles tem precisão, mas não devo prestar-lhe nem armas nem soldados para empregá-los contra uma autoridade constituída por El-Rei.

Não poderei impedir aqueles que quiserem acompanhá-lo, pois não são meus escravos; só tenho irmãos em Jesus Cristo; mas protesto, desde já, que irão contra a minha vontade. Espero que não se enfadará comigo por falar-lhe com franqueza.

— Oh! não, por certo; e... posto que V. Reverendíssima como que, por suas últimas palavras, me autorizasse a angariar gente entre trabalhadores de seu arraial, não tentarei distrair nem um só deles da vida tranqüila e invejável, que aqui levam, para seguir-me através de riscos de minha vida errante. Mas devo declarar-lhe que não vim sozinho de São João del-Rei; trouxe em minha companhia uns vinte camaradas foragidos e perseguidos como eu e pela mesma causa. Deixei-os a cerca de duas léguas daqui em um lugar chamado Itatiaia.

— Ah!... sim?!... porque os não trouxe consigo?...

— Não queria incomodá-lo com tantos hóspedes. São bugres e alguns negros que talvez lhe inspirassem terror.

— São cristãos?...

— Nem todos; mas são criaturas que me obedecem e me são dedicadas. Entre eles se acha um moço índio, por nome Itaubi, que é meu amigo de infância e que é filho do seu velho índio Itapema.

— Deveras!?... exclamou o padre — tem em sua companhia um filho de meu velho caseiro!...

— É exato! é o meu amigo Antônio, de que lhe falei em minha história.

Ontem, em conversação com ele, descobri isso ao velho bugre, que ficou muito contente por poder ver ainda o filho de que nunca se esqueceu.

— Ah! ... ele também me tem contado a história desse filho, e chora sempre que fala nele.

— É verdade, esse velho bugre tem alma tão sensível e bem formada como a de um cristão velho; achei nele um testemunho vivo do que se me têm contado dos esforços que V. Reverendíssima emprega para chamar o gentio ao grêmio de vossa santa religião, e do poder de sua palavra evangelizadora. O filho dele, o meu amigo Antônio, é também cristão, senhor padre; tem uma alma nobre e sensível e, como sabe, fui eu quem o catequizou.

— Ah!... muito bem! já me contou isso e reconheço com prazer os instintos generosos de seu coração.

— Pois bem; o velho quer ir comigo até o Itatiaia, ver seu filho; Vossa Reverendíssima permite?

— Por que não, meu amigo?... conheço bem esse velho chefe dos Aimorés; por esse respondo eu; nunca mais me largará. Pode ir ver seu filho. Estou certo de que amanhã ou depois estará de novo comigo.

— E não serei eu quem procurará arredar o bom velho de vossa companhia.

O padre Faria não mais desconfiou da lealdade e nobreza de caráter do jovem bandido e até sentiu não poder prestar-lhe auxílio para a empresa tão justa e tão nobre em que ia se empenhar.

No dia seguinte Maurício, acompanhado do velho Itapema e de seu filho, dirigiu-se ao Itatiaia, onde chegou ao pôr-do-sol, nesse vale, do qual, dois dias antes, o vimos partir em direção a Ouro Preto, deixando Antônio, Joaquim e seus companheiros de exílio homiziados nas ínvias brenhas e nos sombrios e ásperos fraguedos daquelas cercanias. Itaubi e Zambi lá se achavam sentados no mesmo sítio em que os encontramos no começo desta história. Conversavam e olhavam de contínuo para o caminho de Ouro Preto, ansiosos pela volta de seu patrão. Quando o avistaram, de um pulo puseram-se em pé, batendo palmas de contentamento. Logo, porém, que não divisaram em sua comitiva mais do que dois bugres, um dos quais bastante alquebrado pelos anos, sentiram esmorecer todo o seu entusiasmo.

— Ah! Itaubi! — exclamou o preto abanando a cabeça, aí está a gente que o patrão achou!...

— Ora, — replicou Itaubi, — quem sabe se os outros não virão mais atrás? Esperemos.

— Tempo perdido!... repetiu Zambi depois de algum silêncio — não vem mais ninguém!...

— E nós também, que vamos apresentar ao patrão?... ah! Zambi, Zambi!... a coisa vai nos correndo bem mal; mas... Deus é bom e há de ter piedade de nós. Não desanimemos.

— Então, meus amigos! disse Maurício chegando; — pelo que vejo não foram mais felizes do que eu?... estão sozinhos!...

— Nossa gente está lá no alto do serrote, — disse Itaubi — não são muitos, mas creio que arranjamos mais do que o patrão que não traz senão esse pobre velho e este columim... oh! este sim, continuou chegando-se para perto do índio moço e examinando-o e olhando-o com muita atenção, este sim!... está um belo rapagote!... Ah!... se o patrão trouxesse ao menos mais uma dúzia destes!... Columim, não me conheces? Até te pareces comigo!... Que bonito?...

Assim exclamava Itaubi com alegria quase infantil, batendo no ombro do jovem bugre, rodeando-o por todos os lados, como quem examina um animal que deseja comprar. Enfim, o moço bugre, vendo-se apertado pelas alegres carícias de seu novo camarada, abriu a boca e falou estas palavras: — Não te conheço, não, meu camarada, mas já te quero bem, não sei por quê. E se abraçaram.

Maurício assistia sorrindo àquela cena de dois irmãos que, sem se conhecerem, atraídos por instinto misterioso, se abraçavam, como dois regatos que, partindo de pontos opostos das montanhas, se confundem no mesmo leito.

O velho bugre, já prevenido de que Antônio era seu filho, estava extasiado a contemplar aquele espetáculo, impaciente também por se dar a conhecer.

— E a mim, columim, — disse, chegando-se defronte a Itaubi; — não me conheces?

Itaubi encarou fixamente o velho e o mediu com o olhar por três vezes de alto a baixo; uma vaga reminiscência vinha-lhe ascendendo ao espírito. Fora aprisionado e remetido a São Paulo na idade de dez anos, portanto, não podia deixar de conservar a lembrança da figura de seu pai; mas o decurso de quinze anos tinha-lhe alterado consideravelmente o porte e as feições, de modo que não foi possível a Itaubi reconhecer logo, à primeira vista, seu pai, o antigo e valente cacique dos Aimorés.

47

— É talvez Itapema!... é meu pai!... murmurou consigo, ainda hesitando; mas logo toda a dúvida desapareceu, quando divisou no antebraço esquerdo do velho uma larga cicatriz.

Um dia, — Itaubi teria sete ou oito anos, — Itapema conduzia sua tribo através das matas que bordejavam o rio Piranga; trazia no braço Itaubi, enquanto a esposa com os outros filhos o acompanhava, conduzindo às costas, na maca pendente da cabeça, o columim mais moço, ainda em tenra idade, quando foi atacado por uma horda de tupinambás.

Uma flecha vinha certeira ao menino que ele carregava: aparou-a no largo e musculoso braço, que ficou horrivelmente lacerado. O cacique entregou o menino aos cuidados da mãe e, empunhando com a mão direita o truculento tacape, soltou o grito de guerra, caiu sobre os tupinambás e os pôs em fuga, depois de uma pavorosa carnificina. Itaubi conservava sempre vivamente gravada na memória aquela terrível cena, e nunca se esquecera daquele profundo golpe que lhe salvara a vida e a cujo curativo havia assistido com as lágrimas nos olhos e a sede de vingança no coração, não obstante sua tenra idade. Não fosse o acontecimento que o havia roubado ao seio de sua tribo e o arrancara à vida selvagem, apenas pudesse brandir um arco e sopesar um tacape, teria marchado contra os tupinambás e não descansaria enquanto não tivesse tomado a mais cabal vingança.

Ao ver aquela cicatriz, sua memória despertou de súbito, como à luz de um relâmpago; caiu aos pés do velho indígena, abraçando-lhe os joelhos. Ergueu-se depois e beijando a cicatriz, exclamou:

— Oh! é ele mesmo!... — bradou o cacique com voz rouca e alquebrada; e pelas faces rugosas e tisnadas lhe correram, lentamente, duas lágrimas e sumiram-se logo como duas fontes que nascem no oásis para logo secarem imediatamente no árido areal do deserto.

— Ah! como estás grande e bem feito; não tinha mais esperança de ver-te, meu Itaubi; mas graças a esse generoso branco de quem hoje és companheiro, não morro sem essa consolação. Aqui está teu irmão mais moço; eu e ele, como tu, também já somos cristãos. Tu acompanharás esse branco porque foi ele quem te fez cristão, mas eu e teu irmão não podemos deixar de ir para a companhia do bom padre que nos batizou. É ele que há de me fechar os olhos, quando eu for dormir na cama do sono eterno.

— Nem nós queremos que nos acompanhes, Itapema; não deves abandonar, como um ingrato, esse homem a quem tanto deves. Viste e abençoaste teu filho, é quanto desejava, — disse Maurício.

— É tal qual; nem Itapema almeja outra coisa, e nem ele, velho e cansado como está, podia ser prestimoso; mas Itapema quer ficar aqui três dias e três noites com o branco e com seu filho. Por essas cercanias da serra do Itacolumim rondam muitos dos nossos irmãos, os Aimorés, que não têm querido adorar o Deus dos emboabas. Muitas vezes eles me têm chamado para de novo ir empunhar o tacape do comando, mas Itapema hoje não pertence a si e só obedece ao Tupã dos brancos, que amaldiçoa a inúbia da guerra e só quer a paz e a caridade.

Amanhã, Itaubi, tu te levantarás quando apontar a barra do dia, e, tomando teu arco e flechas, te dirigirás para as matas das nascentes do rio Piranga; procurarás teus irmãos do mato e todos que encontrares conduzirás para aqui, dizendo-lhes que seu velho cacique Itapema lhes quer falar pela última vez antes de morrer. Espero-te dentro de três dias.

— Mas Itaubi vai sem Zambi? — disse o preto.

— Iremos juntos, replicou Antônio.

* * *

No dia seguinte, Itaubi, acompanhado por Zambi, ao primeiro alvorecer do dia, partiu alegremente para desempenhar a comissão de que o encarregara o velho cacique.

Ainda não era meio-dia e já eles tinham transposto a pitoresca serra de Lavras Novas, que forma como o socalco[15] do gigantesco Itacolomi, e se embrenhavam pelas espessas e profundas florestas que se estendem pelas faldas meridionais do altaneiro gigante de granito.

Itapema nada dissera a seu filho nem a Gaspar a respeito da intenção que o levava a chamar à sua presença os restos dispersos da tribo que outrora havia tão gloriosamente conduzido através de mil azares e brilhantes combates: e os dois, perplexos, faziam de si para si as mais divergentes conjecturas, esperando ansiosamente a terminação do prazo dos três dias que Itapema tinha marcado a seu filho. Esses três dias passaram sem novidade.

Maurício, depois da partida de Itaubi e Zambi, tinha-se dirigido com o velho bugre e seu filho para o planalto da serra de Itatiaia, a reunir-se ao pequeno grupo de companheiros que trouxera às cercanias de Ouro Preto, aumentado agora com o pequeno contingente de dez a doze homens angariados por Itaubi e o negro.

Ali aguardaram a chegada de Itaubi, porque, por qualquer lado que entrasse, dali podiam divisar de longe a sua aproximação. Na tarde do terceiro dia, Maurício, Itapema e o columim, inquietos e impacientes, procuravam as eminências, perscrutando com o olhar, ao longe, os arredores a ver se chegava o filho do cacique com os valentes aimorés.

Maurício mostrava-se inquieto e apreensivo.

— Cacique, quem sabe o que terá acontecido ao meu amigo lá pelo mato?

— Branco, melhor do que Itapema deves conhecer seu filho, que Deus te deu por companheiro. Duvidas dele?

— Nem um momento. Sua coragem, dedicação e lealdade para comigo não precisam mais provas.

---

[15] Socalco: porção de terreno mais ou menos plana.

— Pois então, branco, sossega; dei a Itaubi três dias; antes de meia-noite Itaubi estará conosco.

— Esperemos, suspirou Maurício; e assentou-se sobre a relva, escondendo a cabeça entre as mãos sem mais olhar para o horizonte. Entretanto, a noite descia; um baço luar lançava uma luz frouxa, como uma espuma de prata alvacenta, sobre os dorsos negros do Itacolomi. O velho cacique avançou, descendo algumas centenas de passos pelo declive da serra; encostou o ouvido no chão e nada mais ouviu senão o murmúrio vago, solene e misterioso das solidões. Voltou para junto de seus companheiros e nada disse.

O seu silêncio desalentou-os; a esperança começava também a desfalecer no coração de Itapema.

Uma cruel preocupação o afligia; ele nenhum interesse tinha na empresa de Maurício, era seu filho, esse a quem duas vezes tinha dado a vida, que agora era sacrificado, indo cumprir suas ordens. Os três, acabrunhados, deitaram-se na relva entregues a ansiosa inquietação, com o ouvido alerta.

Assim decorreu mais de uma hora de angústia e de incerteza, quando, súbito alarido atroou ao longe as montanhas; os três puseram-se em pé, de um pulo, com o coração a saltar de emoção e alegria; os guerreiros de Itaubi que também se achavam deitados a alguma distância, ouvindo o grito selvático, igualmente, de súbito, se ergueram, meneando os cocares e apoiando-se nos rijos e truculentos tacapes.

Aquele alarido era o grito de guerra dos Aimorés.

Minutos depois ouviu-se o tropel confuso da horda, e os três observadores não tardaram em divisá-la galgando rapidamente a encosta do serro em que se achavam; mal, porém, se foram avizinhando, uma nuvem de flechas voou silvando pelos ares e caiu como saraiva em torno deles, sem atingir nenhum.

— Inimigos!... — bradou Gaspar, transido de surpresa e com o frio no coração.

Um terrível pensamento assaltara o espírito.

51

— Oh!... Antônio trair-me!

Quem o creria!... Ah! velho execrável, continuou voltando-se furioso para o velho cacique, — foste tu por certo que urdiste esta traição nefanda...

— Cala-te, branco, — interrompeu com energia o cacique, — onde ouviste tu falar que do sangue de Itapema nasce traidor?!...

— Não ouvi falar, mas estou vendo!

— Que é que vês?... Se Antônio vier contra nós, acredita-me, branco, este braço velho ainda tem força para brandir o tacape, e se eu não morrer, será Itapema mesmo que, com as próprias mãos com que já outrora o salvou da morte, esmagará o crânio de Itaubi; mas se não for ele...

— Se não for ele, — interrompeu Gaspar assombrado com a nobre e heróica linguagem do cacique, — para meu castigo atravessa meu coração com tua flecha.

Entretanto, as setas continuavam a chover.

— Branco, não é hora de conversa: eles aí estão e são muitos. Vamos para acolá com nossa gente; aqui não estamos bem. Dizendo estas palavras, Itapema apontava para uma espécie de cômoro que ficava a uns duzentos passos, como uma verruga na face lisa e aveludada do planalto, toda eriçada de lascas de rochedo e de certos arbustos ou parasitas que nascem nos cimos pedregosos das cercanias de Ouro Preto e a que dão o nome de canela de ema. Estes arbustos, que crescem até a altura de um homem, são uma espécie de palmeira, cujo tronco relativamente grosso é coroado por um facho de espatos[16] rijos e lanceolados que, na escuridão, lhes dão a aparência de um guerreiro selvático com o cocar na cabeça. Não nascem muito juntos, mas sim disseminados, dispersos em pequenas distâncias.

---

[16] Espatos: plantas dotadas de folhas penadas.

52

Imediatamente, Itapema, Gaspar e Juruci, chamando sua gente, que com os índios de Itaubi chegariam apenas a cinqüenta combatentes, correram ao lugar indicado por Itapema. Nesse reduto natural se alapardaram[17], aguardando o inimigo que logo apareceu no planalto, soltando gritos ferozes e insolentes como quem já contava com o triunfo. Por conselho de Itapema os guerreiros de Gaspar ficaram imóveis e mudos.

Os assaltantes olharam em derredor e nada viram e nem ouviram.

— Que é desses valentes aimorés!?... fugiram?... é essa a sua valentia!... hei de procurá-los por todos os cantos... onde estão eles? covardes!... — bradava exasperado o chefe dos assaltantes.

Nesse momento uma nuvem de flechas certeiras caía entre eles, matando e ferindo bom número de combatentes. O chefe surpreendido notou o lugar de onde choviam as flechas e para lá guiou sua gente, quando chegaram perto do cômoro, outra chuva de flechas ainda mais certeiras fez pavoroso estrago e levou o desânimo às fileiras disseminadas dos assaltantes. A lua crescente sumia-se no horizonte.

Olhando para os cômoros, os tupinambás, em razão da escuridão que aumentava, tomaram por combatentes as canelas de ema, e, possuídos de pavor, julgando ter em frente inimigo três ou quatro vezes superior em número, puseram-se em fuga precipitada. Entretanto o número de assaltantes excedia de cem, enquanto que os guerreiros de Gaspar não chegavam a cinqüenta.

— Branco, disse o velho cacique a Gaspar: parece-me que não são aimorés, mas sim tupinambás, os guerreiros que nos assaltam; todavia, vamos acossá-los. Eu morrerei desesperado, se não ficar sabendo se Itaubi foi quem arre-

---

[17] Alapardaram: expressão popular para "alapar", esconder-se.

messou contra nós este magote de perros vis... Havemos de matá-los um por um e, se entre eles eu encontrar vivo o filho de Itapema, matá-lo-ei: se achá-lo morto, cairei também morto de vergonha e desgosto sobre seu corpo.

Dizendo isto, o velho cacique sentia reviverem-se em seu sangue, aquecerem-se de novo ao fogo selvático, indomáveis paixões de sua mocidade e brandia o tacape com vigor juvenil.

— Tens razão, disse Gaspar; eu também tenho o mesmo desejo. Vamos!...

Imediatamente, toda a gente de Gaspar, que ainda não tinha recebido nem o mais leve ferimento, desceu rapidamente do cômoro, e pôs-se no encalço dos fugitivos; grande, porém, foi o seu espanto, quando os viram voltar sobre seus passos em grande confusão, a toda pressa.

— É um embuste de guerra, — disse Gaspar ao cacique, — querem-nos chamar a campo limpo... voltemos ao nosso posto.

E imediatamente voltaram para o cômoro. Mal tinham retrocedido alguns passos, ouviram um tiro de escopeta! Pararam. Instantes depois, uma voz forte como o rugido do jaguar bradou em distância:

— Gaspar!... Itaubi aqui está!... toca para cá esses perros!... São tupinambás!...

Um estremecimento inexplicável de coragem e prazer percorreu os membros de Gaspar, Itapema e Juruci.

— A eles! aos tupinambás!... bradaram todos e voltando sobre o inimigo, caíram sobre eles como onças esfaimadas. Poucos minutos durou esse combate; foi uma carnificina. Os tupinambás, atacados por dois lados, foram todos trucidados até o último.

* * *

É-nos agora necessário narrar sucintamente alguns fatos antigos e que aconteceram a Antônio ou Itaubi na expedição de que seu pai o encarregara, a fim de que o leitor possa compreender as causas que deram lugar aos acontecimentos que acabam de ler no capítulo anterior.

Entre os aimorés que volteavam pelas montanhas de Ouro Preto, havia uma índia gentil como a mais bela de entre as filhas das selvas e cuja posse era ardentemente disputada pelos mais garbosos e valentes mancebos dessa audaz e belicosa tribo. Muitos despojos tinham sido depostos a seus pés; muitos jovens se tinham arriscado aos últimos arrojos da guerra para merecerem sua preferência. Ela, porém, mostrava-se insensível a tantos extremos. Chamava-se Itajira, palavra formada de dois nomes indígenas dos quais o primeiro — Ita — significa pedra, e o segundo — Jira — quer dizer mel. Ela tinha o olhar e o sorriso suave e doce como o mel e o coração impenetrável ao amor e duro como a pedra. De entre todos os adoradores de Itajira distinguia-se um, senão pelo garbo e gentileza e pelas proezas que tivesse praticado, ao menos pela tenacidade e obstinação com que aspirava ao amor da insensível filha da selva... Aconteceu que um dia Itajira foi com seu pai e sua tribo a Ouro Preto. Aí a moça viu, pela primeira vez, o jovem Juruci, filho do cacique Itapema e o amor pela primeira vez entrou em seu coração.

Não quis mais voltar para o mato e ficou nos braços de seu amado, com quem se casou, sendo batizada e catequizada pelo padre Faria. O jovem índio malogrado perdeu o tino e seu coração entregou-se aos furores do ciúme.

Muitas vezes tentou insurrecionar a tribo dos Aimorés contra a colônia de Ouro Preto, mas seus irmãos que eram lá agasalhados e tratados com caridade, nunca quiseram acudir ao seu apelo. Os índios selvagens dos arredores de Ouro Preto naquela época visitavam os arraiais, sem receio de serem perseguidos nem escravizados, graças à tolerância e espírito benévolo do padre Faria e do capitão Antônio Dias, que não perseguiam nem escravizavam os bugres; por isso, as tribos que então erravam em terreno de sua colônia em um raio de dez léguas, Pirajás, Tupinambás, Coroados, Botocudos e Aimorés, não hostilizavam os brancos; pelo contrário, visitavam muitas vezes seus arraiais e aí se demoravam dias, como em uma feira, trocando caças, peles, esteiras, redes, cabazes e outros artefatos de sua selvática indústria por quinquilharias e bugigangas da indústria européia.

Por fim, apresentou-se-lhe ocasião azada, e a inspiração do ódio e do ciúme sugeriu-lhe o plano da mais hedionda e execrável traição. Quando Antônio, que ignorava completamente estes fatos, se dirigiu ao mato a fim de convocar a tribo à presença de seu antigo chefe, acertou por acaso de encontrar no primeiro grupo, que se lhe deparou, o despeitado amante.

Antônio expôs-lhe a comissão de que vinha encarregado e o índio afetou tomar também a peito essa empresa e prometeu auxiliá-lo quanto pudesse.

Indicou-lhe onde poderia achar maior número de guerreiros aimorés, e ele próprio, com os poucos que trazia em sua companhia, dirigiu-se para lado diverso, a fim de angariar mais gente: mas em vez disso, enquanto Itaubi com o negro se entranhava pelas matas que bordejam o Ribeirão do Carmo até sua junção com o Gualaxo, por onde Meribá estava certo que bem poucos aimorés Itaubi houvera de encontrar, dirigiu-se para os lados de Itaverava, onde vivia uma numerosa horda de tupinambás, implacáveis inimigos dos aimorés.

Insinuou-se entre estes Meribá, dizendo-se carijó, outra tribo igualmente infensa aos aimorés, e facilmente os induziu a marcharem contra estes, para o planalto do Itatiaia, onde, Itapema esperava o filho com os guerreiros de sua tribo.

Meribá fora informado muito minuciosamente por Antônio, da estada de seu feliz rival com seu pai na referida localidade, que lhe era muito conhecida. A horda dos tupinambás, que contava mais de cem combatentes, atacaria de surpresa os aimorés, matá-los-ia todos e Meribá marcharia imediatamente para Ouro Preto, levando de presente a Itajira a cabeça de Juruci. Vendo malogrado o seu amor, queria, ao menos, ver satisfeita a sede de vingança em que ardia. Mas, como vimos, saiu tudo ao invés do que esperava o desventurado traidor.

Antônio e Zambi, guiados pelas falsas informações do bugre, depois de infinitas voltas, pesquisas e fadigas extraordinárias por matas emaranhadas e escabrosas serranias daquelas ásperas regiões, mal puderam arrebanhar trinta ou quarenta guerreiros de sua tribo, que com todo o entusiasmo e alacridade se prestaram a acompanhá-los. O nome de Itapema era legendário; gozava de reputação entre os aimorés; suas façanhas e numerosas vitórias contra hordas inimigas estavam na memória de todos; e ele tornou-se o ídolo dos seus e o terror dos inimigos.

Quando, pois, tomou a resolução, catequizado pelo padre Faria, de abandonar as selvas, trocar o tacape de chefe glorioso de uma poderosa tribo pela enxada e o alvião de mineiro, foi grande o descontentamento e desgosto dos seus; e, por mais de uma vez, tentaram, mas em vão, chamá-lo de novo à vida rude das selvas e dos combates. Foi, pois, com animação e entusiasmo que acudiram ao seu chamado. Entretanto, aconteceu que, quando Antônio se recolhia de sua comissão com os seus trinta e tantos guerreiros, alcançou mais um pequeno grupo de aimorés que o esperavam no caminho. Estes, sem serem vistos, tinham presenciado a passagem da horda de tupinambás, dirigindo-se para a serra do Itatiaia e o comunicaram a Antônio. Ao ouvi-los, Itaubi sentiu uma vaga inquietação, um pressentimento confuso de alguma trama qualquer. Sem perda de tempo, pôs logo sua gente em marcha acelerada para as alturas do Itatiaia, onde o vimos chegar justamente a tempo para infligir aos assaltantes a mais completa e desastrosa derrota.

Um sono profundo, ocasionado pelas fadigas das marchas e dos combates, apoderou-se da hoste de Gaspar, e os guerreiros, com as armas na mão, se prostraram sobre o campo ensangüentado, dormindo tranqüilamente mesclados entre os cadáveres daqueles que ainda há pouco tinham feito morder a terra, dormindo o sono eterno.

Se alguém ali chegasse, àquela noite, ao ver o chão juncado de corpos imóveis, uns atracados com as suas armas, outros tendo-as quebradas e dispersas ao redor de si, escorregando na sangueira e sentindo o cheiro acre e repulsivo da carnificina, juraria que todos eram cadáveres.

Ao romper do dia, despertando Gaspar do seu profundo e não interrompido sono, o primeiro pensamento que lhe assaltou o espírito foi o voto insensato que fizera de deixar-se trespassar pela seta de Itapema, caso não se realizasse a cruel e irrefletida desconfiança que um momento concebera contra Itaubi.

Na véspera, a excitação do combate e depois, a fadiga não lhe deram tempo de pensar nisso. Estremeceu, transido de vergonha, e mal pôde encarar a Itaubi, que já em pé junto dele com semblante risonho e sereno o contemplava, aguardando o seu acordar. Itapema não lhe havia dito se aceitava ou não o voto imprudente, mas Gaspar, em sua delicada consciência, julgava-se bem digno e merecedor da punição a que ele mesmo se condenara. Itaubi não deixou de notar a perturbação de Maurício.

— Que tem o patrão que está assim com o ar preocupado? — perguntou o índio.

— Nada, meu amigo; efeito do sono e da fadiga, — respondeu Maurício, levantando-se da grama em que jazia, — estou orientando meu pensamento agitado pelos sucessos de ontem. Espera-me aqui, Itaubi; preciso dizer algumas palavras a teu pai.

E Maurício encaminhou-se para o lado em que, a alguns passos de distância, dormira o velho cacique, que nesse momento também se ia levantando bem como toda a sua gente.

— Cacique, — disse-lhe, — toma teu arco e tua melhor flecha e afastemo-nos um pouco do meio dessa gente.

58

— Pronto, branco, respondeu o bugre; mas o branco está com o olhar torvo e sombrio; o que é que lhe aconteceu? para que esta flecha?

— Mais adiante saberás; vamos.

O cacique não insistiu mais, e, acompanhando Maurício, se afastaram uns cem passos da turba dos guerreiros.

— Cacique, disse Maurício parado, já te esqueceste das palavras que ontem trocamos quando tive a louca idéia de duvidar da lealdade de Itaubi? Fui um indigno, um insensato; agora cumpre que dês a punição que mereci, atravessando com tua flecha este coração ingrato e indigno da amizade de um herói como Itaubi.

— Branco, — respondeu Itapema — lembro-me bem de tudo isso, mas eu nada prometi; e nunca será o arco de Itapema que despedirá a flecha contra um guerreiro desarmado, quando mesmo fosse um inimigo.

— Ah! exclamou Maurício comovido, bem mostras ser o pai do meu valente e generoso Antônio. Perdoa-me, meu velho, se desconfiei tão injusta e levianamente da lealdade de teu filho. Praza ao céu que nunca Antônio saiba que assim o ultrajei.

— E quem lhe há de contar?... Só Itapema sabe disso, e sua boca será muda como o Itacolomi e mesmo que não o seja, daqui a pouco Itapema vai separar-se de seu filho para sempre.

O velho cacique pronunciou estas palavras com voz trêmula de comoção e seus olhos voltaram-se ao céu como quem, dizendo adeus ao mundo, procurava ali seu último refúgio. Voltando aos seus, Maurício foi com Antônio e seu irmão Juruci percorrer o campo e examinar os cadáveres inimigos de que se achava juncado. Eram todos tupinambás como reconheceram pelas armas e pelos sinais do corpo. Apenas um era aimoré.

— Eis um que me parece aimoré, — disse Antônio examinando com surpresa o cadáver, — e foi este quem nos traiu. Foi ele um dos primeiros que encontrei quando daqui me fui em procura dos nossos guerreiros. Ele prometeu-me gente para nos ajudar e foi buscar os tupinambás para nos atacar!...

— Ah! maldito! — continuou Antônio, estendendo os punhos cerrados sobre o cadáver com gesto ameaçador, como se ele pudesse ouvi-lo: que motivo tinhas tu para assim nos atraiçoar!?...

— Também eu estou conhecendo esse nosso desgraçado irmão e adivinho a razão por que nos veio guerrear.

— Qual é ela?

— Meribá amava muito a formosa Itajira, a mais bela das virgens aimorés; porém ela não o quis e hoje é esposa de teu irmão Juruci.

— Ah!... o motivo era bem forte!... exclamou Antônio, lembrando-se de que era também o amor que em grande parte o levava a estar envolvido na audaciosa empresa, em que se achava empenhado com Maurício.

— Ah!... sim, o amor!... o amor!... mas nem eu nem Maurício atraiçoamos a ninguém.

— É verdade, — exclamou Maurício — quem é capaz de uma traição é indigno do amor de uma virgem. Ah! Leonor!... Leonor!... e é principalmente para justificar-me a teus olhos da nódoa de traidor que hoje luto com todas estas dificuldades e me vejo envolvido em tão terríveis azares!

Pronunciando estas palavras, Maurício cruzou os braços, fitou os olhos no chão e assim esteve por instantes entregue às mais tristes e acabrunhadoras impressões.

Antônio que compreendeu perfeitamente a causa daquele abatimento, pois compartilhava infortúnio em tudo idêntico, o arrancou daquela cisma dolorosa.

— Vamos, patrão, disse batendo-lhe no ombro; a ocasião não é para ficar aqui a banzar; nada temos que fazer ao pé do corpo de um traidor que nem sepultura merece.

— Tens razão Itaubi; vamos. Não há tempo a perder; hoje, agora mesmo, se for possível, devemos procurar o rumo de São João del-Rei.

60

* * *

Uma hora depois do incidente que relatamos no capítulo anterior, dava-se no mesmo planalto da serra do Itatiaia uma cena bem diferente do sanguinoso combate que aí se travara na noite precedente. Itapema ia falar por sua própria boca aos guerreiros da sua tribo e eles se achavam reunidos e enfileirados diante dele.

A seu lado estavam seus dois filhos, Maurício e o negro Zambi. O velho cacique tinha dado provas no combate do dia antecedente de que nem a valentia e a força de seu braço, nem o tino haviam ainda de todo esmorecido sob o peso da idade e dos trabalhos.

Os jovens guerreiros esperavam que ele mesmo em pessoa fosse guiá-los a alguma grande empresa, como aquelas que outrora levara seus pais, contra tupinambás e carijós e outras tribos inimigas, e cada qual sonhava os mais arrojados sonhos de valentia, aspirando igualar, senão exceder, as façanhas do legendário cacique.

Mal sabiam eles quão arredado andava o espírito do bom velho daquelas cenas de vingança e morticínio. Se na véspera circunstâncias imperiosas lhe fizeram ainda uma vez brandir o tacape e soltar flechas certeiras contra o inimigo, foi a isso forçado em defesa sua e dos companheiros; posto que civilizado, Itapema nunca abandonara suas armas ou para a caça ou para emergências prováveis naquelas regiões selváticas, e as preferia às melhores armas de fogo.

Os guerreiros aimorés, postados em semicírculo diante do velho cacique, o aclamavam com altos alaridos, chocando entre si os rudes tacapes, meneando os arcos e entoando pocemas de guerra.

A tal espetáculo Itapema sentiu ainda uma última vez aquecer-se-lhe o sangue no entusiasmo das lides heróicas da guerra que tinham constituído a ocupação e a glória de quase toda sua longa vida. Teve por alguns momentos saudades do tempo de suas selváticas proezas; mas para logo a reflexão extinguiu aquela quase apagada centelha que ainda restava debaixo das esfriadas cinzas de seu belicoso passado. Vieram-lhe à memória o padre Faria e a nova religião de paz e fraternidade que tinha abraçado, e todo o seu entusiasmo se esvaneceu.

Erguendo o tacape e brandindo-o por cima da cabeça, fez sinal para que cessasse a vozeria das aclamações. Imediatamente acalmou-se todo o barulho e reinou fundo silêncio.

O cacique em sua língua selvática falou assim:

— Guerreiros aimorés, quem está agora na vossa presença é o vosso velho cacique Itapema que em outras eras conduzia os vossos pais a longínquas distâncias, desde o rio Piranga até as nascentes do Jequetinhonha, e da beira do Sabará-açu até as serranias onde nasce o Paraná. Todas as tribos tinham medo do seu tacape e os mais afamados e valentes caciques invejavam o seu nome. Nesses tempos os guerreiros de Itapema eram tão numerosos como os coqueiros da floresta: ao seu primeiro aceno, mil arcos surgiam como por encanto do fundo dessas matas e cada guerreiro valia por dez. O sangue de nossos inimigos regava campos e florestas, e nós trazíamos por brasão, pendurados ao nosso pescoço, os dentes arrancados à boca de nossos irmãos mortos por nossa mão. Mas isso era cruel e eu não me glorio, antes me envergonho e me arrependo dessas façanhas. Hoje Itapema não é o mesmo cacique daqueles tempos; não é porque a velhice e os trabalhos lhe tenham quebrantado as forças, o ânimo e a valentia, mas... Itapema conhece hoje um Deus que abomina o sangue e a guerra e Itapema não quer ir contra a lei desse Deus Santo. Se Itapema ontem entesou o arco e dele despediu a flecha de guerra foi para defender a si e a seus amigos.

Itapema está velho e cansado e em breve irá repousar na igaçaba[18] da morte... mas Itapema pede, moços e valentes

---

[18] Igaçaba: urna funerária dos indígenas.

guerreiros,... acompanhai meu filho que aqui está, — e batia com a mão no ombro de Antônio — e este nobre guerreiro branco — e designava Maurício.

Eles não vão com más intenções, vão arrancar ao cativeiro muitos de nossos irmãos do mato que estão em poder dos cruéis emboabas.

Quereis acompanhar meu filho Itaubi e seu amigo guerreiro que aqui está?

Itapema não falou mais. Um murmúrio confuso, como o da viração que agita a coma dos arbustos, se fez sentir por alguns instantes. Os jovens aimorés estavam pesarosos de não ter a sua frente o seu velho e famigerado Cacique, e hesitavam em responder. Antônio então avançou alguns passos para eles e falou assim:

— Meus irmãos, escutai-me. Se não vai à nossa frente o vosso chefe, vai seu filho que aqui está! Sou do mesmo sangue e também não sei o que é covardia e traição...

Conosco vai este guerreiro branco que vale tanto como dez de nós... Quereis ou não quereis ir?

A esta interrogação incisiva e terminante, seguiram-se alguns instantes de profundo silêncio; mas em breve irrompeu uma exclamação ruidosa e entusiástica, como lufada de vento que inopinadamente agita com violência a copa da floresta.

— Itaubi! bradavam todas as bocas; Itaubi, filho de Itapema!... Itaubi vai nos levar aos combates... e à vitória!...

Passados aqueles instantes de alacridade e entusiasmo, Maurício, comovido, tentou dizer algumas palavras; mas a vozeria e selváticas exclamações recrudesceram e abafaram-lhe a voz.

— São horas de partir cada um para seu destino, exclamou Itapema, erguendo o tacape para chamar a atenção dos guerreiros...

As mulheres e crianças que aqui vieram voltarão comigo e ficarão em Ouro Preto; o pajé dos brancos é caridoso e bom.

Não faltarão aos aimorés nem a caça e o cauim e nem a taba do repouso, e o vil tupinambá nunca se atreveu a ir lá perturbar a nossa paz que não se arrependesse amargamente. Não é muito longe o lugar para onde partem os jovens guerreiros aimorés; em menos de duas luas poderão estar de volta. Fujamos deste lugar sinistro, manchado pelo sangue dos tupinambás...

— E mais ainda, — interrompeu Antônio com voz atroadora de indignação — e mais ainda, oh! Itapema, ilustre chefe de uma tribo valente e generosa, — e mais ainda manchada pelo sangue de um aimoré traidor!...

Dizendo isto, Antônio apontava para o cadáver de Meribá que jazia a poucos passos de distância.

Os aimorés, surpreendidos por estas palavras, rompendo a ordem mais ou menos regular em que até ali se achavam postados, afluíram de tropel para junto do cadáver apontado por Antônio, a fim de reconhecê-lo.

— Meribá! Meribá!... exclamaram soltando gritos medonhos de indignação e despejando flechadas e rudes golpes de tacape sobre o corpo inanimado do traidor.

Tanto a traição é abominada até mesmo entre os selvagens!

Em presença de tal espetáculo, Itapema estremeceu horrorizado; sua alma regenerada pelo padre Faria e imbuída dos sentimentos da moral cristã, não podia mais conformar-se com esses atos de ira brutal e canibalismo.

— Que é isso, guerreiros aimorés! — bradou ele, lançando-se indignado no meio do turbilhão que refervia em torno do cadáver e afastando-os violentamente a punhadas e golpes de tacape, — Que é isto?... onde se viu um guerreiro aimoré despejar flechas e desperdiçar valentia no corpo de um morto!... Oh!... vós não pareceis mais os descendentes daqueles que eu outrora guiara aos combates, que nem ao menos olhavam para o inimigo que caía morto a seus pés, e só se apraziam em apanhar vivo o mais valente de entre todos para abrilhantar com o seu suplício a festa do

64

triunfo... imolá-lo e erguer um troféu tranqüilamente na taba, ah!... e isso mesmo era bem cruel e feroz.

O cacique murmurou estas últimas palavras com voz cava e compungida, como que arrependido do assomo belicoso a que por um momento se deixara arrastar.

— Fujamos daqui — continuou ele; os urubus do ar e os bichos do mato se encarreguem de consumir esses corpos indignos de sepultura e da igaçaba dos guerreiros leais e valorosos.

No mesmo instante Itapema, seguido por seus dois filhos, Maurício acompanhado de Zambi e toda a horda dos aimorés, tomando suas armas e seus cabazes cheios de frutas, palmitos, caças e legumes, abandonando aquele lugar sinistro, se puseram em marcha acelerada e desceram pelas íngremes, lisas e descobertas encostas orientais da serra do Itatiaia. Dir-se-ia o transbordamento de algum lago, que despejava pelo flanco da montanha suas águas túrbidas e revoltas.

* * *

Dentro em pouco achava-se reunida, no vale do Itatiaia, cuja descrição já fizemos, a coorte dos guerreiros bandidos. Aí descansaram e tomaram alimento.

Itapema falou assim a seu filho Antônio:

— Itaubi, meu filho, tu marchas para a guerra em companhia do branco a quem juraste amizade. Itapema, teu pai, não quer que tu te afastes dele e o abandones; serias um traidor como este mal aventurado Meribá, cujo corpo lá ficou em cima entregue aos urubus.

— Vai, eu não posso acompanhar-te, mas a bênção do padre Faria e de teu pai te livrem de todo mal. Adeus, meu filho!...

Antônio abraçou seu pai e beijou-lhe a mão, e depois com as lágrimas nos olhos, apertou nos braços seu jovem irmão, que apenas conhecia de véspera e de quem ia separar-se talvez para sempre.

Maurício, Zambi e todos os guerreiros assistiam comovidos o despedir dos dois índios. Mesmo os selvagens alcançaram o sentido daquela nobre e tocante cena.

O leitor talvez estranhe os sentimentos nobres e elevados, a linguagem por demais grave e sensata de que usava o velho chefe selvagem, tão imprópria da boca de um botocudo; por isso lembraremos que Itapema, havia já dez anos, residia em casa do padre Faria, que durante todo esse tempo não cessou de doutriná-lo, e o bugre em suas mãos tinha-se tornado um poderoso auxiliar para a domesticação e catequese das tribos que vagavam pelas cercanias de Ouro Preto.

O índio tem sempre a palavra veemente quando recorda os feitos heróicos, e os chefes da tribo quando falam às coortes guerreiras, enchem de imagens os discursos e sabem fazer reviver na memória dos homens os feitos nobres dos guerreiros mortos.

Itapema era o intérprete de que se servia o padre em suas relações com os selvagens e por seu intermédio não só se tinham evitado muitos ataques e correrias de índios sobre Ouro Preto, como mesmo se havia atraído ao grêmio do cristianismo e da civilização européia considerável número de selvagens.

Maurício, abraçando o velho cacique, expressou-lhe com palavras lhanas e sinceras o valioso auxílio que tão generosamente acabava de lhe prestar.

— Itapema — disse-lhe ele comovido, — tens dois filhos dignos de ti; um deles há muito tempo é meu irmão; o outro o será também de agora em diante, — acrescentou cingindo ao peito com o braço esquerdo o jovem Juruci, enquanto com a direita beijava a mão mirrada e calosa de Itapema, dizendo-lhe: — Tens também em mim um amigo e um filho, em qualquer ocasião que precises de meu braço e do meu coração.

— Não preciso mais do socorro dos homens — atalhou Itapema, — minha esperança está no céu e na misericórdia de Deus!...

Zambi também não podendo resistir ao empenho de mostrar sua gratidão ao velho cacique, postou-se de joelhos aos pés dele, e curvando a cabeça estendeu-lhe a mão direita, como que lhe pedindo a bênção à maneira dos escravos. Itapema com o cavalheirismo e maneiras delicadas que aprendera do padre Faria, levantou-o, tomou-lhe a mão, levou-a ao peito e abraçou o africano.

Depois de volver um olhar saudoso aos guerreiros da tribo, Itapema fez um gesto a Juruci, e ambos, seguidos da turba de mulheres e crianças, seguiram caminho de Ouro Preto.

Os guerreiros da tribo de novo aclamaram Itaubi seu chefe e, entoando uma pocema[19] de guerra, se afastaram com Maurício e Antônio, procurando o rumo de São João del-Rei.

Maurício procurou ocultar, o mais que foi possível, sua marcha com aquela numerosa horda em demanda da vila de S. João e para isso tinha razões de sobra.

Devia afastar-se principalmente de todos os caminhos já batidos pelas bandeiras exploradoras que então cruzavam aquelas regiões, porque se acaso se encontrassem corria risco de ser reconhecido e não faltariam bocas que fossem levar aos ouvidos do capitão-mor a notícia de que ele ainda era vivo e marchava em direção à vila com um numeroso séquito.

Embora nada revelasse das intenções com que ia, bastava esse fato para pôr de sobreaviso Diogo Mendes o que por certo faria malograr sua empresa, cujo bom êxito dependia sobretudo de uma surpresa.

Demais disso, Maurício devia esforçar-se também para evitar encontros e travar combate com as hordas selvagens que porventura se apresentassem em seu caminho; era-lhe mister poupar sua gente e aproveitar o tempo.

Para esse fim recomendou silêncio, e nada de pocemas nem alaridos, o que com muito custo pôde obter e, em vez

---

[19] pocema: cantos guerreiros.

de procurar o caminho mais trilhado e direto que de Ouro Preto conduzia a São João del-Rei, demandou as montanhas escabrosas e cobertas de florestas que formam as cabeceiras do rio Piranga e por aí se dirigiu ao arraial de Itaverava, a nascente colônia de Amador Bueno. Esperava talvez aí encontrar o valente bandeirante paulista, que com sua gente se tinha retirado para o lado de Sabará e Caeté a fazer novas explorações, enquanto cresciam e amadureciam as plantações que ali fizera. O paulista, porém, tendo sofrido contratempos e mesmo hostilidades da parte do português Nunes Viana, que então dominava quase soberanamente naquela região, não voltou mais a sua colônia, e, perseguido pelos emboabas, viu-se forçado a recolher-se a São Paulo de Piratininga, a fim de reunir mais numerosa comitiva com que voltasse às Minas.

Maurício, apesar de todas as precauções, não deixou de encontrar algumas hordas de selvagens; mas graças à astúcia e habilidade de Antônio, que corajosamente se apresentava a parlamentar com elas, evitou suas hostilidades, e, no fim de seis dias de marchas, lentas e políveis, através de matas espessas, tendo de atravessar ribeirões cheios, pois estava-se em fins do ano de 1709, época das chuvas e do transbordamento dos rios, chegou às paragens onde hoje está assentado o arraial de Prados, que fica a pouca distância da parte oriental da Serra de São José del-Rei. Estava já nas vizinhanças do lugar em que ia jogar o seu destino, por isso, maior cautela e mistério devia empregar em sua marcha, pois maior probabilidade havia de se encontrar com habitantes de São João del-Rei, que o reconhecessem e avisassem ao capitão-mor a sua chegada.

Era já tardinha, quando Maurício, com sua comitiva, chegou ao ribeiro que corre ao pé do arraial de Prados, lugar então coberto de densíssimas matas. A chuva torrencial que desabava desde o meio-dia engrossara consideravelmente as águas do ribeirão, que roncava medonho pelas lôbregas espessuras. Não sendo possível vadeá-lo antes que passassem as chuvas e as águas decrescessem, Maurício mandou sua gente fazer alto ali. Com ramos e taquaras os guerreiros aimorés em poucos momentos improvisaram uma barraca para Maurício, Antônio e Zambi, a quem já adoravam enquanto eles mesmos, acocorados e encostados aos troncos das árvores, agarrados ao arco e ao carcás[20], podiam se tomar por verdadeiras múmias tiradas da igaçaba, se não fosse a mastigação com que devoravam avidamente o moquém[21] de caças que de antemão traziam preparado.

Maurício estava pensativo e sombrio. O rugir da chuva, o ronco das catadupas que caíam das montanhas, o bramir do ribeirão, que fugia impetuoso como leão ferido que ruge bravio correndo através das florestas, inspiravam-lhe sinistras impressões e emoções desoladoras.

De feito a situação difícil, arriscada e complicadíssima em que se achava, não era própria para alimentar em seu espírito senão acerbas e dolorosas apreensões, e, quanto mais se avizinhava do teatro em que ia jogar o seu destino em uma arrojada e quase louca empresa, mais temerosa e árdua se lhe afigurava a conjuntura em que se achava colocado.

Quantos motivos o levavam àquele ato de desespero, que parecia uma rebeldia e uma traição, e que todavia era nada menos que um generoso e nobre impulso de lealdade e dedicação!!

A torrente turva e impetuosa do córrego espumoso e revolto, solapando as ribanceiras e bramindo furioso à semelhança do jaguar ferido, que rompendo as florestas, solta rugidos de dor e de raiva, oferecia aos olhos de Maurício a mais viva imagem de seu cruel destino.

Também corriam-lhe dias turbados e inquietos, errante e foragido, ocultando os passos na escuridão de selvas me-

---

[20] Carcás: aljava (do árabe, "que atira flechas).
[21] Moquém: grelha de varas para assar ou secar a carne e o peixe; aqui a expressão é utilizada para se referir à comida preparda dessa forma.

donhas, e pelas escabrosas encostas de serros quase inacessíveis, deixando em seu caminho sangue e ruínas, e arrastando-se, por singular e inexorável capricho da sorte, de abismo em abismo, sem poder lobrigar no futuro qual seria o paradeiro a tantas e tão desastrosos azares.

Quando, porém, ali se achou, tão próximo dos lugares onde outrora, ufano e cheio de esperanças, cavalgara ao lado da donosa e gentil Leonor, recrudesceram as hesitações e as cruéis apreensões que lhe atormentavam o espírito.

A que terríveis azares ia expor os dias daquela por quem daria mil vidas que tivesse?... Ia pela segunda vez ensopar em sangue e talvez sepultar em ruínas a habitação do homem que o tinha abrigado em seu teto hospitaleiro, em quem sua infância desvalida tinha achado um pai que o destino lhe negara! Mas, refletia ele também, — como posso eu viver passando por infame traidor aos olhos daquela a quem adoro e daquele a quem devo mais do que a vida, a quem devo tudo quanto sou e poderia ser ainda, se melhores destinos me sorrirem?

Que outro recurso me resta para me justificar perante ambos senão avançar até eles com mão armada e vitoriosa? Se eu sucumbir na luta lá está o memorial, que ficou entregue a mãos fiéis, honradas e dedicadas, e desvendará aos olhos daqueles cegos voluntários tudo o que tem acontecido e justificará a minha memória. Então compreenderão claramente quem era o homem de bem, o amigo leal e dedicado, se eu, Maurício, ou esse ignóbil fidalgo, que para cavar minha ruína lhes venda os olhos e os vai empurrando para um abismo, do qual queira Deus que escapem incólumes; e a lágrima de dor e de arrependimento, que eu sei que o pai e a filha hão de verter sobre minha sepultura, amaldiçoando o nome de Fernando, será cabal vingança e a extrema consolação que minha alma levará para o outro mundo. Mas, se Deus proteger os meus desígnios, que são os da causa da verdade e da justiça; se eu puder falar-lhes alto sem nada recear pela minha cabeça e a de meus amigos, até agora expostas a todos embustes e perseguições de um celerado... As reflexões de Maurício foram atalhadas por Antônio — Que é isto?... O patrão anda só a banzar!... estamos perto; é tempo de fazer alguma coisa!...

— É verdade, meu amigo — acudiu Maurício, como que acordando de um pesadelo, — chama Zambi para concordarmos no que havemos de fazer.

* * *

Maurício, que se achava com Antônio sob o frágil abrigo de ramos que lhe haviam preparado os índios, mandou chamar também para junto de si Zambi; enquanto a chuva desabava rugindo pela coma da floresta, os troncos rangiam açoitados pelo vento e as catadupas roncavam despenhadas pelos grotões da serra, os três começaram a deliberar sobre o modo por que deviam avir-se no assalto que iam empreender contra os emboabas de São João del-Rei.

Antônio e Joaquim, o índio e o africano, eram o braço direito e esquerdo de Maurício; não lhe eram somente úteis pela valentia e coragem nos combates; também nas deliberações gostava de ouvi-los, pois eram ambos capazes de se encarregarem do mais arriscado empreendimento.

Não lhes faltava para isso nem tino nem audácia, e bem se sabe a extrema lealdade que votavam não só à causa que serviam como mesmo à pessoa de Maurício.

Concordaram, facilmente e sem contestação, que o assalto devia ser dado de noite e, para esse fim, tomando todas as precauções para que sua aproximação não fosse percebida, deviam ir postar-se na gruta de Irabussu, que lhes era bem conhecida. Desse medonho esconderijo que com razão presumiam ainda não fosse descoberto pelos emboabas, poderiam mandar ao arraial de S. João, espias que se informassem do estado da povoação, se se achavam ou não ali prevenidos contra qualquer agressão.

71

Essa espionagem, tanto Antônio como Joaquim poderiam desempenhá-la perfeitamente, pois conheciam melhor que ninguém o terreno, as pessoas e mesmo as circunstâncias do arraial. Algumas palavras que pudessem ouvir, sem serem pressentidos, podiam dar-lhes a revelação do estado em que ali se achavam os ânimos e as coisas.

Havia, porém, uma grande dificuldade em que Maurício insistia e cuja solução era dificílima e quase impossível. Esse assalto devia ser um ataque e uma defesa ao mesmo tempo. Maurício, como se sabe, tinha supremo interesse em derrotar os emboabas salvando não só a vida como a propriedade do capitão-mor e sua filha. Queria um golpe rápido, seguro e certeiro, sem que o capitão-mor sofresse a menor violência ou desacato em sua família, golpe dado sem precipitação nem alarido e, se fosse possível, sem o derramamento de uma só gota de sangue. Antônio tinha presa em casa do capitão-mor sua querida Indaíba, e, por conseqüência, receava igualmente que no furor do ataque a pobre menina fosse vítima da ferocidade dos guerreiros aimorés.

Estes não podiam conhecer o capitão-mor, nem sua filha, nem Indaíba, pessoas que nunca tinham visto. Joaquim, posto que não tivesse em casa do capitão-mor pessoa por quem imediatamente se interessasse compreendia, contudo, perfeitamente a situação de seus dois companheiros de infortúnio porque, lá também tinha a sua amante, senão em casa do capitão-mor, em outra qualquer parte que ele mesmo ignorava; e estava disposto a procurá-la, a tomá-la e defendê-la, em qualquer parte, onde quer que a encontrasse, à viva força.

Perplexos e irresolutos assim estiveram por algum tempo, sem saberem em que haviam de acordar. Antônio, porém, depois de alguns minutos de silêncio e reflexão, propôs este alvitre:

— Patrão, tenho uma idéia, — exclamou ele batendo na testa e levantando-se com entusiasmo. — É coisa muito simples, mas não há no mundo ninguém que a possa desempenhar, senão eu.

— Qual é ela, Itaubi? dize-nos depressa.

— É o seguinte. Amanhã ou depois, quando for possível, vou a São João, entro às escondidas em casa de patrão velho, procuro Indaíba, que decerto ainda está lá guardada...

— Ah! meu amigo, — interrompeu Maurício, — tu vais correr muito perigo... não devo consentir...

— Deixe-se de sustos, patrão. Vossa Mercê bem sabe que não é a primeira vez que tenho feito isso sem correr nenhum risco.

— Pois vá feito; mas que vais tu fazer em casa do capitão-mor?

— Vou procurar Indaíba e tais artes arranjarei que poderei conversar com ela sem que ninguém nos perceba e hei de falar-lhe assim: — Indaíba, olha que em tal noite, a tais horas, o senhor Maurício, eu e muita gente armada vamos dar de súbito nesta casa, isto para teu bem, de Sinhá Leonor e de Helena; nessa noite e nessa hora, tu e elas duas devem estar no oratório rezando; vai haver guerra e sangue; mas haja o que houver, não saiam da capela porque correm grande risco, e lá, nossos guerreiros, que serão avisados por mim, hão de respeitá-las e não tocarão nem um fio de vossos cabelos.

— E o capitão-mor! — interrompeu Maurício, — tu te esqueceste dele... onde se refugiará?

— Ora! o capitão-mor!... esse é um valente!... há de sair a combate; mas, o coitado!... é velho; Antônio de um pulo o agarra e o carrega para o meio dos nossos e, sem o magoar, põe-no fora do combate e de perigo.

— Bem sei que assim o farias; mas, se ele cair em mãos de outros?

— Ah! nesse caso — redargüiu Antônio hesitando — nesse caso... Antônio no meio do combate mostrará o capitão-mor aos seus guerreiros e dirá: É aquele; não toquem nele. E eles cumprirão minhas ordens.

— Mas um ataque à noite! as flechas, os tiros que se disparam mesmo de perto, a esmo, sem pontaria?... quanto perigo não corre?... Já te esqueceste do Afonso, o infeliz irmão de Leonor, que veio morrer na ponta de minha espada, por mais esforços que eu fizesse para nem de leve ofendê-lo? E o temerário e impetuoso Calixto? Pobre moço... coberto de feridas, combatia como um leão; consegui desarmá-lo, mas ele caiu exangue e inanimado, não sei se morto. Oh! isto é cruel! é doloroso! confesso e sinto que me vai faltando coragem e resolução para sujeitá-los aos azares de um novo conflito, que poderá talvez não ter outro resultado senão o de agravar mais os funestos efeitos do primeiro.

— Não tenha susto, meu branco; seu negro e Antônio, antes que haja sangueira e carnagem, hão de procurar e hão de achar modo de roubar as três meninas e botá-las a salvo em lugar seguro. Desta vez a gente já está escarmentada e não se há de ir assim à toa, não, há de se riscar nosso plano, e, com a ajuda de Deus, Nosso Senhor, a coisa há de tomar rumo.

— É justamente o que eu penso, Zambi; não temos mais que nos avir com essa gente barulhenta e desensofrida, como da primeira vez; os meus aimorés me obedecem cegamente e nenhum deles é capaz de respingar contra o que eu disser. Mas, como eu já disse, para se poder roubar e pôr a bom recato as três meninas, é preciso que elas estejam avisadas para não se assustarem e não fazerem alarido; para isso é indispensável que eu me introduza sorrateiramente em casa do patrão velho.

— Não caias nessa, Itaubi; tu não compreendes que avisar Leonor é levar infalivelmente ao conhecimento do capitão-mor e de Fernando a nossa aproximação e os nossos projetos?...

Leonor hoje me tem na conta de um traidor, um facínora, julgando-me o assassino de seu irmão; esse rapto para ela atualmente é uma infâmia, a que por modo algum se sujeitará; demais ela adora seu pai e, com os nobres e elevados sentimentos de que é dotada, vendo os riscos a que se acha exposto, como poderá ela deixar de avisá-lo a fim de prevenir-se contra o golpe que o ameaça?...

— Mas Itaubi lhe fará ver que o patrão está inocente das desgraças que houve e do sangue que se derramou e lhe contará toda a história da gruta.

— Nem tocar nisso, Itaubi; isso é um passo arriscadíssimo que iria denunciar-nos e transformar todos os nossos planos. Não; se me queres bem, se queres bem a Leonor e Indaíba, não faças semelhante loucura...

— Loucura, meu patrão?...

— Sim, loucura, meu amigo: as cinzas do jovem Afonso ainda estão quentes; ainda fumega o sangue dos emboabas e paulistas que naquela fatal noite fomos forçados a derramar. Foragidos, como andamos, por estes sertões, nada sabemos do que tem ocorrido no arraial de São João. É bem provável que todos, tanto emboabas, como paulistas que porventura ainda ali existam, sejam todos contra nós, até mesmo o próprio Calixto que, desarmado por minhas mãos, foi posto fora de combate e nesse caso lá ficou, ferido ou prisioneiro em casa do capitão-mor.

— Cruz! Ave Maria, patrão! nem é bom lembrar-se disso.

— É bom lembrar, se bem que nos doa n' alma!

À exceção de Gil, que sabia de minhas intenções e que comigo tão generosamente correu a me salvar na última refrega, com quem mais podemos contar? O próprio mestre Bueno, se por acaso ainda por lá anda, me terá talvez em conta de traidor!

Maurício pronunciou tristemente estas palavras, deixando pender a cabeça para o chão.

— E quem sabe —, acrescentou ainda, se a mesma Indaíba a quem tanto adoras, embaída pelo perverso e embusteiro Fernando, não estará também contra ti, contra mim e contra todos nós?

— Ah! patrão, patrão!... não fale assim! exclamou o índio soltando um rugido de jaguar — Se isso pode acontecer, Itaubi não descansa mais um momento; sozinho ou, com quem quiser acompanhá-lo, lá vai: mata tudo quanto encontrar diante de si, agarra pelos cabelos Indaíba e, se ela não acreditar nele enterra-lhe esta faca no coração...

— Oh! Antônio, oh! meu amigo — disse Maurício com voz suplicante, arrependido das palavras que acabava de proferir, e que tão violenta excitação haviam produzido no espírito do amoroso e valente índio.

— Antônio, não! bradou ele ainda exasperado — Itaubi! Itaubi! chame-me Itaubi. Se Indaíba está pervertida, é pelos cristãos, e eu quebro este...

Dizendo isto, Antônio apertava com mão frenética o pequeno crucifixo de prata que sempre trazia ao pescoço.

— O Deus que protege a esses que perseguem umas pobres meninas desvalidas não pode ser bom.

— Que dizes, Antônio!... estás a blasfemar! — Nesse momento, um trovão, e um raio que caiu a pouca distância, prostara um enorme tronco.

— Estás vendo, Antônio, o efeito de tuas palavras? É uma ameaça!... O nosso Deus, que morreu por nosso amor, não pode proteger os maus. O mau, o único mau, que lá existe, tu bem o conheces, é o maldito Fernando. Esse, tarde ou talvez bem cedo, por desígnio desse mesmo Deus, de quem acabas de maldizer e desconfiar, há de cair prostrado a nossos pés e receber o castigo que merece. Oh! por quem és, Antônio, não percas a fé no Deus de bondade e de justiça, que é hoje nosso único refúgio.

Ao proferir estas palavras, Maurício, que tinha crença firme e profunda na religião do crucificado levantara-se em toda a altura do seu belo porte, e, apontando para o céu com um gesto inspirado, parecia um profeta a devassar os arcanos do futuro.

O africano, com um joelho meio curvado e arrimando-se em sua zagaia, o contemplava cheio de respeito e comoção. Antônio prostrou-se aos pés de seu amo, abraçando-lhe os joelhos:

76

— Perdão, meu amo — exclamava ele — Antônio já não sabe o que disse; não faça caso das palavras de um bugre grosseiro que nasceu no mato; ele tem a cabeça muito ruim, mas seu coração é bom.

— Levanta-te, meu bom Antônio; — tens um coração mais nobre do que a maior parte dos fidalgos, e se tua cabeça desvaira alguma vez, é levada por impulsos generosos. Deus te perdoará o grito de blasfêmia que há pouco te veio à boca e que decerto não nasceu de alma nem veio do coração, mas do ímpeto da paixão.

Enquanto se dava esta cena, a chuva havia cessado completamente; as nuvens expelidas do ocidente para o oriente por uma violenta lufada, deixaram o sol completamente descoberto, coando do ocaso inflamado seus raios horizontais através da ramagem e dos troncos da floresta.

Agitado pela brisa que sucedera ao tufão, o teto verde-escuro da mata, de onde um outro pedaço do azul aparecia, deixava cair o resto da chuva que ainda lhe umedecia a coma, aos pingos grossos, irisados. A selva apresentava então um aspecto fantástico e deslumbrante; as réstias de sol que se insinuavam naquelas brenhas, quebrando-se, sem derramar luz muito viva nem sombras muito pronunciadas, expandiam uma claridade igual e cor-de-rosa; os troncos, cobertos desse musgo que lhes reveste a crosta áspera e rugosa, pareciam colunas de bronze velho e azinhavrado e as gotas que caíam da folhagem, iriadas[22] pela luz do sol, pareciam uma chuva de ouro, de pérolas, de rubis, de topázios e esmeraldas. Pura fantasmagoria!

Os mal-aventurados viventes, que ali se achavam, não encontravam diante de si senão brenhas e escalabrosidades a romper, senão trabalhos e privações a suportar, azares e perigos.

---

[22] Provavelmente: irisadas.

Não há mais hesitar, refletiu Maurício consigo mesmo — o meu destino, seja qual for o resultado, feliz ou desastroso, está traçado de um modo fatal e inevitável. O meu caminho é um só, sem desvio nem atalho possível; devo marchar com as armas na mão, direito à casa do capitão-mor.

Não quero, não devo, não posso ter outro procedimento. É possível que eu passe os dias, que ainda tenho de viver, errante, foragido, difamado e até amaldiçoado pelos entes a quem mais prezo neste mundo e por quem tantos sacrifícios tenho feito? e ele, esse vil e embusteiro Fernando, o único autor de todos meus infortúnios, passe a vida junto dela, gozando de todas as venturas que o céu me tenha destinado?!

Oh! não! nunca! nunca! É forçoso arriscar um golpe decisivo, que me arranque de uma vez destas cruéis conjecturas, deste inferno insuportável em que há mais de seis meses me vejo sepultado e que cada vez se torna mais sinistro e desesperador!... Não é só a honra e a liberdade de três donzelas e os direitos de meus patrícios oprimidos por um perro de emboaba o que tenho de proteger com as armas na mão; é também a minha vida que tenho a defender e pôr em segurança; é também e principalmente o baldão[23] de traidor, que macula meu nome, baldão que, infelizmente, só poderei lavar com sangue.

Ah! Deus me perdoará por certo o sangue que for derramado; é em defesa da honra, da lealdade, da justiça, do amor e da inocência.

Entretanto o sol havia inteiramente desaparecido atrás dos morros do poente; o ribeiro que a pouco túrbido e espumoso rolava em catadupas rugidoras através das selvas, escalavrando as ribanceiras, agora, reduzido a seu leito natural, murmurava timidamente como o cão irritado que se deita rosnando aos pés do senhor, que veio apaziguá-lo.

---

[23] Baldão: no contexto, "injúria", "má fama", "pecha".

— Eia, meus amigos! — disse Maurício com voz animada e resoluta; — já agora não é mais dado recuar. Não tarda anoitecer; o ribeirão já esvaziou, passemos para outra banda antes que venha por aí mais alguma pancada de chuva grossa, como a que acabamos de agüentar. Esta noite mesmo, a não haver algum transtorno, poderemos estar na caverna de Irabussu.

A estas palavras de Maurício, Antônio e Zambi saltaram fora da pequena tolda de ramos, em que se achavam abrigados. Antônio deu um sinal aos seus aimorés, que em um momento se puseram de pé com suas armas e cabazes e se agruparam redemoinhando como uma vara de caititus, gesticulando e resmungando com esgares, gestos e palavras indígenas, que denunciavam impaciência e vontade de partir.

O troço de homens de Maurício, composto como sabemos, de alguns poucos paulistas, de negros foragidos e de diversos bugres meio civilizados, também não tardou em se apresentar pronto para prosseguir na marcha. Em poucos minutos tinham todos passado para a margem direita do córrego.

O dado estava lançado; Maurício havia transposto o seu Rubicão.

CAPÍTULO V

O Encontro

Uma vez passados para a outra margem do arroio, Maurício e seus companheiros se puseram em marcha e foram acompanhando o curso da torrente, não por caminhos nem trilhos, que não existiam, mas por uma batida, como se diz em linguagem sertaneja, que ali havia aberta há muitos séculos, por certo pelos animais silvestres, pelas antas, veados e caititus e depois mais praticável talvez pela freqüente passagem das hordas errantes que cruzavam por aquelas paragens. Essa batida, que seguia até as proximidades da confluência do ribeirão com o Rio das Mortes, já era muito conhecida de Antônio, de Zambi e mesmo de Maurício, que em suas caçadas tinha tido ocasião de reconhecê-las.

Não pensem, porém, os leitores, que era um caminho franco e desimpedido; nas matas brasileiras, principalmente naquela época, somente dois ou três meses de chuva mudavam completamente o aspecto do solo.

As torrentes pluviais e a extraordinária exuberância de uma vegetação vigorosa e rápida apagam completamente, em pouco tempo, até o último vestígio mesmo de uma estrada regular, feita pela mão do homem civilizado, através das florestas, se ela não continua a ser freqüentemente transitada.

A não ser o instinto selvático de Antônio e o traquejo que Maurício e Joaquim tinham daqueles sertões, bem difícil seria reconhecer o seguimento dessa batida. A marcha, portanto, não podia deixar de ser lenta e penível através de uma floresta, onde então apenas penetrava escassamente o clarão da lua, que ainda não havia atingido ao seu quarto crescente.

Antônio, Maurício e Joaquim, como conhecedores e práticos da localidade, caminhavam adiante. Marchavam um a um, de frente, porque em semelhantes caminhos e com tal escuridão, outra não podia ser a ordem da marcha. Assim andaram sem novidade nem contrariedade alguma por espaço de duas horas, avizinhando-se do leito do Rio das Mortes. Já estavam bem vizinhos do lugar em que, deixando o córrego, que deságua no rio, deviam descer, por este, passar a ponte e daí continuar margeando-o sempre, seguindo águas acima o seu curso, chegando antes de amanhecer à gruta de Irabussu.

— Graças a Deus, — disse Maurício a Antônio — estamos quase chegados sem grande novidade nem contratempo no termo de nossa terrível peregrinação. De amanhã em diante só nos será preciso astúcia, coragem e prudência.

— É verdade, patrão; não nos há de faltar nada disso: ânimo e paciência no trabalho e no perigo não nos falta, e Deus é por nós.

Poucos instantes depois de proferidas estas palavras, Antônio, que marchava uns cinqüenta passos adiante de Maurício, parou de súbito, deitou-se por terra, e encostou o ouvido ao chão, e nessa posição conservou-se por alguns instantes.

— Que temos de novo, Antônio? perguntou Maurício com sofreguidão e voz abafada.

— Não sei, meu amo; mas parece-me que aí vem gente pela nossa frente.

— Ah! exclamou Maurício com angústia; teremos sido percebidos!... estaremos denunciados?!

— Isso não é possível, patrão; até o presente nenhum de nossa tropa desertou ainda e em nosso caminho ainda não encontramos viva alma. Há de ser algum troço de bugres, como eu e meus aimorés; com esses eu sei me entender, o patrão bem sabe; não é a primeira vez, esperemos. Zambi, manda nossa gente marchar avante depressa e parar...

Zambi voltou cinqüenta passos e com incrível rapidez fez parar toda a horda debaixo do maior silêncio. Maurício e Antônio avançaram mais uns trinta passos e esperaram a pé quedo e quase suspendendo a respiração na maior ansiedade; por fim ouviram distintamente o tropel surdo de homens, que se avizinhavam.

Momentos depois, Antônio com sua vista de lince lobrigou através das trevas, na distância de uns cinqüenta passos, a vanguarda de um grupo de homens entre os ramos, que vinha avançando pela mesma batida. Antônio, sem dizer palavra, entesou o arco e despediu uma flecha, que voou zunindo e foi cravar-se em um tronco, pouco acima da cabeça dos que vinham. A resposta foi um tiro, e uma bala, que silvou bem perto dos ouvidos de Maurício e Antônio.

— Bem vês, Antônio — que não são bugres, estamos descobertos, — disse Maurício e depois com toda a força de sua voz clara e vibrante — Antônio, Zambi, paulistas, temos inimigos pela frente! avançar...

— Maurício! bradou mais alto ainda outra voz do lado contrário.

Ouvindo esta voz, Maurício estremeceu e parou hirto e imóvel como se seus pés se cravassem de súbito no chão e clamou por três vezes — Gil! Gil! Gil!

Ambos voaram um para o outro, de braços abertos, e, através da escuridão, como levados por uma poderosa atração magnética, ou por uma impulsão misteriosa, caíram nos braços um do outro.

— Estás ferido?

— Não, e tu?

— Nem de leve! Louvado Deus!

Gil não precisou dizer uma palavra a sua comitiva, composta de uns vinte homens em sua maioria paulistas e de alguns índios domesticados.

O nome de Maurício, que ouviram distintamente dos lábios de Gil, nome que lhes era tão conhecido, foi ecoando de boca em boca: — É Maurício! é Maurício!... e sustou imediatamente todo ato de hostilidade.

Os aimorés, porém, que vinham ainda um pouco disseminados a uns cem passos atrás e que não sabiam quem era Gil, ignoravam inteiramente o que acabava de ocorrer. Antônio, deixando Maurício e Gil, com rapidez do veado voltou ao encontro deles, que com Zambi à frente já vinham em passo acelerado e de flecha enristada, dispostos a combater a todo o transe.

— Zambi! Zambi!... bradou Antônio, pára aí, são amigos! é Gil, o amigo do patrão.

Em alguns instantes, mas não sem alguma dificuldade, Antônio e Zambi conseguiram conter e aplacar o ímpeto belicoso, de que vinham animados e que impelia para diante aqueles selváticos guerreiros. Pareciam sentidos por terem perdido aquela primeira ocasião de mostrarem ao filho de seu velho chefe a pujança do tacape brandido por seus braços e os tiros certeiros de suas flechas aceradas.

Posto que um pouco descontentes, avançaram lenta e tranqüilamente; mas os paulistas de ambos os grupos encontradiços, que eram todos conhecidos e amigos velhos, cheios de contentamento por aquele feliz e inesperado encontro, se apinhavam e enovelavam em derredor de Gil e Maurício, cada qual mais ansioso por vê-los. Aquele troço de cerca de quarenta homens, remoinhando em volta de um ponto limitado, falando-se uns aos outros com voz surda e abafada, no meio de uma floresta espessa e tenebrosa, alta noite, se não se assemelhava a um congresso de vampiros e duendes, devia parecer-se com uma vara de caititus quando aglomerada em torno do caçador, que, trepado em um tronco ou em um cupim, munido de uma foice os vai ceifando um por um.

Assim Gil e Maurício não se viram livres do aperto, enquanto não falaram e abraçaram a cada um dos do grupo contrário.

— Que feliz encontro, heim? Maurício?!

— É verdade, meu Gil; feliz encontro, mas por um pouco nos ia sendo fatal.

— Ah! Maurício! Deus protege a boa causa. É tempo de nos vingarmos; tudo corre às mil maravilhas a nosso favor; só tu nos faltava, agora creio que podemos contar com o triunfo.

— Deveras, Gil?!

— Oh! por Deus, meu amigo! Mas não devemos perder tempo aqui parados. Eu só venho a tua procura; achei-te mais depressa do que esperava e agora tenho de voltar contigo.

— Mas como sabias que eu estava vivo?

— Vamos, Maurício! ordena a tua gente, e toca a marchar; de caminho, apesar da escuridão e da dificuldade da marcha, tudo te irei contando por miúdo. Puseram-se, pois, em marcha, os da comitiva de Gil, voltando sobre seus passos e os de Maurício prosseguindo sua jornada.

Se grande era o desejo, que tinha Gil, de contar a seu amigo tudo o que havia ocorrido depois que se haviam separado na calamitosa noite do assalto à casa do capitão-mor, maior era ainda a ansiosa curiosidade de Maurício por saber o que ali se passara depois. Portanto, apesar da escuridão do caminho, Gil, interrompendo-se a cada passo, foi contando o que se vai ler nos capítulos seguintes. Antônio e Zambi, igualmente interessados, seguiam-nos imediatamente e marchavam sobre as pegadas dos dois jovens paulistas, cosiam-se a eles como se fossem suas sombras, sempre de ouvido afiado a fim de não perderem uma só palavra.

Capítulo VI

Tenho muito que te contar, meu caro Maurício.
— Bem o sei e estou ansioso por saber tudo: mas em primeiro lugar dá-me notícias de Leonor.

— Ah! já eu esperava por essa pergunta! é tão natural... é ela o teu eterno cuidado!

— Desculpa-me, meu amigo.

— Oh! sim, não te estou exprobrando nada, o amor é tão natural em um moço e ela é tão digna de adoração... mas espero que desta vez não irás cometer as imprudências que da outra vez nos puseram a perder!

— Não tenhas susto, Gil; a experiência escarmentou-me; mas... como vai ela?

— Infelizmente não te posso dar notícias muito circunstanciadas a seu respeito; só sei que ela vive muito triste depois daquela noite fatal, o que é muito natural e explicável; tanto sangue, tantos desastres, a morte de seu irmão...

— Ah! sim! sim! não era preciso tanto para abalar profundamente aquele coração tão nobre e tão sensível; e de mais, Gil, talvez o saibas, Afonso morreu atravessado por minha espada...

— Ah! não sabia... como foi isso então, Maurício?

— Sem eu querer... pelo contrário, fazia todo o possível para desarmá-lo sem o ofender; mas enquanto eu, com a espada em riste, no meio daquela confusão medonha que tu bem viste, com minha capa enrolada no braço esquerdo aparava uma cutilada, o pobre moço atirou-se às cegas, como um furioso, sem reparar na espada e caiu morto a meus pés com a garganta atravessada. Bem podes calcular qual foi a minha angústia, o meu desespero, quando arranquei a minha espada fumegante do sangue do irmão de Leonor. Julguei-me inteiramente perdido, e dessa hora em diante também brigando como um louco, tanto ou mais do que Afonso suspirava pelo golpe, que viesse dar cabo de meus dias. Mas daí apareceste com Antônio, voando em meu socorro; refleti um pouco e compreendi que não devia morrer ainda; era um auxílio que parecia descer-me do céu; eu não devia morrer deixando meu nome com o labéu de traidor aos olhos daquela por cujo amor até ali me tinha exposto a tantos e tão estranhos azares. Correndo em meu socorro, tu e Antônio, não me salvastes só a vida; salvastes o meu nome do opróbio e da ignomínia.

— Isso era nossa obrigação; serviço por serviço, dedicação por dedicação; o que nos cumpre agora é não descansar enquanto não pusermos um paradeiro a esta vida de proscritos que levamos, a esta série de azares e sacrifícios, a que há perto de dois anos andamos condenados.

— Isso é que é falar verdade, senhor Gil, exclamou Antônio, não podendo conter o desejo de também tomar parte na conversação, da gente andar perdido, por estes matos passando vida de cachorro, ao sol e à chuva lá perseguido como onça, e eles, bem anchos e enxutos, debaixo de bons tetos, depois de terem roubado nosso ouro e aprisionado nossas amantes!... Ah! estou aflito por saber o que é que tem havido lá pelo arraial de São João del-Rei.

— Igual impaciência tenho eu, Antônio.

— Vamos, anda Gil, conta-nos o que aconteceu, e o que foi feito de nossos companheiros depois daquela desastrada noite.

Gil foi contando pelo caminho o seguinte:

— Na noite do malogrado e prematuro assalto dado à casa do capitão-mor, ele, que ao ponto de Ave-Maria se tinha separado de Maurício, foi direto a sua casa. Como sabemos, Gil, graças às diligências do seu velho bugre Irabussu, era possuidor de uma considerável fortuna consistente em ouro bruto, em pó e em folhetas, que o bugre colhia às escondidas não se sabia aonde.

86

Como nessa noite tinha de arriscar-se aos azares de um conflito, cujo resultado era bem duvidoso, desejava pôr a bom recato esses valores, a fim de que não caíssem nas mãos dos emboabas.

Sabia que todo o mal que estes lhe desejavam provinha não tanto do ódio, que votavam à sua pessoa, como da inveja e gana que tinham de sua riqueza, que reputavam dez vezes superior ao que realmente era.

Gil preferia ver esse tesouro restituído ao seio da terra donde saíra, ao entregar às mãos ávidas de seus perseguidores.

Não tinha a quem confiá-los por que seus melhores amigos andavam, como ele, foragidos e expostos aos mesmos perigos e perseguições. Depois de pensar por algum tempo, tomou uma última deliberação.

— Foi Irabussu quem me deu estas riquezas, — pensou ele. Saíram da gruta, onde ele morava e talvez mora ainda. Se ele adquiriu este ouro, com tantos trabalhos e perigos para mim, assim, pois, levemos este tesouro para o lugar, donde veio. Em parte alguma pode ficar mais bem guardado, do que ali, debaixo das vistas de quem o descobriu.

Tendo tomado esta resolução, Gil, chegando à casa formou um pacote de todo o ouro e jóias que possuía, montou com ele a cavalo, e partiu a trote largo para a gruta de Irabussu, de onde nessa noite ele e Maurício deviam conduzir os insurgentes contra o arraial e contra a casa do capitão-mor. Tomando, como era seu costume, um caminho muito diferente daquele que seguia a coorte dos insurgentes, ao chegar à gruta ficou surpreendido ao encontrá-la completamente abandonada. Não era possível que os insurgentes tivessem sido atacados pelos emboabas.

Gil não encontrou na gruta o mínimo sinal de combate, nem cadáveres nem sangue. Logo atinou com o verdadeiro fenômeno.

Foi a impaciência e sofreguidão dos insurgentes que, não achando quem os reprimisse, os levaram a antecipar o rompimento sem esperarem nem por ele nem por Maurício.

Esta apreensão, que era uma certeza, o encheu de inquietação; mas, como o mal estava feito e sem remédio, Gil, pegando em um tição dos fogos ainda não extintos para alumiar seus passos, procurou na gruta um lugar onde depositasse seu tesouro. Desviou uma espécie de nicho, cuja cobertura não era grande, mas parecia ter cavidade bastante profunda. Por cima deste nicho forma-se em relevo uma perfeita cruz de cintilantes estalactites; era um lugar bastante assinalado e com o sinal auspicioso; em qualquer tempo Gil, que conhecia muito bem a gruta, poderia reconhecê-lo. Estendendo bem os braços que, a custo, puderam alcançar a altura do nicho, Gil aí atirou o pacote, que continha sua riqueza. Depois, voltando-se para o interior da gruta:

— Irabussu! clamou com voz bem alta, — teu amigo Gil vem confiar à tua guarda este ouro, que lhe deste. Se ainda és vivo, vigia bem esse tesouro, para que não caia em mãos de nossos inimigos.

— Branco, vai-te em paz! rugiu uma voz pesada e lúgubre do fundo dos socavões da gruta.

— Ninguém tocará no teu ouro, porque, vivo ou morto, Irabussu sempre aqui estará. Vai-te, mas não voltes mais aqui sem trazer pela mão minha filha Indaíba e o teu punhal tinto no sangue do emboaba.

— Confesso, dizia Gil depois de ter contado este estranho episódio, — confesso que não esperava resposta alguma, e que quando ouvi na medonha solidão daquela caverna os ecos sepulcrais de uma voz, que parecia falar das margens do outro mundo, tive arrepios de medo, e tremi dos pés até a cabeça. Não tive ânimo de falar, saí da gruta a toda a pressa e voltei à rédea solta para a povoação.

— Ah! senhor Gil — acudiu Antônio, nessa mesma noite, já Irabussu nos tinha falado, e foi ele, o pai de Indaíba, que alvoroçou a gente toda... ele e Calixto... eu também fiquei com os cabelos arrepiados... aquele velho bugre ou é um demônio, que nos tenta, ou é o nosso anjo da guarda.

— Seja o que for, aquele índio velho e matreiro ainda existe em sua caverna misteriosa, e é um grande auxílio, com que podemos ainda contar.

Gil, continuando a sua narrativa, contou como no chegar à casa ouviu os primeiros tiros, e a vozeria e estrondo do assalto à casa do capitão-mor.

Sua conjectura se realizava, largou o cavalo e correu imediatamente para lá. Ao entrar no pátio encontrou com Antônio, que do lado oposto vinha correndo também para o teatro daquele horroroso conflito em procura de Maurício.

O leitor já sabe como terminou essa terrível e tremenda refrega com a fuga de Maurício e Antônio para um lado, e a derrota e a dispersão dos insurgentes para outro.

Depois que se separou de seus amigos, Gil andou percorrendo as ruas da povoação arrebanhando seus patrícios destroçados e em debandada. Os portugueses felizmente para os paulistas, ou por temerem ainda algum novo assalto, não abandonaram a casa do capitão-mor, de maneira que não foi difícil a Gil reunir sem grande perigo os insurgentes fugitivos e conduzi-los para sua casa.

Além dos que morreram no conflito, muitos, gravemente feridos, tinham ficado prisioneiros em casa do capitão-mor, e outros tinham-se desnorteado e no fim de contas Gil só pôde reunir trinta ou quarenta insurgentes, quase todos paulistas, alguns bugres, e um ou outro africano. Tabajuna, o valente e prestigioso chefe dos caetés, havia sucumbido na luta; uma bala logo no começo do ataque, lhe havia atravessado o crânio. Este terrível incidente encheu de fúria a seus guerreiros, que foram os primeiros a sair à varanda e encher a casa do capitão-mor de sangue e de cadáveres. Mas restava ali vivo e bem disposto o velho ferreiro, o valente mestre Bueno, tão rijo e resistente como o ferro em que costumava a malhar, e que estava preso por causa do minhoto, e que fora solto pelos insurgentes. Gil depois de ter pensado algumas leves feridas dos seus camaradas e de lhes ter dado algum conforto e alimento que tinha em sua casa, dirigiu-se a mestre Bueno pedindo-lhe conselho sobre o que deviam fazer.

— Então, meu velho amigo, que devemos fazer agora?... Dentro de duas ou três horas vai amanhecer o dia; não podemos ficar aqui reunidos no arraial; os emboabas cairão sobre nós, e somos bem poucos para lhes poder resistir.

— E o que é que o patrão pretende fazer? — perguntou mestre Bueno.

— Eu... eu... respondeu Gil hesitando, vou-me embora daqui com os companheiros que quiserem seguir-me. Aqui até agora já não havia segurança, nem liberdade para nós; daqui em diante, depois do desastre desta noite, temos de ser perseguidos como onças.

— Pois eu, patrão, não saio dessa redondeza; aqui hei de ficar como onça mesmo que sou: aqui hei de espiar, aqui hei de negociar tudo.

Lá está minha filha na casa daquele capitão-mor de uma figa. Calixto também lá ficou, não sei se vivo ou morto. Ou hei de arrancá-los de lá, ou hei de botar fogo na casa e lá morrer com eles.

— E onde pretendes tu ficar, que não te persigam e não te apanhem...?

— Onde? na caverna de Irabussu. Lá está o meu velho índio; ele bem me conhece; nós nos arranjaremos.

Gil refletiu um momento e convenceu-se de que, na urgente situação em que se achavam, o melhor expediente era mesmo tomarem imediatamente todos os que ali se achavam o caminho da gruta.

Lá somente poderiam encontrar segurança e tempo para deliberarem tranqüilamente sobre o que agora deviam fazer. Tomada esta resolução por acordo unânime, Gil ajuntou tudo que havia de aproveitável em sua casa, armas, víveres, vestuário, ferramenta, e cada um, tomando o que podia carregar, evacuaram a pequena casa seguindo o rumo da gruta de Irabussu. Gil foi o último que saiu, e tirou a chave, dizendo com seus botões:

— Vão achar a casa vazia; mas não é mau dar-lhes o trabalho de arrombá-la; irão a meu quarto, arrombarão também a minha gaveta, e lá acharão somente um pedacinho de papel com estas linhas:

"O ouro do minhoto acha-se em poder do senhor Dom Fernando; o de Gil, Irabussu o levou de novo para o outro mundo."

Com este ardil, que a ninguém tinha comunicado, era seu intento assanhar os emboabas contra a cobiça de Fernando, e darem-se de novo a perros para descobrirem Irabussu em sua gruta, ou seu tesouro. Talvez ousassem fazer uma expedição ou exploração com tão bom resultado como a primeira. Era isso o que Gil mais desejava.

Capítulo VII

Sem novidade nem contratempo, os insurgentes derrotados chegaram à caverna de Irabussu, quando já ia rompendo o dia. Gil contava aí encontrar o tesouro, que na véspera confiara aos cuidados do velho bugre. Era um grande recurso, com que poderia armar muita gente e empreender nova tentativa para sacudirem o jugo dos emboabas.

Acenderam fogos dentro da caverna e, enquanto iam tomando algum descanso e refeição não deixaram também de deliberar.

Ficou convencionado que mestre Bueno continuaria a ficar na gruta, dirigindo a espionagem e preparando elementos para uma nova tentativa, enquanto Gil com alguns companheiros sairiam com direção a Sabará e Caeté, por onde andava o tenente-general Borba Gato, paulista opulento e de grande prestígio, que anos antes, à frente de uma numerosa bandeira, ali tinha feito as primeiras descobertas de ouro e fundado diversos arraiais. Borba Gato andava também por aquelas bandas em luta encarniçada e em contínua rivalidade com os emboabas, dirigidos pelo célebre Manoel Nunes Viana, riquíssimo e hábil caudilho que gozava de imensa consideração e prestígio e exercia em quase toda a região das minas então conhecidas tamanha influência, que os próprios governadores o respeitavam e temiam.

Quando Gil, depois de tudo assim ficar deliberado e resolvido, percebeu que todos os seus companheiros, em conseqüência das fadigas daquela desastrada noite que acabavam de passar, se achavam profundamente adormecidos, chamou de parte o mestre Bueno que, em razão da extrema preocupação de seu espírito, ainda não tinha sucumbido ao sono. Em poucas palavras contou-lhe tudo que tinha acontecido e o que tinha feito na véspera de tomar parte no assalto e como tinha escondido os seus tesouros naquela gruta, confiando-os a Irabussu, que de fato lhe aparecera e assegurara de que seriam fielmente guardados.

— Fez muito bem, disse mestre Bueno, — antes se percam para sempre essas riquezas do que caiam nas mãos desses perros excomungados.

— Mas, entretanto, respondeu Gil, — é de absoluta necessidade que tu saibas em que lugar desta gruta escondi esse ouro que não é meu, e nem o quero para mim, e só o tenho para servir à causa dos oprimidos contra os emboabas.

Tenho de partir e não sei se voltarei, pois vou expor-me a toda sorte de riscos e azares. Tu, mestre Bueno, tu, que aqui ficas, se bem que não estejas em plena segurança, comtudo melhor do que eu poderás vigiar esse tesouro, que nos pertence a todos.

— Mas Irabussu? retorquiu mestre Bueno, — Irabussu não vos prometeu vigiá-lo?

— É verdade; mas Irabussu é um ente misterioso, que aparece e desaparece de tempos a tempos nas sombras de seus esconderijos impenetráveis, como um fantasma que se some no sepulcro ou dele surge conforme seu capricho. Ninguém sabe onde dorme aquele esqueleto animado e um dia pode bem acontecer que por lá fique dormindo o sono eterno.

Portanto é bom que fiques sabendo em que lugar está esse ouro. Em ti, meu bom e valente velho, deposito a mesma confiança que depositaria em Maurício ou Antônio.

— Pois vamos com isso, patrão; permita Deus que vossa mercê não nos falte; mas, se faltar, Bueno jura que não há de pôr a mão nesse ouro senão para defender nossa gente e acabar com essa corja de emboabas. Mas o patrão bem vê que este velho ferreiro também anda jogando a vida, e que tão fácil é vossa mercê perdê-la por lá como eu por aqui. E se nós dois morrermos ou cairmos nas unhas do emboaba?

93

— Irabussu entregará esse tesouro a quem lhe parecer.

— Mas Irabussu, vossa mercê mesmo ainda agora o disse, — vivo ou morto pode desaparecer.

— Ah! tens razão, mas o que fazer, meu velho?

— Chamar mais um terceiro, que seja de confiança, que fique sabendo do lugar...

— Tens razão; eu da minha parte nenhum receio tenho de confiar esse tesouro a qualquer de nossos patrícios... todos são leais e de consciência pura; mas nem todos são prudentes e ajuizados... Eu também já fui um desmiolado como ninguém... a experiência escarmentou-me. É preciso um homem que saiba fazer desse ouro bom emprego a bem de nossa causa. Quem será esse, mestre Bueno?

— O senhor capitão Nuno. É homem de idade e que goza de respeito; não é nenhuma cabeça de vento, como o meu pobre Calixto...

— Bem lembrado, mestre Bueno; vai chamá-lo.

— Este capitão Nuno — deves lembrar, Maurício — disse Gil contando esse episódio — é aquele paulista não muito velho, mas de idade madura, que tantas vezes procurava moderar a impetuosidade dos nossos...

— Oh! se me lembro, Gil!... Posso eu esquecer-me de um dos nossos mais leais e valentes camaradas? Foi ele que na caçada do capitão-mor voltou depressa a rédea a acalmar a gritaria que nos ia comprometendo.

— E foi ele, Maurício, que na noite do assalto, segundo me contaram, empenhou debalde os últimos esforços para conter o levante, até que tu chegasses.

— Bem, disse Maurício, — continua; conta-me o resto; estou ansioso por saber tudo.

Gil continuou a contar o que vamos resumindo.

Mestre Bueno foi procurar entre os numerosos vultos, que jaziam adormecidos, a pessoa do capitão Nuno, não lhe sendo muito fácil reconhecê-lo com a fraca luz que reinava na gruta, mais fraca que um luar de quarto acrescente ou minguante. Sacudido por mestre Bueno, o capitão Nuno acordou algum tanto sobressaltado.

— Que me queres, mestre Bueno?...

— Pouca coisa, meu capitão, mas coisa de importância. O valente paulista pôs-se em pé em um instante procurando suas armas. — É inimigo?, perguntou ele.

— Não, respondeu Bueno; — mas eu e o senhor Gil precisamos agora mesmo de sua presença.

— Pronto, seja lá o que for.

Guiados por Gil, Bueno e o capitão Nuno foram direito ao lugar onde Gil escondera o tesouro comum.

— Oh! é aqui — exclamou Nuno — é um lugar bem assinalado... e começou a reparar mais, — aqui bem perto emparedamos ontem o maldito Tiago... terá já morrido o malvado?!...

Gil nem mestre Bueno estavam presentes na ocasião em que, na véspera, os insurgentes haviam emburacado o Tiago; não podiam bem compreender o sentido das palavras de Nuno; mas este continuava a andar e a apalpar nas paredes de estalactites. Por fim parou.

— Estamos perdidos, exclamou ele — o maldito escapou... o buraco está aberto! oh! meu Deus! oh! meu Deus! estamos perdidos!...

— Que é lá isso? perguntaram ao mesmo tempo Gil e mestre Bueno, aterrados pela exclamação de Nuno.

Como o leitor sabe, Gil e mestre Bueno ignoravam o que se tinha dado na véspera a respeito de Tiago, e por que maneira ele tinha sido entaipado por alvitre de Antônio em um buraco da gruta. Nuno, que na véspera havia assistido a essa horrível cena, contou-lhes em poucas palavras.

— Só ele, — terminou Nuno — conhece a existência e o caminho desta gruta. Ele escapou, estamos bem malparados.

— Quem o soltaria? Por si mesmo era impossível ao homem mais robusto metido nesse buraco arredar estas pedras.

— O certo é que escapou, exclamou Gil, e nenhuma segurança temos mais no abrigo desta gruta; é preciso

95

abandoná-la imediatamente e fugirmos para mais longe. A qualquer hora a gente do capitão-mor pode dar sobre nós e somos bem poucos para podermos resistir.

— Sim, mas é preciso levar o vosso ouro.

— Sem dúvida; vamos tirá-lo do esconderijo.

— Dizendo isto, Gil pegou em um grosso bloco de estalactite, colocou-o bem junto à parede da gruta, e subiu sobre ele para melhor poder retirar o pacote de ouro, que ali depositara; mas suas mãos debalde tatearam por todos os lados o vão que ali formava a parede; nada encontrara senão pedra!... Enfim saltou abaixo, esmorecido.

— Ainda esta nos faltava! meus camaradas — disse com desalento; também o nosso ouro fugiu, desapareceu!

— Embora, disse Bueno; não havemos de morrer de fome; temos armas e não falta caça por essas matas.

— É verdade, disse Gil; porém que falta vai fazer-nos aquele ouro!... Sem dúvida o mameluco que ali estava emburacado, ouviu minhas palavras e as de Irabussu e foi direito ao buraco e de lá levou nosso ouro para as mãos dos emboabas... ah! Irabussu! Irabussu! por que fatalidade desta vez não soubeste guardar o nosso tesouro!? Esta exclamação, que Gil pronunciou voltando-se para o fundo da caverna, retumbou com voz plangente, mas sonora e forte e, apenas morreram os últimos ecos pelas profundas anfractuosidades da gruta, ouviu outra voz cavernosa e lúgubre bradar lá de dentro:

— Cala-te, branco, e espera.

Daí a instantes, os três companheiros viram ir-se desenhando na penumbra o vulto hirto e esguio de Irabussu que avançava para eles. O espectro avizinhou-se de Gil, e pousando-lhe sobre o ombro a comprida e descarnada mão: — Branco, disse-lhe, escuta o que teu amigo Irabussu vai te dizer.

Nem Irabussu nem teu ouro ainda não saíram desta toca; quem saiu foi só o maldito columim. Quando ontem partiram, eu vim aqui. Queria também acompanhar os guerreiros: mas a voz de Tupã me disse: Irabussu não deve sair: os guerreiros ainda voltarão. Irabussu ficou e ouviu uma voz lamentosa que chorava daquele buraco; condoeu-se, afastou as pedras e um vulto veloz como a flecha saltou de dentro, correu e desapareceu. Era o mameluco.

— E agora, meu velho, disse Gil — estamos perdidos; ele vai denunciar-nos e virá mostrar a nossa guarida.

— Sossega teu coração, meu branco; não saiam daqui por ora. Irabussu é o jaguar que vai rondar em volta do arraial dos emboabas: o sagüi há de cair nas garras do jaguar. Não saiam enquanto Irabussu não voltar.

Ditas estas palavras, o velho pajé armado unicamente de um pequeno arco e de algumas flechas curtas, a passos largos e compassados, que mediam quase dois metros, dirigiu-se para a boca da furna e saiu.

A palavra de Irabussu tinha para Gil e seus companheiros o dom da infalibilidade. Tranqüilizados por ela, Gil, mestre Bueno e Nuno, extenuados de fadiga, embrulharam-se em suas capas e, fazendo do braço travesseiro, tomaram lugar entre seus companheiros, adormecendo profundamente.

Era quase meio-dia, quando Irabussu saiu da caverna, voltando quando o sol tocava ao seu ocaso. Quando entrou, achou todos ainda ressonando tranqüilamente.

— É bom deixá-los dormir, — pensou o velho pajé; — nenhum perigo os ameaça e o guerreiro precisa de repouso.

E sumiu-se nas profundas e sinuosas cavidades daquele seu palácio nigromântico.

Quando baixou a noite Gil acordou; reinavam na caverna as mais profundas trevas, se bem que fora dela um esplêndido crepúsculo afogueava os horizontes, tocando com um véu cor-de-rosa o tope das montanhas e a coma das florestas.

— Ah! pensou Gil — dormi demais!... e, esfregando e abrindo bem os olhos: Que escuridão! meu Deus!... deve ser noite!... Que terá acontecido?!...

Gil acordou mestre Bueno e Nuno, que atearam o fogo, e despertaram o resto da gente.

— Meus amigos, — disse Gil, — Irabussu apareceu a mim, a mestre Bueno e ao capitão Nuno. Irabussu saiu e nós também adormecemos de cansaço; algum daqui o viu tornar a entrar?...

— Não vimos não, senhor, responderam todos.

— Pior, respondeu Gil; se ele tivesse voltado, era impossível que não nos tivesse despertado. Meus amigos! Irabussu não voltou.

— Voltou sim e aqui está!...

Era ele.

Os olhos de todos volveram para o lado donde partia aquela voz. Era o esqueleto vivente, era ele mesmo, o próprio Irabussu!...

— Que aconteceu, Irabussu?, perguntou com viva curiosidade Gil, avançando para o bugre.

— Sossega, meu branco; tudo vai bem.

— Conta-nos o que aconteceu. — Já é noite lá fora e aqui dentro; é hora de contar histórias.

— Todos se ajuntaram ao redor de Irabussu, que agachara ao pé do fogo. Tinham imenso interesse em ouvir uma narração, que por certo não era fantástica, podendo decidir da sorte dos paulistas, que se achavam em uma situação quase desesperada.

Irabussu contou que ao sair da gruta correu a toda pressa, em direção ao arraial, e pôs-se a rondar em volta da casa do Capitão-mor, resolvido a não abandonar aquele posto, enquanto não enxergasse o maldito mameluco para enviar-lhe ao peito uma das agudas e ervadas setas que levava. Em qualquer parte que aparecesse, só ou acompanhado, no pátio, na rua, à janela o mameluco podia contar com a flecha de Irabussu; seus dias estavam contados, embora Irabussu tivesse de passar ali dias e noites sem comer nem dormir.

Era esse o seu dever, porque por culpa sua é que o infame caboclinho se havia escapado da espelunca, em que devia ficar morto e sepultado. Irabussu poucos emboabas encontrou, e os que o avistavam, pálidos e espavoridos, persignavam-se e fugiam a bom correr. Depois de andar espionando por espaço de duas horas ao longo das cercas e por trás do quintal do Capitão-mor, divisou por fim um vultinho de homem pendurado pelo pescoço ao galho de uma alta goiabeira, saltou o cercado, avizinhou-se, e reconheceu... era o seu homúnculo, era Tiago, que por aquela maneira havia expiado todas as infâmias e atrocidades de sua curta vida.

— Bendito seja Tupã, exclamou Irabussu à vista daquele miserando espetáculo. Bendito seja Tupã, que não permitiu que minhas fechas se estragassem no sangue vil daquele malvado. Todavia Irabussu não pôde esquivar-se ao desejo de satisfazer sua vingança mesmo no cadáver do mameluco.

— Toma, disse ele, descochando[24] uma flecha que foi cravar-se na garganta do supliciado; — toma, leva esta de presente a Anhangá, junto com a corda que te enforcou. Os emboabas que te enterrem e vejam que levas para a cova este sinalzinho da afeição de Irabussu.

— Não admira — disse Nuno, — é esse sempre o fim de todos os Judas.

Irabussu, depois que relatou o miserando fim que tivera o mameluco, levantou-se, dizendo: — Podem ficar sossegados, meus brancos; enquanto Irabussu for vivo, o emboaba não entrará nesta gruta, senão para nela achar a sepultura! E, dito isso, voltou de novo aos misteriosos recessos de sua caverna.

Como, por quem e por que motivo fora o mameluco pendurado, é o que Irabussu não podia dizer e bem pouco lhe importava saber. Não era crível que tivesse enforcado a si mesmo; o miserável que há pouco escapara a uma morte inevitável tinha bastante amor à vida e não haveria motivo algum capaz de levá-lo a tal extremo.

---

[24] Descochando: soltando, arremessando com o arco.

Soube-se depois que os paulistas, que ficaram feridos e prisioneiros em casa do capitão-mor, interrogados por Fernando, declararam que Tiago se achava na véspera no meio deles pronto a tomar parte na revolta; que fora ele quem os avisara de que Fernando, sabedor de seus planos e de seu esconderijo, pretendia atacá-los no dia seguinte, o que os levara a antecipar o assalto que deram à casa do capitão-mor, mas como desconfiaram muito do mameluco, por ser geralmente conhecido como embusteiro e traidor, não quiseram aceitar a sua cooperação.

— E onde se acha? para onde foi então ele? perguntou Fernando com vivacidade. Desde ontem desapareceu e até agora não tenho notícia desse garoto.

Os paulistas não quiseram contar a Fernando o que tinham feito de Tiago; apenas lhe fizeram sentir que tanto eles como Fernando e os emboabas nada mais tinham a recear do mameluco.

— Mataram-no então?

— Não senhor, mas o puseram em lugar tão seguro, que nem vivo, nem morto de lá poderá sair, a menos que nós mesmos não vamos de lá tirá-lo.

— E em que lugar foi isso? não me poderão dizer?

— Pois vossa mercê não se contenta com se ver livre por nossas mãos de um traidor?...

— Não; se está vivo, eu quero dar-lhe por mim mesmo o castigo que merece. Não; hei de forçá-los a revelarem e mesmo a irem mostrar-me o lugar onde o encerraram.

— É escusado, senhor; já o dissemos, ele de lá não sairá.

Fernando começava a enfurecer-se e a ameaçar, quando de repente surde de um pulo na sala, em que se achava com os paulistas, a figura diabólica do mameluco.

Qual foi a horrível decepção e assombro dos paulistas é impossível exprimir; Fernando, surpreendido, olhava para eles com visos de feroz desconfiança; mas as palavras do mameluco vieram confirmar tudo que haviam relatado a Fernando.

100

— Ah! meu amo! meu amo!... escapei de boa!... exclamou, entrando sem reparar nos paulistas, ébrio de alegria por ter escapado a uma morte certa e horrível.

— Onde tu te achavas, maldito?!...

— Onde me achava?... ora!... na sepultura.

— E como foste cair na sepultura?

— Ora como? indo espiar o inimigo por ordem que me deu meu amo, tive a desgraça de cair nas unhas deles; meteram-me em um buraco, uma espécie de forno e taparam-me lá dentro com cada pedra, que dois homens os mais forçudos mal poderiam aluir do chão.

— Mas tu mentes; tu não tinhas ordem nenhuma minha para ir espiar o inimigo; devias, sim, nos guiar esta madrugada a essa gruta, que dizias conhecer.

— Que foste lá fazer? fala, maldito.

— Ah! perdão, — respondeu o mameluco titubeando, — eu pensei que meu amo me tinha ordenado.

— Não acredite nesse cão tinhoso, senhor Dom Fernando; é o que lhe dissemos; este biltre nos foi avisar de que seríamos atacados hoje pela manhã; quis ser de nossa comitiva a fim de nos atraiçoar também, como já tinha feito a vossa mercê. Mas nós bem o conhecemos.

— Basta — interrompeu Fernando, — já compreendo tudo.

Fernando, pensativo, guardou silêncio por algum tempo.

Compreendeu, decerto, que aquele diabrete era um auxiliar muito perigoso e que convinha desfazer-se dele; o embuste e a traição estavam bem patentes.

— E como pudeste escapar dessa sepultura? perguntou a Tiago.

— Eu mesmo não sei, meu amo; parece um milagre. Um vulto, que na sombria caverna não pude reconhecer, teve dó, e arredando as pedras deu-me escapula. Logo que me pilhei livre, tratei de voar para casa, sem mesmo olhar para trás.

— Dou-te meus parabéns, meu bom e leal criado; surgiste da sepultura, agora só te falta subir ao céu; mas isso não há de tardar muito.

101

Nem Tiago, nem os paulistas compreenderam logo o verdadeiro sentido destas sinistras palavras.

Fernando mandou chamar dois dos seus malsins, chamou-os de parte e, depois de conversar com eles em segredo por alguns momentos, dirigiu-se a Tiago.

— Mameluco, disse-lhe ele, deves estar bem aborrecido de ter morado no sepulcro por algumas horas; vai-te com estes senhores distrair-te um pouco pelo quintal.

O mameluco começou então a entrever todo o horror de sua situação; lançou-se aos pés de Fernando — Senhor! Senhor! que pretende fazer de seu pobre escravo?! bradava ele.

— Vai-te! vai-te! estou muito ocupado; depois conversaremos, respondeu Fernando, voltando-lhe as costas.

Os malsins o agarraram e arrastaram para fora. E assim aquele miserável surgiu da sepultura para subir não ao céu, mas à forca.

Tranqüilizados, portanto, os insurgentes perseveraram na deliberação que tinham tomado.

Mestre Bueno e Nuno ficariam na gruta enquanto Gil, com alguns companheiros escolhidos, procurariam o rumo de Sabará e Caeté a reunir os paulistas, que por ali andavam também perseguidos por Nunes Viana e Caldeira Brant.

Entretanto Gil demorou-se ainda dois dias na gruta, não só tinha de fazer alguns preparativos para a excursão que projetava, como esperava com ansiedade alguma notícia de Maurício. Às vezes mesmo lhe vinha à idéia, que Maurício em razão do amor extremo que consagrava à filha do capitão-mor, não ousaria afastar-se para muito longe e, talvez fazendo alguns rodeios por aquelas paragens que ele e Antônio conheciam perfeitamente, viesse de novo procurar o abrigo da gruta de Irabussu.

Mas suas esperanças foram tristemente malogradas; no fim de dois dias um dos paulistas que levemente ferido, ficara prisioneiro dos emboabas, conseguiu evadir e trouxe à gruta a funesta notícia da morte de Maurício, depreendida das circunstâncias que o leitor já conhece.

Nesta passagem de sua narração Gil não pôde conter a sua emoção; parou e estreitando nos braços a Maurício:

— Mas felizmente aqui te tenho em meus braços, meu bom, meu sincero e valente amigo, exclamou ele — e se não fosse a escuridão em que se achavam, ver-se-ia umede-cerem-se-lhe os olhos pela emoção de sua franca e heróica amizade.

Gil contou mais que a maior parte dos paulistas, depois de saberem de sua suposta morte, ficaram extremamente magoados e arrependidos de sua impaciência e insubordinação; tendo dado aquele assalto sem sua ordem e sem sua presença. Reconheceram que, tendo-o à sua frente, as coisas talvez não tivessem corrido tão mal e se praguejavam a si mesmos como os autores daquele desastre e da morte de Maurício.

Também não se esqueciam do seu valente e leal camarada Antônio, que decerto fora quem sepultara seu amo e de quem não tinham notícias, e do negro Joaquim, que havia desaparecido no fim do combate.

Neste momento Gil no meio das trevas viu-se agarrado por quatro valentes braços, que o suspendiam no ar.

— Que é isto! gritou ele algum tanto sobressaltado. Que temos de novo?

— Nada, meu caro Gil, respondeu Maurício, que logo reconheceu seus dois valentes e dedicados camaradas. São eles, os nossos amigos de quem acabas de falar.

— Sim, somos nós, disse imediatamente Antônio, somos nós o índio Antônio e o preto Joaquim, que aqui estamos, senhor Gil, sempre prontos a seguir os mesmos riscos com vossa mercê e meu amo.

— Meus amigos, disse Maurício sorrindo, nem o lugar nem a ocasião são próprios para estas expansões. Vamos adiante, e tu, Gil, continua a tua narrativa.

Capítulo VIII

A través das matas, em uma escuridão quase completa, Gil continuava contando a seu amigo os sucessos, que se tinham dado durante dois meses depois de sua separação, na desastrada noite do assalto; Antônio e Joaquim continuavam a acompanhá-los de perto, sem perderem uma só palavra.

O leitor talvez estranhe que em tais circunstâncias, um pudesse contar e outros escutar com atenção uma tão longa narrativa; mas o leitor deve lembrar-se de que estes homens eram sertanistas experimentados, que desde a infância se tinham habituado a varar florestas densíssimas e os mais escabrosos caminhos com aquele passo firme, e vista penetrante e o ouvido aguçado, que se adquirem no decurso de uma vida passada entre contínuos perigos e trabalhos. Demais, os paulistas de Gil iam adiante, seguindo a mesma batida que tinham trilhado nesse mesmo dia, o que tornava mais cômoda a marcha aos que lhes seguiam as pegadas.

Melhor seria que tivesse narrado esses sucessos depois de terem chegado ao pouso, sentados tranqüilamente junto a um bom fogo, bem aceso.

Mas, já o disse, grande era o desejo de Gil de contar, e mais viva ainda a curiosidade de Maurício de ouvir os sucessos que tinham ocorrido depois que se ausentara de São João del-Rei.

Continuaram a caminhar e Gil a contar o que se segue:

— No terceiro dia depois da sanguinolenta investida, Gil com dez companheiros escolhidos e bem providos de armas e munições, não só para resistir a qualquer agressão, como para prover a sua subsistência, que devia consistir em caça e pesca, saíram da gruta de Irabussu e puseram-se a

104

caminho, procurando as vertentes do rio Paraopeba, que deságua no rio das Velhas.

Depois de muitos trabalhos e perigos, chegaram no fim de doze dias a Sabará-ussu, arraial que era colônia de Borba Gato. Aí nada encontraram senão uma dúzia de paulistas foragidos e perseguidos como eles.

Nunes Viana, caudilho dos emboabas, gozava naquelas paragens de uma preponderância que os paulistas em vão procuravam contrabalançar. Dotado de eminentes qualidades, opulento, liberal e beneficente, seu poder era respeitado e seu nome querido de todos os seus patrícios. Era ele secundado por um outro português que se estabelecera nas regiões diamantinas do Serro Frio e arraial do Tejuco, hoje cidade de Diamantina; chamava-se Felisberto Caldeira Brant.

Este, porém, não possuía as qualidades de Nunes Viana; era de caráter duro e altaneiro, e posto que se conformasse por necessidade com a vontade de Viana, que lhe era muito superior em opulência e prestígio, não deixava de reprovar no fundo d' alma a prudência, moderação e espírito conciliador de seu conterrâneo.

Nunes Viana, embora dispensasse mais confiança e proteção a seus patrícios, não perseguia aos paulistas, pelo contrário procurava todos os meios de aliciá-los ao seu partido, que era, ao em vez do que geralmente se crê, o da resistência às ordens das autoridades da metrópole, principalmente ao vexatório imposto do quinto sobre o ouro. Os paulistas, porém, que pelo contrário faziam timbre de sua lealdade ao trono e submissão às ordens del-Rei, respeitando sempre o nobre caráter e prestígio do caudilho português, não obedeciam, nem cediam às sugestões e mantinham-se sempre fiéis executores das ordens emanadas das autoridades constituídas pelos governos da metrópole.

Pelo tempo que se deram os acontecimentos que fazem o assunto desta história, Nunes Viana andava ausente, em explorações que dirigia pessoalmente pelas margens do São

Francisco, não só em busca de riquezas minerais, como procurando estabelecer por esse lado uma comunicação mais fácil com a capital de São Salvador da Bahia.

Caldeira Brant, que ficara fazendo suas vezes na direção das colônias que tinham fundado, desde Sabará-assu até o arraial do Tijuco, rompeu logo em hostilidade aberta e desabrida contra os paulistas.

O Tenente general Borba Gato, paulista que, dez anos antes, à testa de uma bandeira, tinha feito as primeiras descobertas naquelas regiões e que com o justo título de primeiro descobridor daquelas minas e fiel executor das ordens de El-Rei, devia ter ali a supremacia, viu-se forçado, em conseqüência das vexações que sofriam e das violências de que eram ameaçados, ele e seus patrícios, a retirar-se com grande número dos seus para sua terra natal.

Um frade, segundo rezam as crônicas daquele tempo, foi quem sugeriu a Caldeira Brant um meio pérfido de vexar e perseguir os paulistas tirando-lhes os recursos para qualquer resistência. Por conselho desse frade, cujo nome os cronistas não declinam, fingiram-se ordens régias para serem recolhidas todas as armas dos particulares em um depósito, a pretexto de segurança pública. Estas ordens foram executadas, mas foram apreendidas somente as armas dos paulistas, que na boa fé não se recusaram a entregá-las, e ninguém procurou as dos emboabas.

Recolhidas as armas, foram logo presos dois dos mais ricos e notáveis paulistas, e espalhou-se imediatamente o boato de que por ordem passada aos cabos dos distritos seriam todos eles massacrados.

Esta terrível ameaça, pilhando os paulistas assim desarmados à falsa fé, os encheu de pavor e consternação, e, como não tinham outro recurso senão a fuga, foram-se retirando em bandos para o sul donde tinham vindo, à procura da sua terra natal.

Informado Amador Bueno destes sucessos pelos primeiros fugitivos que chegavam a São Paulo de Piratininga, mandou pedir a Caldeira Brant satisfação dos vexames e perfídias de que eram vítimas seus conterrâneos e intimou-lhe que pusesse cobro a tão caprichosa e injusta perseguição.

Caldeira Brant, porém, de caráter violento e obstinado como era, respondeu a este recado com ameaças e dirigiu a Bueno uma carta de desafio, emprazando-o para vir desafrontar seus patrícios com as armas na mão e que ele, Caldeira, ficaria à espera de Amador no arraial de São João del-Rei, dentro do prazo de seis meses.

Quando Gil chegou com sua pequena comitiva ao arraial de Sabará-assu, já estes acontecimentos se tinham desenrolado, sem que em São João del-Rei se tivesse notícia deles. Gil ainda encontrou alguns paulistas fugitivos, que se incorporaram ao seu grupo, formando todos um troço de quarenta e tantos a cinqüenta homens. Estes, porém, vinham desarmados e desprovidos de tudo, e, como em São João, na caverna de Irabussu, Gil possuía não só ouro como também armamento e munições, graças aos cuidados e previdência de mestre Bueno, resolveu, na impossibilidade de avançar mais por um território, onde seus patrícios, em vez de auxílio, só lhes traziam embaraços e perseguições, voltar com eles sobre seus passos, induzindo-os a formar um núcleo na caverna do velho bugre, onde encontrariam não só segurança e refúgio, como também armamento e meios de subsistência. Aí se conservariam até que Amador, que se sabia ter aceitado o desafio de Caldeira, se apresentasse com a gente que estava ajuntando e preparando em São Paulo.

Em caminho chegou-lhes a notícia de que Amador Bueno já se achava em marcha, à testa de duzentos homens, que já haviam passado o Rio Verde e o Sapucaí e que em breves dias se achariam nas imediações de São João del-Rei. Ao saber, Gil entusiasmado disse:

— A fortuna corre a nosso favor!

Vamos!... Faça-se da caverna de Irabussu nosso quartel general.

Aí chegaram depois de fadigas e privações. Foi preciso, como era prudente, enviar uma esculca[25] ou espia; depois de parafusar por algum tempo e consultar com os camaradas, lembrou-se de chamar o próprio Irabussu. Chamou-o por três vezes como quem faz uma evocação de espíritos, voltando-se para o interior da gruta.

— Irabussu! Irabussu!... Apareceu o esqueleto vivente que o leitor bem conhece. Gil, apesar de conhecê-lo, teve um calafrio e tremeu da cabeça aos pés, quando o bugre lhe pousou a mirrada mão no ombro.

— Que é que o branco pretende de Irabussu?

— Irabussu — respondeu Gil — teu amigo Gil espera de ti um grande serviço.

— Qual é ele? fala, branco.

— Há muito não se sabe o que se passa lá pelo arraial; precisamos de uma pessoa, que vá sutilmente e sem ser percebido, espiar e sondar o que por lá tem acontecido; e ninguém melhor do que tu poderá bem desempenhar esta tarefa.

O bugre abanou a cabeça e respondeu com voz pesada e amara:

— Irabussu bem quisera nunca mais ir ao arraial dos emboabas senão para deixar cravadas no coração desses filhos de Anhangá quantas flechas pudesse carregar ao ombro; mas é Gil que manda, e Gil bem sabe que Irabussu tem vista aguda e ouvido afiado. Irabussu vai e há de saber tudo para contar a Gil; só pede dois dias e duas noites.

Sem mais dizer palavra, o velho índio encaminhou-se para a boca da gruta e desapareceu.

Dois dias e duas noites Irabussu andou rondando pelas cercanias do arraial.

De dia, subindo as eminências circunvizinhas observava tudo com seu olhar de jaguatirica, mais penetrante que o

---

[25] Esculca: vigia, guarda avançada.

do lince. De noite, penetrava na povoação e, acercando-se das casas, ouvia os menores rumores e escutava todas as conversações. Alguns emboabas o viram, mas fugiram espavoridos benzendo-se e exclamando:

— Lá vem o almanjarra, o bugre feiticeiro!

Tal era o pânico, de que se achavam possuídos os que avistavam aquele vulto, para todos odioso e sinistro, que graças a esse pavor que inspirava no arraial, onde passava por um fantasma, um duende, uma alma do outro mundo e não por uma criatura viva, pôde, sem correr grande risco, ver e ouvir muita coisa. No fim de dois dias e duas noites, Gil e mestre Bueno, postados à boca da caverna, esperavam com ansiedade a volta de Irabussu. Este não tardou a aparecer com tal pontualidade que a ambos espantou.

Gil, que possuía um relógio, consultou-o. Com efeito Irabussu tinha gasto justamente quarenta e oito horas, com pouca discrepância de minutos, em desempenhar a árdua tarefa de que se havia encarregado.

É que os selvagens, principalmente os velhos pajés como Irabussu, carregados de anos e de experiência, ora pela observação dos astros quando estão visíveis, ora pelo canto das aves, ora pela mudança das virações, ora por outros mil fenômenos da natureza, que nos escapam, e com que eles vivem em íntimo, imediato e contínuo contato, sabem calcular o tempo quase com a mesma exatidão com que o calcula o homem civilizado que traz o seu cronômetro na algibeira.

Os três entraram para o interior da caverna. O sol já era posto, mas reinavam fora dela todos os esplendores de uma formosa tarde de novembro; mas dentro já era noite escuríssima, e ninguém aí poderia andar senão às apalpadelas, se não fora o clarão de um grande fogo, em torno do qual se aqueciam e conversavam alguns insurgentes.

Irabussu se chegou ao fogo: apenas o avistaram, todos os que ali se achavam se levantaram rapidamente, tomados de respeito e temor. O pajé atirou ao chão arco e flechas e

109

sentou-se tranqüilamente sobre uma pedra junto ao fogo de pernas cruzadas, o queixo sobre a mão e o cotovelo sobre o joelho.

Gil e mestre Bueno se assentaram ao lado dele, esperando impacientes que o bugre abrisse a boca e lhes desse as notícias por que tanto ansiavam.

Mas Irabussu permaneceu por alguns minutos na mesma posição, mudo e imóvel como uma esfinge; Gil não se pôde conter por mais tempo:

— Estás tão calado, meu velho! — disse-lhe ele batendo brandamente com a mão no ombro do bugre.

— É má notícia que nos trazes?

Irabussu desmanchou rapidamente a singular atitude em que se achava, como quem desmancha com um piparote um castelo de cartas, e voltando-se para Gil:

— Branco, — disse em tom sereno, — conta essas flechas que ali estão.

Gil apanhou as flechas e contou-as:

— Doze — O mesmo número que levaste.

— Pois bem; é o número de guerreiros que eles têm!

— Como! eles têm só doze combatentes!?

Irabussu abanou a cabeça como quem dizia não me entendem — e respondeu:

— Branco, conta cem vezes doze.

— Mil e duzentos! — exclamou Gil. Eles têm mil e duzentos combatentes! e tu não empregaste nenhuma de tuas flechas?...

— Nenhuma, — porque não era preciso!

— E por que não era preciso?

— Porque ainda aqui está Irabussu, aqui está Gil, aqui está mestre Bueno e Nuno — Mas lá!... Mas lá ainda está Calixto... e lá... lá não... mas bem perto de lá ainda estão...

— Quem, perguntaram todos com sofreguidão?

— Antônio e Maurício, respondeu Irabussu.

— Não fazes idéia, meu caro Maurício, como o teu nome e o de Antônio pronunciados por Irabussu nos animou a

110

todos!... Eu, mestre Bueno, Nuno e todos os paulistas, bugres e negros, que nos achávamos ali, demos um salto de alegria! A caverna retumbou, não como naquelas horrendas noites em que estiveste em tanto perigo, mas como se fosse noite de noivado...

— E como se soube, — perguntou Maurício — que eu não tinha morrido?

— Eu te conto... Irabussu ouviu dois emboabas falando de um paulista que encontraram em Ouro Preto, em casa do Padre Faria, e que, pelos sinais que deram, parecia ser Maurício. Fernando e Diogo Mendes desconfiaram do caso. Mandaram examinar a sepultura. Logo viram que a terra fora intencionalmente revolvida na superfície e que o chapéu e a faca de Maurício tinham ali sido colocadas com o propósito de iludir os emboabas e desviar a continuação de possíveis pesquisas.

Neste momento já se avizinhavam da confluência do Rio das Mortes com o ribeirão de Elvas, bem perto da gruta.

Capítulo IX

Como há de ser isto? perguntou Maurício — Devemos descer a procurar a ponte?

— Não, respondeu Gil; isso seria uma grande volta, e não poderíamos chegar à gruta senão depois do dia claro, o que de modo nenhum nos convém.

De mais, é preciso que saibas, Maurício; Irabussu ficou também sabendo que a ponte é guarnecida de dia por dez ou doze homens, sendo essa guarnição dobrada à noite.

— É bem pouca gente para nós; mas um só que nos escape e vá levar aviso ao Capitão-mor de nossa aproximação será bastante para a nossa perdição.

— Isso é claro; mas que faremos para atravessar o rio? Bem vês que leva muita água e seria loucura fazer toda essa gente passá-lo a nado com armas e bagagens.

— Não te dê isso cuidado, Maurício! Tudo está prevenido. Assim como eu passei ontem, todos nós passaremos hoje, sem o menor perigo. Andemos mais umas centenas de passos pelo rio abaixo e verás com teus olhos.

Durante esta conversação, os dois interlocutores, bem como Antônio e Zambi, que sempre os acompanhavam de perto, tinham parado à espera do grupo dos Aimorés, que vinham ainda em distância, a fim de que não se desorientassem e lhes perdessem a pista.

Ao fim de alguns instantes, toda a horda se achava reunida em uma longa e compacta fila, que imediatamente se pôs em movimento, perlongando a margem do rio.

Quem, na margem oposta, divisasse na sombra, movendo-se lenta e silenciosamente, aquela delgada e extensa coluna, com suas flechas, arcos, partasanas[26] e as zagaias, cuidaria ver monstruosa serpente, de dorso crespo e eriçado, a deslizar em sinuosos giros ao longo da ribeira.

Percorrido cerca de um quilômetro, sempre à margem do rio, Gil parou e toda coluna fez alto. Estavam quase em frente da altura em que, da outra banda do rio, se achava a célebre gruta de Irabussu.

Gil levou à boca os dedos índex e médio de ambas as mãos e soltou um assovio agudo e estridente, que repercutiu ao longe, por ambas as margens.

Passados alguns minutos, ressoou, em distância, na outra margem do rio, um assovio idêntico. Poucos momentos depois, Gil lobrigou na margem oposta, onde tinha os olhos atentamente fitos, o ramalhar da mata, e um grupo de homens que surgiam na praia.

— Quem é?, bradaram de lá.

— Sou eu, Gil ! Tragam as canoas.

A escuridão da noite, aumentada pela sombra da floresta que orlava a margem, não permitia distinguir quantos eram os homens, nem o que faziam. Em breves momentos, porém, Maurício viu com íntima satisfação duas leves canoas que, tangidas por braços vigorosos, vinham rapidamente atravessando a corrente. Essas canoas, leves e velozes, eram todavia pequenas, e mal podiam conter, cada uma, cinco pessoas, contando-se com o remador. Portanto, não podendo elas transportar mais de quatro homens, de cada vez, e constando a horda de perto de cem guerreiros, era preciso de quatro a cinco horas para se efetuar a passagem de toda a gente.

Era pouco mais de meia-noite: restava, pois, até o romper do dia, o tempo justamente necessário para a travessia da tropilha, podendo, se demorassem, ser surpreendidos e observados naquele trabalho por alguém que por acaso ali andasse, o que nada tinha de impossível.

---

[26] Partasanas: alabarda de infantaria, aguda e larga.

Imediatamente começou a faina, que continuou sem interrupção até romper o dia. Os que manejavam os remos eram robustos caboclos, resto da horda do valente e infeliz chefe Tabajuna, acostumados a cortar, nadando ou remando, as águas dos caudalosos rios do sul de Minas.

Ao sinal de Gil, tinham acudido em número de oito, que se iam revezando, porque dois a sós não poderiam resistir a tanta fadiga.

Dir-se-ia que tinham adivinhado a laboriosa faina em que se iam empenhar.

Enquanto se efetuava a travessia, Gil e Maurício puseram-se de lado e foram-se reclinar a um canto sobre o chão úmido e coberto de folhiço e areia, encharcados das águas pluviais. Por cima lhes choviam continuamente grossas gotas de orvalho, que o vento sacudia dos ramos da floresta e viam o céu azul e as estrelas a lhes sorrirem, por entre os ramos do arvoredo, enquanto o rio lhes rugia aos pés. Era um leito macio, em verdade, e até poético, mas, é preciso confessar, as condições higiênicas e comodidades eram péssimas. Foi esse, porém, o melhor lugar que puderam encontrar, lugar este que não causou estranheza aos nossos dois jovens e valentes sertanejos, porquanto não era a primeira vez que isto lhes acontecia.

Antônio e Zambi não os abandonaram; encostaram-se também, à pouca distância, do melhor jeito que lhes foi possível.

Entretanto, embrulhados no capote e com o chapéu de feltro cobrindo a cara e a cabeça, continuaram a conversar.

— Estou aflito por saber de que modo arranjaste estas canoas, — disse Maurício.

— É mais uma proeza de mestre Bueno e Irabussu, esses dois bons amigos velhos, esses dois velhos troncos que já no cerne, têm-nos servido de valentes escoras em todos os nossos trabalhos e perigos!

— E nós, eu e Zambi, não temos servido de alguma coisa? falou Antônio lá de seu canto.

114

—Cala-te, Antônio! acudiu Maurício. Não estejas aí a morder de ciúmes! Gil não falou de ti nem de Zambi porque não falou de si nem de Maurício. Somos todos moços, cheios de resolução e coragem, porém mal de nós se não fossem a prudência e os conselhos, a astúcia e previdência dos dois velhos! Antônio, satisfeito com esta explicação, não deixou de ficar um pouco corrido por ter interrompido a conversação de Gil e de Maurício.

— Perdão, meu amo! disse ele. Daqui em diante hei de ficar mudo que nem um peixe!...

Gil, continuando a explicar a proeza de Irabussu e mestre Bueno, exprimiu-se assim:

— Quem me contou foi Nuno, a quem, durante a minha ausência, deixei o comando de nossa pouca gente, refugiada na caverna.

— Mestre Bueno teve uma feliz lembrança; teve... Como sabes, ele tinha a sua tenda de ferreiro muito bem montada, lá na serra do Lenheiro. Era sua glória, seu elemento, seu prazer — e sua pobre e tosca oficina. Um dia disse ele a Nuno:

— Senhor Nuno, eu preciso ter aqui a minha tenda.

— Para que, mestre Bueno?

— Ora para quê? Para fazer canoa!

— Pois canoa se faz de ferro? perguntou Nuno.

— Mas para trabalhar no pau pode-se dispensar o ferro?

— É verdade, tens razão! respondeu Nuno. Mas que pretendes fazer?

— Trazer para aqui a minha tenda!

— E como há de ser isto?

— Deixe por minha conta. O ponto é que minha tenda lá se ache como eu deixei. Queira Deus que os malditos emboabas já não ma tenham roubado! Tudo serve a esses cães tinhosos, até mesmo uns pedaços de ferro velho! Tenho a chave aqui na algibeira do gibão, hoje mesmo vou lá ver. Vou entender-me com Irabussu, a ver se ele pode ajudar-me nesta empreitada.

115

Mestre Bueno ponderou a Nuno a imensa vantagem que disso provinha, a necessidade mesmo que tinham de algumas canoas, com as quais pudessem, a qualquer momento, atravessar o rio. Nuno deixou mestre Bueno fazer o que entendesse.

De feito, na noite desse mesmo dia mestre Bueno partiu com Irabussu para o arraial de São João del-Rei, dando longas voltas e rodeios por lugares nunca transitados e quase intransitáveis, e, costeando a Serra do Lenheiro, chegaram enfim à casinha e tenda do velho ferreiro.

Deviam ser bem vivas e pungentes as emoções que sentiu o bom velho quando abriu a porta e transpôs o limiar daquele casebre, onde passara dias tão felizes e tranqüilos, em companhia de sua querida Helena e de seu bom discípulo Calixto, dos quais vivia agora tão cruelmente separado, para viver, como um criminoso, no fundo de uma escura e úmida caverna, exposto à toda sorte de perigos.

— Ai! Helena! ai! Calixto — suspirou o pobre velho, enxugando com as costas das mãos duas grossas lágrimas que rolavam pelas faces rugosas e tisnadas.

Estas tristes recordações, porém, tiveram logo uma compensação que muito alegrou o coração do velho ferreiro. Tirou fogo no fuzil, acendeu um pavio de cera preta, de que se havia prevenido, e, percorrendo a casa, viu com íntima satisfação que sua tenda, forja, bigorna, foles e todos os utensílios e ferramentas se achavam intactos. Voltou-se risonho para o velho bugre, e, batendo-lhe no ombro, disse:

— Meu velho, toma coragem, que, à fé de paulista te juro, em poucos dias iremos arrancar nossas filhas das unhas daqueles perros malditos, e tomar desforra grossa de tudo que até aqui temos sofrido.

Haja ferro, que fogo não nos faltará para darmos cabo daquela perrada. Vamo-nos embora, depressa para a caverna!

O índio ficou olhando perplexo, ora para mestre Bueno, ora para os utensílios da tenda, como quem perguntava:

— Então não se leva nada?

Bueno compreendeu a hesitação do bugre:

— Nós dois somos muito poucos e muito fracos para carregar tudo que precisamos! Vamo-nos embora. Amanhã voltaremos com mais gente para carregar tudo isto. Anda, meu velho!

Voltaram ambos pela mesma trilha, pela qual tinham vindo, e que, sempre previdente, Bueno tivera o cuidado de vir assinalando com ramos cortados por ele com uma pequena foice que trazia. No dia seguinte, logo ao anoitecer, o ferreiro, acompanhado de dez companheiros, escolhidos dentre os mais robustos e bem dispostos, pôs-se a caminho para a tenda.

Irabussu também ia com eles: sua companhia era indispensável porque, se por acaso tivessem algum encontro com os emboabas, bastava o velho bugre aparecer-lhes pela frente, para pô-los em fuga precipitada, porque Irabussu, a quem os emboabas deram o nome de — índio almanjarra — foi e será sempre, enquanto viver, o espantalho daquela corja de covardes. Felizmente lá chegaram sem estorvo, nem contratempo de espécie alguma.

Imediatamente Bueno tratou de desmanchar a forja, com toda a presteza, e arrancar a bigorna. Pouco depois foi distribuída a carga com igualdade a cada um dos companheiros, inclusive algumas barras de ferro que lhes eram indispensáveis para o fabrico de ferramentas. Ele mesmo botou ao ombro um malho e deu a Irabussu alguns trens mais leves e miúdos.

Assim carregada, voltou a caravana pelo mesmo trilho e, depois de algumas horas de marcha penível e fragueira, chegaram felizmente à gruta antes do romper do dia, acabrunhados de fadiga, mas sem incidente algum desfavorável.

Nuno objetou a Bueno que a tenda de ferreiro, assentada na caverna, podia ser fatal, pois o barulho dos martelos, reboando ao longe, podia chegar aos ouvidos de algum

117

emboaba que andasse pelas imediações, atraindo a atenção para a furna.

— Não tenha cuidado, — acudiu mestre Bueno. Eu não cairei na asneira de fincar minha bigorna na boca da caverna, não senhor! Hei de procurar alguma furna, lá bem no fundo, para assentar a forja, e hoje mesmo darei começo ao trabalho. Se vossa mercê, a cem passos de distância daqui, ouvir o barulho do martelo, corte-me fora esta cabeça.

Nesse mesmo dia Bueno acendeu fogo na forja e começou o trabalho sem o inconveniente que Nuno receava, principiando por forjar dois grandes machados, a cujos golpes no dia seguinte tombaram dois corpulentos troncos, destinados a se converterem em canoas. Bueno forjou também com incrível prontidão as enxós, os formões, e mais ferramentas indispensáveis para aquele mister, e, em menos de oito dias, as canoas estavam prontas e lançadas ao rio.

— Oh! que velho incomparável! disse Maurício a Gil. Ele, meu amigo, tem sido para nós uma verdadeira providência!

— Ainda não é tudo, Maurício: Bueno além de ser excelente ferreiro, é também um pouco carpinteiro e pedreiro... É enfim o que se costuma dizer: — um pau para toda a obra. Além da sua tenda e bagagem de ferreiro, trouxe-nos de sua casa uma coisa preciosíssima, que nas nossas circunstâncias vale mais do que prata ou ouro: é uma saca de salitre com uma porção de enxofre, com o qual está fabricando pólvora, que na ocasião nos é tão necessária. A necessidade destas canoas, Maurício, tu agora estás vendo, disse Gil, ao finalizar a narrativa sobre as qualidades de mestre Bueno.

— Se não fossem elas, com que dificuldades não estaríamos nós lutando para ganhar a gruta e irmos reunir a nossa gente!?

— Mais ainda, meu caro Gil, — ponderou Maurício, — se não fossem estas canoas, terias decerto tomado outro caminho em minha procura, e, em vez de termos tido a fortuna de encontrarmo-nos tão perto, irias talvez parar em Ouro Preto, deixando-me aqui a pouco mais de duas léguas da gruta. Bem deves calcular os desastrosos resultados que poderiam proceder de tal desencontro. Ainda desta vez, como em tantas outras, o velho Bueno mostrou-se um verdadeiro profeta. Enfim, ainda bem que a fortuna, já cansada de nos perseguir, parece que principia a bafejar-nos!

— Não é a fortuna, Maurício — é a justiça divina, que tardou, mas que, finalmente, começa a manifestar-se pela causa dos oprimidos!

Mas seja como for, Nuno, compenetrado da incontestável vantagem da proposta de mestre Bueno, não quis se opor a sua audaciosa e arriscada empresa.

— Oh! — exclamou Maurício outra vez. Torno a repetir: Bueno é sem dúvida, para nós, um enviado da Providência Divina.

— É mesmo, Maurício! O meu Irabussu também não lhe fica atrás. Agora escuta as notícias que este nos trouxe, a respeito do estado em que se acham os emboabas no arraial de São João del-Rei... São segundo ele assevera, em número de mais de seiscentos homens!

— Mas, como tão depressa foi-lhes possível arranjar tanta gente?

— Como?... Caldeira Brant, o chefe dos emboabas, que desafiou Amador Bueno e que há poucos dias chegou da Diamantina a São João del-Rei, trazendo um reforço de gente bem armada e municiada. Bem sabes que é ele o lugar-tenente de Nunes Viana, o mais rico e poderoso emboaba que pisa nestas minas! Temos de lutar contra uma onda muito mais forte do que a que por si só nos opunha o capitão Diogo Mendes!

— Não importa, Gil! A nossa onda também vai-se reforçando: se não é tão volumosa é talvez mais violenta!

— Bem o sei! Não penses que me desalente o número de nossos adversários, não! Julgo, porém, necessário que

119

sejam dobrados os esforços e, sobretudo, que deixe de existir essa impaciência, indisciplina e espírito revoltoso de nossa gente.

— Já devem estar escarmentados pelo revés que sofremos, Gil; é de esperar que se comportarão melhor daqui em diante.

— Eu também assim espero que aconteça, Maurício. Escuta ainda o que me resta a contar-te. Irabussu, durante os dois dias e duas noites que por lá andou, observou e esquadrinhou tudo. A parte sul do arraial, a única por onde podemos atacar, está sendo rodeada de muitas obras de defesa: trincheiras, valas, estacadas, faxinas, isto desde a serra do Lenheiro até a mata que fica à beira do rio. A gente de Caldeira Brant não se ocupa em outra coisa. A esta hora deve estar tudo pronto.

— Talvez... Porém isso pouco importa: amanhã veremos! murmurou, bocejando, Maurício, que estava a morrer de sono.

Dito isto, adormeceu sobre o úmido leito, suspirando o nome de Leonor.

120

Capítulo X

A inda o dia não começava a alvorecer e já a horda tinha sido toda transportada para a outra banda do rio. Faltavam só Maurício e Gil, Antônio e Zambi, que, extenuados de fadiga, e, por não estarem a trabalhar depois da conversa que escutamos, se tinham deixado vencer pelo sono.

Passados todos a outra margem, andaram cerca de meio quilômetro bordejando o rio acima e chegaram, finalmente, à frente da gruta de Irabussu, a qual, como sabemos, fica a pouca distância da beira do rio. Mas o rio no tempo das enchentes em que nos achamos, transvaza para esse lado, sendo separado dela por um vargedo plano, ao nível do barranco, e que fica coberto d' água até a entrada da gruta. Esse terreno alagadiço demorou a marcha da horda, que tinha de andar às vezes com água pelos joelhos.

A água penetrava mesmo no interior da gruta e alagava todo o chão; mas os refugiados, que durante a anterior estação chuvosa já haviam experimentado os rigores desse grave inconveniente, sendo obrigados a acender o fogo em cima dos blocos de estalagmites e a construir jiraus para não dormirem no charco como os sapos, tinham construído uma espécie de dique, que vedava a entrada das águas de aluvião.

Graças a esse expediente, a caverna — agora que de novo vamos entrar nela — se achava perfeitamente seca, e até quente, porque, não só por necessidade de luz como de calor, ali alimentavam contentemente um grande fogo, principalmente durante a noite. Isto tudo é devido ainda aos previdentes cuidados de mestre Bueno, que não podia passar sem fogo e que fez recolher bastante provisão de lenha e carvão.

É impossível descrever as múltiplas e variadas emoções que assaltavam o espírito de Maurício, quando deu a primeira passada para transpor o limiar daquele misterioso abrigo, onde há perto de três meses não tinha posto o pé e onde ele e os amigos haviam passado por transes tão arriscados e tão dolorosos.

Parecia-lhe que ia entrar sob as abóbadas de um templo sacrossanto. Tirou o chapéu e encostou-se à pilastra de estalactite na entrada, curvou a cabeça, e assim permaneceu pensativo por alguns minutos. Ninguém sabe o que pensava aquela alma nobre e generosa, nem o que sentia aquele coração tão repleto de saudades, de angústias e das mais cruéis inquietações.

Sem dúvida se lembrava de Leonor e enviava ao céu, do fundo da alma, uma súplica ardente a Deus, para que o protegesse a ele e a seus companheiros de infortúnio, nos transes em que se achavam, pugnando por uma coisa justa e santa. Assim ficou, enquanto a turba dos companheiros entrava de tropel pela gruta adentro.

O dia já vinha quase de sobressalto inundando de luz aquelas magníficas paragens, porque os crepúsculos nas regiões tropicais são breves, e o dia quase que surpreende, porquanto a transição das trevas da noite para a claridade do dia é rápida e quase brusca, mormente quando há algum luar pela madrugada.

Os aimorés de Antônio, tangidos por este, tiveram de entrar a toda pressa e aos trambolhões pela gruta cuja entrada em certo ponto não chegava a dois metros de largura. Era necessário evitar chança de poderem ser vistos por emboabas que porventura andassem pelas alturas da margem oposta, donde a gruta podia ser devassada. Assim tinham tomado prudentes precauções por conselho de mestre Bueno e Irabussu, os dois velhos oráculos daquela turba de foragidos.

Quando todos se acharam da parte de dentro, Gil, que permanecera sempre ao pé de Maurício, o despertou de seus pensamentos — e ambos entraram por último.

122

Assim como os dois velhos eram os oráculos, estes dois generosos, inteligentes e denodados moços eram os dois braços daquela audaciosa e pertinaz revolta, há tanto tempo sustentada pelos paulistas contra o poderio dos emboabas. Os recém-chegados ficaram atônitos e maravilhados quando penetraram no primeiro e vasto salão da gruta.

Os restos de um grande fogo ardiam no centro, dando à vasta abóbada e aos muros de estalactites um aspecto fantástico e deslumbrante. Os aimorés principalmente, a quem era inteiramente estranho aquele grandioso espetáculo, estacaram diante dele como que tomados de um religioso terror e, atropelando-se e unindo-se uns aos outros, caíram com a face na terra, exclamando:

— Tupã! Tupã!

Imaginaram estar no templo de Deus, que estavam acostumados a adorar no seio das selvas que acompanham os ribeirões portadores de enorme cabedal ao caudaloso Rio Doce.

Antônio, que os comandava, quis aproveitar-se da impressão causada no espírito de seus irmãos do mato, como ele os chamava. O jovem aimoré era sagaz e ardiloso, e a companhia dos homens civilizados em que tinha vivido, a experiência dos trabalhos e perigos que tinha partilhado com seu amo e Gil, tinham-lhe desenvolvido a um alto grau a inteligência e tino, de que era naturalmente dotado.

Com algum custo conseguiu alinhá-los em fileira em volta do vasto salão, em uma curva que quase se achava em circuito.

— Esperem aí sem mexer que eu volto neste instante! — disse ele com um gesto expressivo. E desapareceu por entre as anfractuosidades da caverna.

— Que irá Antônio fazer? perguntou Maurício a Gil, que com ele se achava sentado a um canto sobre um bloco de estalagmite, observando com o maior interesse a cena que se passava.

— Não sei! respondeu Gil. Mas estou certo de que não irá fazer nenhuma loucura: esperemos.

Passaram-se alguns minutos de ansiosa e geral expectação, tanto da parte dos recém-chegados como da dos antigos freqüentadores da gruta. Chegou, enfim, Antônio trazendo pela mão Irabussu. Foi como uma aparição sobrenatural.

À vista daquele vulto alto, esguio e hirto, empunhando um arco e um feixe de flechas, ainda de novo os aimorés se prostraram, mais alto exclamando:

— Tupã! Tupã!

— Guerreiros! exclamou então Antônio: não é Tupã, não; mas é Irabussu, o pajé dos Carijós, que também são nossos irmãos!

Irabussu, com voz cavernosa e vibrante, falou assim:

— Guerreiros de Tupã! o que este columim falou é a pura verdade! Este é Irabussu, cacique e pajé, que já foi dos valentes carijós, terror e flagelo dos covardes e hediondos botucudos e tupinambás! Irabussu tomou por mulher uma filha dos piracis, formosa como o sol e casta como a lua! Desta teve uma filha que se chama Indaíba. Indaíba está em poder dos brancos emboabas. Os emboabas são amigos dos botucudos e tupinambás, que sempre têm feito guerra aos aimorés e aos carijós, que amigos são dos paulistas. O guerreiro aimoré obedeça ao cacique que aqui está e com ele marche a cravar suas flechas no peito do emboaba, e de todo aquele que convive com o emboaba!

Guerra! guerra de morte ao emboaba!

Os ecos da caverna vibraram com a imensa e medonha vozeria dos aimorés eletrizados pela fala de Irabussu, e repercutiram por todas as anfractuosidades da gruta.

Mas Antônio, erguendo bem alto uma das mãos espalmada, e levantando o índex da outra, impôs silêncio.

Esses brados poderiam ecoar ao longe, fora da caverna, e era suprema conveniência que os emboabas não suspeitassem nem de leve aquela aglomeração de insurgentes na gruta de Irabussu.

Acalmaram-se os indígenas e todos aqueles que tinham vindo no troço de Maurício, não tanto em razão da fala de

124

Irabussu e do ascendente de Antônio, como também e principalmente porque vinham extenuados de fome e de cansaço.

Gil, que bem sabia disso, mandou imediatamente distribuir com larga mão as provisões de que a gruta se achava fortemente abastecida.

De feito, além da caça e pesca, que o rio e as matas vizinhas forneciam, os refugiados tinham abundantes provisões de víveres de diversas qualidades: mesmo o toucinho, o sal, a pimenta, o vinagre e outros condimentos não lhes faltavam, além de alguns pipotes de aguardente e de vinho, queijos, azeitonas, passas, etc. De maneira que naquela caverna de bandidos, podia-se oferecer um jantar quase tão delicado e profuso como na mesa do capitão-mor Diogo Mendes, com a diferença da baixela, que na gruta consistia em cuias e colheres de casca de palmito; por toalha, umas esteiras estendidas sobre mesas redondas de estalagmites, esparsas aqui e ali como no salão de um luxuoso hotel.

Regalados pois os companheiros de Maurício com a suculenta refeição que Gil lhes mandou distribuir, foram se deixando vergar ao peso do sono, e, recostando-se do melhor modo que puderam, no mesmo lugar em que comeram, oprimidos de cansaço adormeceram profundamente.

Daí a pouco, aqueles cem peitos robustos começaram a arquejar livremente, nas delícias do sono, produzindo um som mais forte do que os foles de mestre Bueno.

Maurício, Gil, Antônio e Joaquim, que durante a travessia do rio tinham passado por algumas horas de sono, conservaram-se acordados, assim como Bueno, Nuno e outros companheiros, que não tinham saído da gruta na noite anterior.

Como é natural em semelhantes conjunturas, em vez de se entreterem em conversações banais, começaram a deliberar sobre o que deviam fazer.

O leitor ficará talvez surpreendido por achar tanta fartura na pobre gruta. Vou explicar em poucas palavras como isso se conseguiu.

125

De tempos em tempos, quase todos os meses vinham de São Paulo de Piratininga tropas ou caravanas carregadas de víveres e fazendas de toda a qualidade para abastecer o arraial de São João del-Rei.

Eram comboios, compostos em parte de alguns burros carregados, e em parte de galegos que também carregavam às costas fardos bem pesados e volumosos, como barris de vinho, sacas de farinha de trigo e outras coisas.

Estes comboios andavam mui lentamente, e levavam mais de dois meses a transportar-se da capital de S. Vicente ao arraial de São João del-Rei, sendo acompanhados por uma escolta de dez a quinze homens armados.

Todos os meses chegavam a São João del-Rei dessas caravanas atopetadas de gêneros, ora para o capitão-mor, para o consumo de sua casa, ora consignado aos ricos emboabas que disso faziam comércio.

Como a agricultura naquela época e neste país das Minas era muito secundária apesar da uberdade do terreno, apenas haviam em São João algumas pequenas plantações de milho, de feijão ou de mandioca. Além disso, as lutas, as perseguições e perturbações que havia dois anos, e talvez mais, reinavam entre paulistas e emboabas, nessas regiões, não deram tempo a que se fizessem plantações tão difíceis naquele solo rude e selvagem, onde a vegetação espontânea suplantaria rapidamente toda cultura.

As roças estavam incultas e destroçadas e portanto os mineiros de São João tinham precisão de mandar vir mantimentos de bem longe e a grande custo.

Mestre Bueno que sabia bem disso, e que sabia de cor os caminhos de São Paulo para São João del-Rei, e que tinha ficado com a direção dos negócios dos foragidos durante a ausência de Gil, entendeu-se com o capitão Nuno:

— Branco escuta uma coisa...

— Pronto, mestre Bueno.

— Nós estamos aqui quase a morrer de fome...

— Ah! nem tanto mestre Bueno! Tanta caça, tanto peixe!

— Mas sem sal e nem pimenta! Já me lembrei de temperar tudo isso com salitre; mas o salitre...

— Que tem o salitre?

— Não posso gastar dele!...

— Por que homem de Deus?

— E a pólvora? como eu hei de fazê-la sem o salitre.

O capitão Nuno caiu em si, e, depois de alguns instantes de reflexão, disse pousando a mão amigavelmente sobre o ombro do velho ferreiro:

— Tens razão, meu velho! A pólvora para nós é gênero de primeira necessidade, e eu nem disso me lembrava!

— Pois devia lembrar-se! Estou consertando espingardas velhas... De que serve tudo isso sem pólvora?

— Não te zangues, meu velho. Mas como podemos ter sal, pimenta, vinagre, e tudo que é preciso para passar melhor vida?

— Eu já vou lhe dizer. Eles não estão nos roubando o que é melhor do que a vida e a liberdade! Até a liberdade do trabalho eles nos roubaram! E a do trabalho para fazer bem! Como eu trabalhava lá para fazer ferramentas para tirar ouro, para fazer roça, enxadas, machados, alviões, pás e picaretas... para esses perros vis!...

Ah! meu capitão! Eles nos roubaram nossa liberdade, e a mim furtaram minha filha Helena e meu bom companheiro, que era quase meu filho!

Aqui o velho ferreiro limpou com as costas da mão umas lágrimas secas pelo calor da forja, porque durante a conversa seu trabalho não cessava.

— Lá isso é verdade! replicou tristemente o capitão Nuno. Que devemos fazer? Não havemos por certo de lhes ir roubar a honra, a liberdade, as filhas, as mulheres, porque isso é só próprio daquelas almas danadas; mas podemos, devemos e temos precisão de roubar-lhes a fazenda... Isto nem é roubo: será tomar à força, à mão armada aquilo que nos estão roubando.

127

— Mas, enfim, que pretendes fazer?

— Uma coisa simples: é atacar e roubar toda a carregação das tropas que conduzem mantimentos e outros gêneros que de São Paulo vem para essa corja de verdugos.

— Que diz, meu capitão? perguntou mestre Bueno, que terminando e suspendendo o trabalho, fitava Nuno que por alguns momentos se conservou silencioso e pensativo esperando uma resposta.

— Nós, salteadores de estrada, mestre Bueno! Considera bem no que propõe: isso não nos é muito honroso! Os leais e valentes paulistas convertidos num bando de ladrões de estrada! De mais, acho que não nos achamos em apertos tais que precisemos lançar mão de tão repugnante meio!

— Não estamos!? Já, já não estamos em apuros, mas daqui a uns poucos de dias não sei o que será, se não for tomada a providência que lhe falo!

A caça já nos vai faltando aqui por perto, e é preciso ir nossa gente procurá-la cada vez mais longe, com grande risco de serem apanhados e sermos descobertos! Com o palmito acontece o mesmo; o peixe por estas imediações já está arisco e cada vez acode menos a aos anzóis.

Em poucos dias, se não quisermos morrer de fome, seremos forçados a abandonar esta gruta, que nos tem dado guarida tão segura, ou a empregar o meio de que lhe falo. Qual das duas coisas acha melhor?

— Abandonar esta gruta! Oh! isso nunca... Enquanto Gil não chegar com o reforço de gente, que foi procurar, daqui não devemos arredar o pé.

— Pois bem, meu capitão, nesse caso mãos à obra, não é assim?

— Está dito, mãos à obra!

O capitão Nuno, que era homem de espírito esclarecido e convencido destas e outras muitas razões, que em linguagem tosca lhe apresentara o velho ferreiro, ponderou também que eles podiam se considerar beligerantes, e que a presa e mesmo o saque, em casos tais, não é uma indignidade, mas sim um direito que lhes assistia e os justificava aos olhos da sociedade e da sua própria consciência.

Tomada esta resolução, trataram logo de concluir aos meios de pô-la em execução do modo o mais seguro e por tal sorte, que os emboabas nem de leve pudessem suspeitar quais fossem os autores da projetada depredação.

Na gruta poderiam existir, depois da partida de Gil e seus companheiros, em rigor trinta a quarenta homens. Não era muito para poder assaltar com esperança de sucesso caravanas que de ordinário eram escoltadas por gente numerosa, e, além disso, alguns deviam ficar de vigia na gruta. Mas isso não desanimou aquela gente afeita a todos os transes e perigos e, demais, a perspectiva da fome que os aguardava em pouco tempo lhes parecia mais ameaçadora e terrível do que todos os perigos.

— Para vigiar a gruta bastamos eu e Irabussu. Se acaso algum bando de emboabas aparecer por estas vizinhanças, por muitos que sejam, basta surgir-lhes pela frente a figura de Irabussu para enxotar toda essa corja. Até hoje estão escarmentados da lição que tomaram — e gato escaldado até de água fria tem medo.

— Disso estou eu certo! replicou Nuno. Contudo, será sempre prudente deixar aqui mais uns quatro ou cinco homens, para rondarem os arredores e evitar qualquer surpresa ou pesquisa de emboabas, que, ou por acaso ou de propósito, aqui possam chegar.

— Disso não tenho susto. Eles têm horror a esta furna, e evitam e fogem dela como o veado da onça ou o diabo da cruz. Todavia, como o capitão quer, podem ficar mais três parceiros, que comigo e Irabussu, seremos de sobejo para espaventar toda essa caniçalha. O capitão pode ir com o coração sossegado, que, com o favor de Deus, nos há de achar aqui todos sãos e salvos.

Assim se fez.

Quase todos os foragidos, ficando só mestre **Bueno**, Irabussu e mais três companheiros, nesse mesmo dia saíram da gruta, bem munidos de armamento e provisões de boca para alguns dias. Debaixo da direção do capitão **Nuno** se puseram em marcha com toda a cautela e silêncio, margeando as cabeceiras do rio d'Elvas, e, encobrindo a marcha nos capões que as orlam, foram postar-se de emboscada à beira do caminho, junto a um córrego. Era isto nas alturas do lugar chamado Vitória, a cerca de três léguas do arraial de São João del-Rei. Nuno compreendeu que não deviam usar armas de fogo, ainda que as levassem para qualquer emergência, e por isso tinha armado a sua gente, mesmo os paulistas, de arcos e flechas, de que também havia reserva na gruta.

Assim procederam porque convinha que os emboabas se julgassem assaltados por hordas selvagens e não por homens civilizados, o que daria motivo a suspeitar a existência do grupo de insurgentes, homiziados na gruta de Irabussu.

Ora, os paulistas tisnados pelo sol, além de crestados pelas intempéries da vida fragueira que há tanto tempo levavam, tiveram o cuidado de arranjar também alguns cocares e plumagens, com que enfeitaram a cabeça e a cintura, de maneira que se confundiam perfeitamente com os indígenas. Emboscados em lugar apropriado, e bem escondidos em um espesso capão, à beira do córrego, depois de tratarem de fazer algumas cobertas de ramos e palmas de coqueiro, para se abrigarem dos rigores da estação calmosa, que então corria, enviaram dois batedores ou guardas avançadas que se colocassem nas eminências, para que, espreitando ao longe a vinda de qualquer tropa, corressem a avisá-los.

Foram mais felizes do que esperavam. No fim de poucos dias, os vedetas ou guardas avançadas descobriram uma grande tropa, de quarenta burros cargueiros, pouco mais ou menos, acompanhada de outros tantos homens.

Este grande número não deixou de inquietá-los; mas Nuno, que era traquejado, tranqüilizou-os.

130

— Melhor para nós, disse ele: de uma só vez pilhamos mantimentos para um mês.

O capitão Nuno tomou logo suas medidas e deu as necessárias ordens. Mandou sua gente postar-se em grupos de seis ou sete, na beira da estrada, e bem escondidos no mato, de cinqüenta em cinqüenta passos, de maneira que ocupassem toda a extensão, desde o córrego até a saída do campo. Assim ficaram todos nos seus postos, no maior silêncio e quase suspendendo a respiração, até que a caravana chegasse.

Quando o último cargueiro e o último homem acabaram de passar para a outra banda do riacho, um alarido espantoso troou no meio da mata, e algumas flechas silvaram aos ouvidos dos emboabas, cravando-se uma delas na nuca de um burro, que caiu imediatamente por terra.

Os emboabas, espavoridos, deixaram o burro tombado, e gelados de terror, trataram de tanger para diante a caravana, o mais breve possível.

Mas daí a uns cinqüenta passos, um alarido ainda mais forte e pavoroso retumbou-lhes ao ouvido, e um dobrado número de setas veio cair entre eles, matando um homem e inutilizando uma besta.

Os bandidos que formavam o primeiro grupo, depois de despejarem suas flechas, iam correndo sutilmente pelo mato, a reunir-se ao grupo imediato, de maneira que, quando a caravana chegou ao último, estavam todos reunidos e com alarido ainda mais infernal, despejando todas as flechas, fizeram grande estrago nos homens e animais da caravana.

Os emboabas, persuadidos de que eram atacados por uma inumerável horda de indígenas, transidos de pavor, abandonaram tudo e puseram-se em fuga precipitada, sem terem ânimo de olhar sequer para trás, e não pararam senão em São João, onde chegaram quase mortos de medo e de cansaço.

Os bandidos deixaram-nos ir, mas os foram perseguindo de longe, até uma grande distância, porém mais com vozerias e gritos do que com armas.

Assim os insurgentes acharam-se de posse de quarenta burros, carregados de víveres de diversas qualidades, fora os fardos que alguns galegos conduziam às costas. Como não era possível que trinta homens conduzissem de uma só vez a carga de quarenta bestas, os bandidos trataram imediatamente de retirar da estrada todo o carregamento e depositá-lo em algum esconderijo ali por perto.

Feito isto, tomou cada um a carga proporcional às suas forças, e em quatro caminhadas, a muito custo e com grande fadiga, conseguiram recolher na gruta os víveres pilhados, faina esta que custou uma noite e um dia de rudes e peníveis trabalhos e fadigas.

Para esse trabalho muito concorreu o bom vinho e os bons alimentos que vinham na tropa, como sejam salsichas, paios, presuntos e outras delicadezas das quais foram dando cabo, não só para aliviar a carga como também porque não precisavam de preparo culinário, para o qual não dispunham de tempo.

É escusado dizer que largaram na estrada as bestas com os seus arreios. Além de inúteis, estes animais lhes poderiam ser funestos, porque, soltos pelas imediações da gruta, denunciariam tudo, como o leitor bem pode imaginar.

O leitor não se terá esquecido de que, segundo as informações de Irabussu, que andara em espionagem pelo arraial de São João, os portugueses, auxiliados por Caldeira Brant, que viera do Serro, contavam mais de seiscentos homens de combate e que estavam construindo fossos, trincheiras e estacadas, que tornavam mui difícil um assalto contra aquele povoado.

Ora, como o leitor não ignora, Maurício, por intermédio de Antônio e em conseqüência de um feliz acaso, que fizera este encontrar seu pai em Ouro Preto, trouxera consigo uns oitenta aimorés e mais uns vinte companheiros. Alguns paulistas, que Gil levara consigo, reunidos aos que fugiram de Caeté, perseguidos pela gente de Nunes Viana e apanhados em caminho, não passavam de quarenta homens.

Os que ficaram na gruta com o capitão Nuno e mestre Bueno eram quarenta e poucos.

Ao todo eram portanto cento e tantos homens, foragidos, mal armados, e grande parte selvagens, que ignoravam e não estavam habituados a uma disciplina.

Era temeridade com tão pouca gente tomar a ofensiva contra seiscentos homens bem armados, que se defendiam em lugar fortificado.

Esta situação seria desesperadora se Gil não tivesse trazido a animadora esperança da aproximação de Amador Bueno, à frente de duzentos e tantos paulistas. Todavia nem assim Maurício tinha ânimo tranqüilo.

— Fui, sou e serei sempre desgraçado! dizia ele a seu íntimo amigo Gil, que tanto o conhecia, e com quem abria seu coração nas horas de prazer como nas angústias.

— Que tu foste e és infeliz, isso bem sei eu, e o mesmo me acontece, mas que sempre o serás... não sei porque o dizes!

— Não sabes por quê? Eu te digo: amei, amo e amarei sempre a Leonor e ela me corresponde com igual afeto. Hoje ela me odeia e me odiará sempre, e eu... eu sempre a amarei!

— Perdoa-me, Gil! nunca falei deste meu amor senão ao Padre Faria... mas falei-lhe como foragido, um bandido que procura justificar o seu procedimento e pede o auxílio de um homem de bem contra a tirania. Falando a esse bom padre não verti uma lágrima, não pronunciei uma imprecação e me exprimi com dignidade e altivez, como um homem que tem a reivindicar não só os seus direitos como os de muitos outros seus companheiros oprimidos por essa corja de emboabas... À exceção de Antônio que me acompanhou e sabe de todos os meus íntimos sofrimentos, não tive tempo, nem ocasião de desabafar-me.

— Não vás tu, meu caro Maurício, querer que poupemos tudo quanto é emboaba e morramos todos e tu também, só para salvar a tua cara Leonor!... Oh! que essa Leonor há de nos sair bem cara...

— Tu zombas, Gil?

— Não zombo, não; é que para salvá-la é preciso não pensar tanto nela.

— Hei de pensar sempre nela, quer queiras, quer não queiras: tens o coração desocupado, não tens amor...

— Oh! prouvera Deus que eu tivesse o coração desocupado!...

Se assim fosse não me lembraria nem de Irabussu, nem de Indaíba, nem de Helena, nem de Calixto, nem de Antônio, nem dos paulistas, nem de ti, meu amigo, e até de mim mesmo!

— Continuas a zombar, Gil?

— Não, não zombo! Esquece-te por um momento de tua Leonor.

— Eu poderia esquecer-me dela por um momento, por dias, por meses mesmo, quando ela me amava e me tinha em conta de homem honrado e de bem. Mas hoje que ela me odeia e me considera um traidor, um assassino, eu hoje... não posso me esquecer dela enquanto não me justificar...

— É para isso mesmo, interrompeu bruscamente Gil; é para isso mesmo que é preciso paciência. Não vás fazer daquelas imprudências, que da primeira vez nos puseram a perder.

— Não, não; protesto que não darei um passo sem te consultar, a ti e a nossos bons amigos Bueno e Nuno. Sei que o amor cega a gente; na hora do perigo não me poupem.

— Tenho receio de que ainda te volte a mania de tuas fatais entrevistas. Não digo que deixes de amar D. Leonor: bem sei que é isso impossível.

— Oh! Impossível; mas também, nas circunstâncias atuais, bem vês que uma entrevista é do mesmo modo impossível.

— Para um amor como o teu nada é impossível.

— Ah! Gil, a triste experiência escarmentou-me... Nesse sentido não farei mais a menor tentativa, mas... eu te juro por nossa amizade, mesmo pelo amor que eu consagro a Leonor, na hora da deliberação, eu me deixarei guiar por teus conselhos e os de nossos amigos. Na hora do perigo não me poupem, mas também fiquem certos, esta minha mão não disparará um só golpe contra a pessoa do capitão-mor... Ele, tu bem sabes quanto é animoso e temerário; se na luta chegarmos até o extremo de batermo-nos corpo a corpo, como naquela terrível noite, não só não o farei, como mesmo voarei onde quer que ele se ache, para ampará-lo com meu próprio corpo contra os golpes dos nossos. Ah! já não foi pequena desgraça ter eu manchado minhas mãos no sangue de seu infeliz filho...

— Esquece-te disso, Maurício; não foi por tua culpa: tranqüiliza-te, que nós tomaremos todas as medidas para que o pai de tua amada não seja vítima do furor de nossa gente ou de sua própria temeridade.

— Confio em ti e em nossos amigos que já conhecem o capitão-mor e já estão ao fato de nossas intenções. Também não receio muito da parte dos oitenta aimorés, que vieram comigo do Ouro Preto; devem ficar debaixo do mando de Antônio, que os entende e os saberá conter. Mas os duzentos homens de Amador Bueno, aos quais nos devemos reunir? Bem sabes como Amador Bueno é altaneiro e assomado; esse não dá quartel a inimigo...

— Oh! isso não te dê cuidado; ele é impetuoso e ardente, não há dúvida, — é implacável quando se azeda; mas é fogo de palha: fora disso tem bom coração; demais ele não tem motivo particular de rixa contra o capitão-mor. O tal insolente Caldeira, esse sim! Ai! dele se lhe cai nas garras.

— Mas, já que estamos neste ponto, sem mudar de conversa, é preciso vermos o que devemos fazer para nos juntarmos com a gente de Amador Bueno. Ele talvez nem notícias tenha tido deste arraial de São João del-Rei, há perto de três meses a esta parte. A notícia do assalto, tão desastrado para nós, que se deu na casa do capitão-mor, é impossível que não tenha chegado a São Paulo; mas ninguém decerto sabe que os restos dessa gente derrotada nessa noite fatal,

135

agora aqui exista bem perto de S. João e reforçada com gente nova. O mesmo capitão-mor e seus emboabas nem sonham talvez com isso.

— Talvez sonhem, Gil; eles sabem que nem tu nem eu estamos mortos.

— Mas julgam que andamos foragidos, e sem recurso algum... O capitão-mor e Fernando — sabes isto melhor do que eu, — nenhum caso faziam de nós quando vivíamos dentro do arraial, e púnhamos o pé na casa dele. Agora que andamos foragidos pelo mato e pelas cavernas, como bichos ferozes, muito menos caso fará de nós.

— Não duvido, Gil, e tanto melhor.

— Agora devemos chamar o capitão Nuno e mestre Bueno para combinar o que devemos fazer. Não podemos perder tempo; hoje mesmo se deve começar alguma coisa.

— Sem dúvida alguma; o que se pode fazer hoje não se deixa para amanhã.

Gil apressou-se em ir chamar os dois leais companheiros, que por uma natural coincidência se achavam em um canto da gruta, conversando sobre o mesmo assunto.

— Oh! Gil! — exclamou Nuno ao avistá-lo; — estás aí! Pensei que estivesses dormindo em companhia de nosso amigo Maurício.

— Não, nós dormimos fartamente da outra banda do rio, enquanto se passava nossa gente para o lado de cá... Estávamos agora conversando a respeito do que havemos de fazer e vim tratar disso.

— É justamente do que se está tratando — replicou mestre Bueno. E agora, que vossas mercês pretendem fazer?

— Ainda não sabemos; vamos para lá onde está Maurício, e nós quatro combinaremos, enquanto este povo não acorda.

Gil levou mestre Bueno e Nuno para o canto em que o vimos com Maurício.

Reunidos os quatro em uma conferência, que durou pouco tempo, deliberaram destacar da gruta um troço de dez ou

136

vinte homens, com o fim de ir ao encontro de Amador Bueno, para informá-lo minuciosamente das últimas ocorrências, e guiá-los com seu exército para a gruta de Irabussu.

Feita esta junção, os chefes deliberaram sobre o modo e o tempo em que deviam atacar os emboabas em S. João del-Rei.

Gil, que era o único que possuía um relógio, consultou-o, chegando perto de um último tição que conservava algum fogo, no qual soprou para fazer luz.

— São perto de duas horas da tarde, meus amigos. É tempo de despertar essa gente, porque hoje mesmo devemos começar a execução de nossos planos.

Então Maurício, com voz forte, chamou pelo nome de Antônio.

Este, que sempre despertava à voz de seu querido amo, logo acordou, e imediatamente estava junto de Maurício.

— Desperta os nossos amigos aimorés; é já tempo, dormiram bastante.

Daí a pouco aquela gruta, em que não se ouviam senão roncos e o resfolegar compassado dos que dormiam, converteu-se em um teatro de uma atividade quase tumultuosa. Os aimorés que durante o seu longo sono sonharam com a guerra aos emboabas, quando se viram despertados por Antônio, cuidaram que era já tempo de avançar contra eles, e instantaneamente pondo-se em pé, com todas as suas armas, soltaram seu grito de guerra.

Os paulistas e os outros bugres acordaram sobressaltados.

Antônio, secundado por Maurício e Gil, Nuno e mestre Bueno, com alguma dificuldade conseguiram acalmar a excitação de uns e o pânico de outros.

Gil falou aos paulistas, explicando-lhes que convinha partirem alguns ao encontro de Amador Bueno que também vinha com perto de trezentos homens atacar os emboabas.

Todos se ofereciam entusiasticamente, mas Zambi (Joaquim), o valente e leal africano, ressentido de que se não lembrassem dele, levantou a voz e o vulto gigantesco por cima da multidão.

— Já se esqueceram de mim, meus brancos?! — exclamou ele. Então Joaquim já morreu? Para que tanta gente? Joaquim só pode ir buscar e guiar os brancos de São Paulo, e trazer todos eles para aqui. Eu, há mais de dez anos, tenho traquejo desta estrada; conheço todos os trilhos, desvios e atalhos que há por aí, porque fui tocador de tropa do defunto meu senhor, um maldito emboaba que com estas mãos mandei governar lá os diabos nos infernos... Meus brancos, então não contam mais com Joaquim?

— Contamos muito e muito, meu Joaquim, — atalhou Gil, avançando para o africano; — bem sabemos que és um dos mais valentes e leais de nossos companheiros. Mas tu e Antônio deveis estar fatigados das caminhadas e trabalhos que tivestes com Maurício. É preciso que descanseis.

— Eu, descansar?... Não, meu branco, eu vou onde está esse branco, chamado Amador Bueno... Eu o conheço bem: é um homem alto e magro; a barba já está branqueando. Se me não deixam ir, eu fujo para sempre daqui.

— Não é preciso fugir, — acudiu Gil, pousando-lhe a mão no ombro; — tu irás, e aceitamos teu serviço; mas não faz mal que leves contigo também alguns companheiros.

— Não preciso, acudiu Joaquim; mas enfim isso não faz mal nenhum.

— De quantos companheiros precisas?

— Dois somente.

— Levarás cinco.

— Pois vá, feito.

Joaquim escolheu cinco entre seus companheiros, dos que lhe eram mais conhecidos: dois negros de seus antigos quilombolas, que ainda restavam; dois indígenas dos carijós de Tabajuna, e um jovem paulista, mas forte e corajoso, inimigo jurado de tudo quanto era emboaba.

O paulista que conhecia Joaquim desde São Paulo, porque servira em casa de seu pai, e tinha sido testemunha da lealdade e valor do brioso africano, nas últimas lutas contra os emboabas, não teve o menor pejo, nem receio, de acompanhá-los naquela expedição.

Muniram-se do que era necessário para cinco ou seis dias, e partiram nessa mesma tarde ao encontro de Amador Bueno.

Capítulo XI

Amador, tendo recebido a carta de desafio de Caldeira Brant, que em termos ásperos e pouco corteses o desafiava a campo, aceitou sem hesitar e respondeu-lhe em termos um tanto quixotescos, mas não injuriosos, com a fanfarronice e jactância próprias dos paulistas, que até nisso parecem ter sido mais uma colônia espanhola, que portuguesa.

Amador tratou imediatamente de organizar uma forte bandeira, não já no intuito de descobrir novas regiões auríferas nem aprisionar e cativar indígenas, mas de punir a petulância de um insolente emboaba, que o desafiava e insultava.

Os paulistas, gente empreendedora naquela época, por terra, como eram por mar os antigos fenícios em mais remota era, ou como os portugueses do tempo de Colombo e Vasco da Gama, se achavam dispersos por toda a vasta colônia portuguesa.

Por isso, Amador Bueno, em São Paulo de Piratininga e nos seus arredores, a custo, pôde alistar um bando de cerca de cento e cinqüenta homens válidos e resolutos como ele, e quinze dias depois de ter recebido o cartel de desafio de Caldeira Brant, com eles se pôs a caminho para as Minas. Essa marcha durou cerca de um mês, em razão das dificuldades do caminho através do sertão bruto, retalhado de rios caudalosos, eriçado de montanhas e coberto de espessas e emaranhadas florestas.

Nela, porém, em compensação, Amador teve a felicidade de ir encontrando, em pequenos grupos, grande número de paulistas fugitivos, que vinham de Sabará e Caeté e mesmo alguns de São João del-Rei, fugindo das perseguições dos emboabas, e que, incorporando-se ao seu bando, com ele voltaram às Minas.

Quando, pois, o denodado chefe chegou às imediações de São João, contava em suas fileiras mais de duzentos e cinqüenta homens valentes, resolutos e bem armados, graças à provisão de armamento e munição, de que tivera cuidado de prover-se.

Ele ignorava, porém, que Caldeira Brant, em São João, tinha reunido um número de combatentes mais de duas vezes superior ao seu, e que havia como já dissemos, fortificado aquele ponto de fossos, e trincheiras construídas de cascalhos tirados das lavras de ouro, tornando aquele lugar um reduto quase inexpugnável.

— Este Caldeira, — dizia ele conversando, à tarde, a seus amigos, em um estado de perfeita segurança e cheio de confiança no bom êxito de sua empresa: — esse Caldeira, a meu ver, não passa de um fanfarrão cheio de bazófias. Que nos poderá apresentar em frente, a nós que estamos acostumados a escaramuçar o gentio, levá-los de vencida por campos e florestas, e apanhá-los à mão, como quem agarra galinhas na capoeira?

Não pode apresentar mais de algumas dúzias de galegos poltrões e mariolas, acostumados somente a carregar fardos e barris de vinho por essas estradas, como burros de carga. Amanhã pela manhã poderemos dar-lhes caça; aposto que amanhã mesmo nem um deles dormirá em São João del-Rei, a não ser os que ficarem dormindo o sono da morte.

— Também eu não duvido disso, replicou um dos circunstantes: — porém, julgo que não seria mau, antes de atacar o inimigo, procurar-se saber qual o seu número e a posição em que se acham.

— Nada disso nos importa, retrucou vivamente Amador. Logo que são emboabas, fossem eles mil, e eu só dispusesse de cem pessoas, não recearia atacá-los. Quanto à posição que ocupam nós a reconheceremos, logo que lá chegarmos.

Estavam nessa conversa, quando divisaram ao pé da colina dois homens que se dirigiam ao acampamento. Eram dois paulistas que não tinham tomado parte da insurreição de seus patrícios e se tinham conservado homiziados nas imediações de São João del-Rei, mas separados, e até ignorando a existência do núcleo de insurgentes que se achava na gruta de Irabussu.

Apesar disso, vendo-se eles alvo das suspeitas dos emboabas e temendo as suas perseguições, depois da derrota e dispersão de seus patrícios, tomaram a resolução de abandonar as minas e voltar ao seio da terra natal.

Foram benigna e cordialmente recebidos por Amador e seus companheiros, e, como se pode adivinhar, Amador, contentíssimo com a chegada tão oportuna daqueles dois homens, cheio de curiosidade, apressou-se a interrogá-los minuciosamente sobre as circunstâncias em que se achava o povoado e sobre os últimos acontecimentos que ali se tivessem dado.

As notícias que lhe deram não eram muito tranqüilizadoras; mas Amador não revelou e nem deixou transparecer na expressão de seu rosto, nem em sua linguagem, o mais leve sinal de desânimo ou inquietação; continuou a falar de emboabas no mesmo tom desdenhoso, e alardear a mesma confiança no feliz êxito de sua audaciosa empresa.

Os paulistas expuseram-lhe por miúdo o estado das coisas. O capitão-mor, receoso de mais algum levante por parte dos paulistas e indígenas, se havia rodeado das maiores precauções; e os quatrocentos ou quinhentos emboabas válidos que formavam aquele povoado, bem providos de armamentos e munição, se achavam prontos a pegar em armas, ao primeiro chamado.

Fernando, de dias em dias, e às vezes o próprio capitãomor, os exercitavam e adestravam no manejo das armas e evoluções militares.

Mas isto ainda não era tudo. Há uns oito dias, havia chegado das bandas de Sabará e Caeté, o caudilho português Felisberto Caldeira Brant.

142

— Oh! já se acha aí esse chefe de mariolas, exclamou Amador Bueno, levantando-se e batendo palmas de contente. Esse biltre teve o atrevimento de nos desafiar a campo... Bem; continua, meu amigo! Que mais há? Caldeira já se acha em São João? E que mais?

— Sim, senhor — respondeu o paulista, — lá está e trouxe consigo de duzentos a trezentos homens em socorro do capitão-mor, a fim de desbaratar e expulsar sempre os paulistas destas minas.

— Duzentos e tantos homens, refletiu Amador Bueno; com os quatrocentos e tantos do capitão-mor formam mais do triplo do que nós temos; mas não importa; quem não sabe que um paulista é para dez emboabas?... E que mais, amigo?

— Ora, continuou o paulista — desde que estes homens chegaram, não se ocupam senão de fazer trincheiras e obras de fortificação.

— Que miseráveis! que covardes! sendo tão superiores em número, não se atrevem a combater em campo aberto, estes facínoras, que só sabem atirar de trás do toco e à traição!... Foi assim que massacraram nossos patrícios aqui bem perto do capão da Traição... Mas eles verão! ... Vamos adiante, que mais há?

— Nada mais, senão que eles lá se acham muito confiados e altaneiros, à espera de vossa mercê.

— Não hão de esperar muito tempo; lá irei: não costumo faltar a convites desta natureza. Mas diga-me ainda: Essas trincheiras e fortificações de que são feitas? São muito fortes?

— Parecem-me bem fortes. São feitas, pela maior parte, de cascalho de tiram das lavras de mineração e que eles amontoaram em forma de muralha, até a altura do peito de um homem. Em outras partes, são estacadas de madeira grossa, e em outras são valas bem fundas, guarnecidas de faxinas[27], atrás das quais devem ficar atiradores, de maneira que

---

[27] Faxinas: feixe de ramos ou de paus, com que se entopem fossos ou se encobrem parapeitos de baterias, em campanhas militares.

143

do lado de cá é impossível romper caminho para entrar na povoação, senão a poder de balas de artilharia...

— Como? pois não se pode atacá-los de flanco, e nem mesmo pela retaguarda?

— Não é possível: as trincheiras formam um cordão que se estende da serra do Lenheiro e vai acabar na beira da mata do rio das Mortes, atravessando quase toda a povoação do lado de cá.

— E do lado de lá?

— Do lado de lá está o rio.

— Pois passa-se o rio.

— É preciso passá-lo duas vezes, como o comandante sabe, e o rio neste tempo leva muita água, e não há quem o passe, nem a nado, quanto mais a vau.

— E a ponte que há no caminho que vai para Ouro Preto?

— Essa está sempre guardada por uma grande guarnição e, segundo ouvi dizer, se quiserem forçar a passagem à guarnição, aquele que não puder defendê-la, tem ordem de botar fogo nela.

Amador ficou pensativo, por alguns momentos, e disse depois:

— E não se poderá arranjar umas canoas para passar a nossa gente?

— Nem isso, comandante; tomaram todas as cautelas, mandaram apanhar todas as canoas que havia por aí, e as puxaram para terra a seco, do lado de cá.

— Não importa; disse Amador, com o tom de sobranceria que nunca o abandonara; — não nos faltam bons machados nem braços vigorosos para manejá-los e nem tampouco troncos por essas matas. Havemos de fabricar canoas e jangadas com o favor de Deus, e isto em poucos dias, o que dará em resultado estarmos em São João brevemente, enxotando de lá essa vil perrada de galegos, comandada por esse vil e covarde Caldeira.

Amador sustentara aquele tom e linguagem altaneira para não desalentar os seus; mas logo compreendeu as críticas e perigosas circunstâncias em que se havia enleado. Bem via que somente com duzentos homens não lhe era possível ir bater-se com um antagonista que dispunha de mais de setecentos homens, bem aquartelados, armados e municiados e, além disso, combatendo por detrás de fortes trincheiras.

Avançar imprudentemente era loucura; recuar com sua gente para São Paulo era covardia; manter-se no mesmo lugar por algum tempo, sem recursos para resistir ao inimigo, nem atacá-lo, era, além de imprudência, covardia: era entregar-se ao inimigo, deixando-se sitiar por ele.

Ir com sua tropa buscar novos reforços de gente e subsistência era o único recurso que lhe restava.

Mas para onde iria ele?

Procuraria o rumo de Sabará, Caeté? Por aí bem sabia que os emboabas andavam fortes, principalmente tendo por si Nunes Viana.

Grande parte dos companheiros que tinha em suas fileiras vinham escaramuçados daquelas paragens; era-lhe impossível penetrar em semelhantes regiões sem correr risco de perder-se. Também Amador e seus companheiros bem sabiam que em Ouro Preto havia uma forte colônia, composta, pela maior parte, de paulistas mas também de grande número de emboabas e indígenas; mas para lá chegar só se ofereciam dois caminhos — era o de São João del-Rei que se achava ocupado pelo inimigo que guardava com vigilância a ponte do rio das Mortes; ou aliás procurar as cabeceiras do rio nas fraldas da serra da Mantiqueira, a fim de vadeá-lo e daí procurar o Ouro Preto, dando uma volta imensa.

O primeiro alvitre era impossível, porque não havia meio de flanquear o inimigo sem se expor à quase certa contingência de por ele ser atacado.

Amador igualmente não ignorava que os paulistas de Ouro Preto viviam mui contentes de sua sorte, assim como também os emboabas, não havendo entre eles rixas nem animosidade alguma, sendo este estado de paz e prosperidade da nascente povoação devido, não só à abundância de ouro que ali encontravam, como principalmente ao tino e prudência dos chefes paulistas, Antônio Dias e Padre Faria. Era, pois, difícil, senão impossível, desviar aqueles mineiros do seu pacífico e lucrativo trabalho para os arrojar a uma empresa belicosa, nos azares de uma luta armada contra quem quer que fosse. Metido nesse terrível impasse ou beco sem saída, o chefe paulista em vão dá tratos ao espírito, procurando uma solução às dificuldades de sua crítica situação. Enfim, resolveu reunir em conselho na sua barraca os chefes mais experimentados e de mais prestígio, a fim de lhes expor as dificuldades e hesitações em que se achava, e com eles deliberar sobre o melhor partido que poderiam tomar.

Nenhum deles deixou de reconhecer a perigosa e precária conjuntura em que se achavam; mas também nenhum deles apontou alvitre algum que pudesse tirá-lo daquela embaraçosa situação com probabilidade de sucesso; e, portanto, todos a uma voz sustentaram que não havia outro expediente possível senão atacar imediatamente o inimigo em São João del-Rei, expondo-se embora a uma luta desigual de um contra três, a uma luta desesperada de vencer ou morrer.

— Recuar, dizia um deles, seria para nós uma desonra, uma humilhação com que muito se regozijaria o tal Caldeira do inferno e toda a sua perrada, que cantaria vitória como se tivesse combatido. Desviar também para qualquer dos lados em procura de reforços que por certo não encontraremos em parte alguma, seria rematada loucura. Estacionaremos aqui até que eles fiquem cientes de nossa chegada, de nossa posição e mesmo do número de nossa gente; é uma imprudência expormo-nos a ser aniquilados.

— Nada, nada disso! só nos resta um partido, partido desesperado na verdade mas o único que nos fica bem: marchar avante e direito ao inimigo. Uma surpresa, um ataque inesperado e rigoroso, antes de que se apercebam de nossa aproximação...

E quem sabe se, procedendo nós assim, essas fortificações em breve estarão em nosso poder e essa corja de emboabas enxotadas para sempre de São João del-Rei?! E, se tivermos de sucumbir, façamos com que a vitória lhes saia mais cara e amargosa possível.

Assim deliberou-se pôr imediatamente em movimento a coluna, a fim de atacar de improviso e vigorosamente as trincheiras durante a noite. Ainda bem o paulista não tinha acabado de proferir estas palavras, quando se ouviu uma descarga de mosquete que os pôs em sobressalto. Amador, que conversava com os amigos dentro de uma barraca, correu logo para fora; os paulistas que andavam dispersos a caçar pelos lançantes da extensa colina corriam aceleradamente de todos os lados, descendo em direção ao seu acampamento.

— Temos emboabas! — disse um deles a arquejar, o que primeiro chegou à fala junto de Amador. Chama às armas, comandante!

Mas não foi preciso dar ordens nem sinais. Os paulistas que se achavam dispersos tinham também todos reunidos no acampamento.

Os que receberam a descarga e que felizmente se achavam ilesos informaram em poucas palavras a Amador de que, nas vizinhanças de um mato que ficaria daí a um quarto de légua, de outro lado do outeiro, ouviram uma descarga de oito ou dez tiros que saíram de dentro do mato. Dispararam a correr, gritando pelos companheiros que andavam mais longe, e, chegando ao alto do morro, como não eram conhecidos de perto, olharam para trás e viram um troço de uns cinqüenta a sessenta homens, que a toda pressa marchavam para eles.

— São emboabas que nos querem surpreender! — bradou Amador. Este Caldeira é pérfido. A eles, meus amigos!

— Não precisamos de ir todos: cinqüenta homens saiam para a frente!

Todos saíram.

Quero só cinqüenta!... bradou Amador, ainda que eles sejam cem.

Todos ficaram em frente; todos queriam ser do número dos cinqüenta e ter a honra de acompanhar Amador naquela arriscada investida.

— Pois bem, — exclamou Bueno, impacientado, — querem ir todos; mas eu não posso consentir em tal; venham os primeiros cinqüenta que se acham à minha direita; acompanhem-me, e já.

Dizendo isso, Amador arrancou a espada da bainha e apontou para o alto da colina, e pôs-se a andar. Os cinqüenta da direita o acompanharam de perto, e mais uns dez ou doze, e mais alguns talvez que se afoitaram em segui-lo, vendo que naquela emergência não havia tempo, nem era ocasião de contar homens. Os outros ficaram em armas, escondidos no mato.

De feito, mal tinham avançado alguns passos, viram apontar no alto da colina o troço dos inimigos, que avançavam em coluna cerrada e a passo acelerado, em distância de uns quinhentos passos. Bueno deixou sua gente avançar, ainda um pouco até o meio do lançante, e depois fê-los parar até o inimigo chegar ao alcance de seus tiros. A coluna dos emboabas, em vista desta parada, observando o número dos adversários, que lhes pareceu muito menor do que o seu, atribuindo a medo a parada do inimigo, avançaram afoitamente. Dada a primeira descarga, a gente de Bueno, já industriada por ele enquanto avançou, começou a bater em retirada e desordenadamente como em fuga precipitada, e separando-se em dois grupos, um para a esquerda e outro para a direita do inimigo, até se avizinharem bem do capão, em que se achavam ocultos o resto dos paulistas. Vendo este movimento, os emboabas redobraram de audácia; mas já pensavam ir agarrar à mão inimigos aterrados e indefesos, quando se viram inopinadamente envolvidos em três fogos.

Os fugitivos, reunindo-se e formando-se em distância, atacavam-nos pelos flancos, enquanto do mato rompia-lhes pela frente, e quase à queima-roupa, um terrível e mortífero fogo de mais de cem escopetas. Em pouco tempo, metade dos inimigos jaziam por terra mortos ou feridos.

Amador com um brado atroador fez suspender aquela inútil carnificina e ordenou aos inimigos que restavam que depusessem as armas e se rendessem à discrição.

Muitos desses já largavam as armas, e ajoelhando-se de mãos postas imploravam misericórdia, e todos se entregaram sem resistência, dando mil graças a Deus e à magnanimidade de Amador por tê-los salvado daquele horrível morticínio.

Esta vitória tão assinalada, posto que enchesse de entusiasmo e confiança a todos os paulistas, não tranqüilizou muito o espírito de Amador. Um ataque sobre São João del-Rei, único expediente que lhe poderia dar alguma esperança de sucesso, já não era possível.

Na coluna de emboabas que acabavam de assaltar o campo dos paulistas, vinham dois cavaleiros, que durante o combate se conservaram na retaguarda, um pouco em distância, tendo os seus animais pela rédea: pareciam os comandantes daquela tropa. Estes, porém, logo que viram o negócio mal parado e o desbarato dos seus, montaram com presteza e se puseram a galopar, fugindo. Ora, infalivelmente não parariam senão em São João, onde iriam dar notícia de sua desastrosa e completa derrota, da posição e número dos paulistas, e não deixariam de exagerar.

Dado este alarma, Caldeira Brant não deixaria de redobrar de vigilância e de tomar rigorosas providências de precaução e segurança em seu entrincheiramento, contra qualquer surpresa do inimigo.

Portanto, Amador, de acordo com seus lugar-tenentes, resolveu, como já começava a anoitecer, a passar a noite naquele mesmo sítio, a fim de deliberar sobre o que deveriam fazer no dia seguinte. Antes, pois, que se entregassem ao sono, conferenciaram longamente, e foi por fim adotado unanimemente o alvitre proposto por Amador, de imitarem os emboabas, isto é, de fortificarem também o seu campo com trincheiras, estacadas e fossos, e ali permanecerem, visto que em campo fortificado uma guarnição qualquer pode-se defender contra forças três ou quatro vezes superiores. Entretanto, Amador destacaria alguns homens que voltassem à capitania de São Vicente, a fim de angariar mais alguma gente com a maior presteza possível para reforçar suas fileiras.

— Com mais cem homens, — dizia ele, — eu vos juro que temos segura a vitória. Não viram com que perrice se portaram no combate de hoje?... Bem dizia eu que um paulista é para quatro labregos a peito descoberto, mas como estão fortificados, é prudente que sejamos ao menos um contra dois.

Capítulo XII

No outro dia o sol, que se ergueu desanuviado em um céu límpido e luminoso, alumiava no acampamento dos paulistas um espetáculo singular e inteiramente novo naquelas paragens. Os companheiros de Amador moviam-se em todos os sentidos, já em grupos, já isolados por toda a extensão da vasta colina, uns carregando, em vez de escopetas, enxadas, pás e alviões; outros levando ao ombro grossos toros de madeira. No mato as árvores estremeciam aos sonoros golpes do machado, sacudindo da coma em chuva de pérolas o orvalho da madrugada. Os principais chefes, a cavalo, percorriam a colina, indicando e demarcando os pontos mais convenientes, em que se deviam erguer trincheiras, ou cravar estacadas; enfim todos trabalhavam pressurosos e com incrível ardor, como se desejassem terminar naquele mesmo dia a obra de fortificação. Andavam nesta faina, havia duas horas, quando um deles deu vista de um grupo de quatro homens, que se dirigiam para ali, não pelo caminho de São João, mas do lado direito, cortando o campo.

Imediatamente vão dar parte a Amador, que nesse momento se achava em sua barraca com os paulistas designados para voltarem a procurar reforço de gente, os quais esperavam suas ordens e algumas cartas que escrevia.

Amador saltou rapidamente fora da barraca e pôs-se a observar os novos visitantes: alguns paulistas puseram-se logo em armas.

Os forasteiros, que eram um homem branco, um negro de estatura colossal e dois indígenas, logo que chegaram a certa distância, pararam, talvez receando alguma hostilidade. O branco tomou um pedacinho de papel que trazia na

151

algibeira, pegou numa flecha de um dos indígenas, apertou nela o papel e a deu de novo ao índio.

Este a embebeu no arco e disparou-a. A flecha voou rápida a uma altura extraordinária, depois retardando o vôo e pairando como uma ave de rapina, descreveu uma curva, e, baixando como um gavião que se arroja sobre a presa, veio cravar-se no chão, a alguns metros de distância adiante de Amador. Este apressou-se em tirar o papel e lê-lo. Continha somente estas duas palavras: — Paz e Aliança.

O leitor já adivinha que esses quatro forasteiros eram os enviados de Maurício ao encontro de Amador.

Amador sentiu um estremecimento de júbilo ao ler aquelas palavras; um lampejo de esperança lhe atravessou o espírito, dissipando nele todas as apreensões e desalentos que ultimamente o agitavam.

O papel andou de mão em mão, entre gritos de alegria. Amador fez sinal com a mão aos forasteiros para que se avizinhassem, e imediatamente uma multidão de paulistas correu ao encontro deles, e os trouxe como em triunfo até a presença do chefe.

— Ontem, ponderava ele, já vieram por mero acaso incorporar-se a nós dois dos nossos patrícios; hoje chegam, como que caídos do céu, mais quatro camaradas que talvez sejam guardas avançadas de outros muitos. Se a coisa continua assim, por Deus que em pouco tempo poderemos ir cuspir balas na cara do emboaba e mandar o Caldeira ir ferver nas profundas dos infernos.

Chegados à presença de Amador, e acolhidos por todos com grande afabilidade, porém com maior curiosidade ainda, o jovem paulista tirou de sua patrona uma carta que entregou ao chefe. Esta carta era de Maurício, que Amador conhecera pessoalmente em São Paulo, e cujas qualidades altamente apreciava.

Maurício, receando que um simples recado oral, dado por pessoas obscuras e inteiramente desconhecidas ao ilus-

152

tre bandeirante pudesse despertar alguma suspeita em seu espírito, julgou prudente também escrever-lhe aquela carta em que narrava, por alto, suas aventuras, os últimos acontecimentos de São João, o lugar e a situação em que se achava, as forças de que dispunha, e convidava a unir-se a ele para combaterem juntos contra o emboaba.

Enquanto Amador ia silenciosamente lendo a carta os olhos de quantos o rodeavam estavam fixos em sua fisionomia, a qual, à medida que ia lendo, cada vez mais se expandia em uma expressão inequívoca de contentamento e entusiasmo.

— Bem dizia eu! — exclamou, concluindo a leitura. Estava até adivinhando, quando disse, ainda agora, que estes quatro camaradas eram talvez guardas avançadas de outros muitos.

Leiam, leiam esta carta, — acrescentou, agitando no ar o papel, — já temos gente de sobra para esmagar o emboaba!

Entregue a carta aos soldados, em breve toda a tropa ficou ciente de seu conteúdo. Houve uma alacridade, um entusiasmo, uma decisão e coragem inexplicável em todo o acampamento. os mais desanimados tornaram-se os mais resolutos e corajosos, logo que souberam que Maurício e Gil estavam com eles.

Havia nas fileiras de Amador muitos jovens paulistas que conheciam pessoalmente os nossos dois heróis. Das proezas e aventuras de ambos, tinham chegado até S. Paulo algumas notícias vagas e incompletas.

O ódio dos paulistas contra os emboabas era grande, principalmente depois do morticínio do Capão da Traição, e da perseguição movida contra eles em Caeté e Sabará pela gente de Nunes Viana e Caldeira Brant, e ardiam no mais impaciente desejo de encontrarem uma ocasião de tomar completa desforra desses aleivosos e covardes atentados. Parecia um dia de festa no acampamento.

É escusado dizer que todos abandonaram os trabalhos de fortificação, e em vez de derribar troncos, cavar fossos,

153

colhiam flores silvestres com que ornavam as armas e os chapéus, e dando com seus mosquetes salvas de alegria, celebravam a véspera como o prelúdio de uma vitória mais completa e decisiva.

Sem mais demora, Amador deu ordem a sua gente para se pôr em movimento, a fim de se reunir à tropa de Maurício.

Em breve, toda a coluna com sua bagagem estava pronta, e guiada pelos emissários de Maurício pelos mesmos lugares escuros e ínvios por onde estes tinham vindo, se puseram em marcha em direção à gruta de Irabussu, abandonando aquelas elevadas colinas que deixaram para sempre assinaladas com o nome de Alto da Vitória, que ainda hoje conserva.

É preciso que o leitor conheça o motivo que deu lugar ao ataque imprevisto que acabamos de narrar, ataque tão inesperado para os paulistas como para os próprios emboabas.

Caldeira Brant, sabendo que Amador Bueno aceitava o desafio que lhe dirigira, e tendo notícia que ele já se achava em caminho, à testa de algumas centenas de paulistas, enviou ao seu encontro, como guarda avançada em reconhecimento, uma guerrilha de cinqüenta a sessenta homens.

Levavam ordem de os evitar e somente de os observar de longe, calculando pouco mais ou menos o seu número, e, logo que tivessem conseguido isso, retirarem-se com presteza a dar-lhe conta dessa comissão.

Talvez o leitor pense que para isso não eram precisos mais do que cinco ou, quando muito, dez homens resolutos e traquejados, visto que não iam combater o inimigo, mas simplesmente observá-lo. Nesse tempo, porém, Caldeira Brant receava com razão algum ataque por parte dos indígenas e mesmo de paulistas foragidos, que se sabia vagarem pelas cercanias de São João, sem se ter descoberto onde era o seu couto[28], e por isso entendeu que devia enviar um destacamento numeroso, capaz de repelir qualquer assalto.

---

[28] Couto: esconderijo.

154

Caldeira Brant, computando que Amador Bueno estaria em meio caminho, ordenou aos seus que fossem avançando ao seu encontro, em marchas lentas e cautelosas, até o Rio Grande, além do qual não deveriam passar. Convencidos disso, os emboabas, seguindo as instruções de seu chefe, marcharam até as colinas em que se achava Amador, sem nunca olharem para diante, e dando somente atenção aos flancos a fim de evitarem qualquer emboscada de indígenas ou paulistas foragidos.

Assim foram marchando até galgar a colina, por detrás da qual já havia muitas horas se achava acampado Amador com sua gente. O encontro do inimigo foi, portanto, para eles, uma verdadeira surpresa, e teriam recuado prontamente em fuga precipitada, se o estratagema habilmente empregado por Amador não tivesse impedido de ajuizar do verdadeiro número dos inimigos. Na confusão, porém, daquele encontro inesperado, julgando o inimigo em número talvez inferior, enganados pela fuga simulada, que Amador ordenara aos seus, e que estes admiravelmente executaram com toda a segurança e afoiteza, correndo à sua ruína, como acabamos de ver.

Capítulo XIII

Deixando, por agora, Amador com sua tropa marchar penosamente através de campos e matos não trilhados, para ir fazer junção com a troça de paulistas e indígenas, que Maurício, Gil e Antônio, à custa de perigos e fadigas extraordinárias, tinham conseguido incorporar na gruta de Irabussu, nos é forçoso conduzir o leitor outra vez ao seio da povoação de São João del-Rei e à própria casa do Capitão-mor, a fim de nos informarmos, por miúdo, do que aí se passou depois da desastrosa noite, em que ela foi teatro da horrorosa carnificina, tão fatal aos paulistas e principalmente a Maurício.

Vamos, pois, nos encontrar com três interessantes e simpáticos personagens, que, com bem saudades minhas e talvez também do leitor, há longo tempo não encontramos no caminho desta narrativa: — a bela, nobre e altiva d. Leonor, — a gentil, graciosa e dedicada Helena, e a ingênua e formosa filha das selvas, a espantadiça, mas resoluta Indaíba. Temos também de encontrar-nos de novo com o Capitão-mor Diogo Mendes, seu sobrinho Fernando e outros personagens, dos quais certamente não se terá o leitor esquecido.

Pouco passava de duas horas depois da meia-noite, postos os paulistas em debandada depois do sanguinolento assalto que havia durado apenas meia-hora, quando o capitão-mor e seus portugueses, entendendo que nada mais tinham a recear, tranqüilizaram-se, e encostando as armas, passaram a examinar o estreito teatro daquele horrível e mortífero combate. Todos deviam estar fatigadíssimos, mas ninguém dormiu naquela noite fatal.

O lúgubre silêncio que sucedeu ao retinir das armas e aos gritos ferozes dos combatentes, era interrompido pelos gemidos dos feridos e pelo estertor dos moribundos, que jaziam na varanda, no salão e no pátio, de envolta com aqueles que, mais felizes, já tinham exalado o último alento.

Leonor e suas companheiras, que deixamos ajoelhadas na capelinha, depois do aparecimento de Maurício e das palavras rápidas que pronunciou, tranqüilizaram-se um pouco e sentaram-se no tapete, com os seios arquejantes de susto e inquietação, e com o ouvido alerta ao menor ruído, como três rolas espavoridas que escutam tremendo o bater das asas do gavião, a cujas garras acabam de escapar. Entretanto, apesar de se irem esvaecendo os sustos e sobressaltos causados pelo horrível conflito, aquelas três pobres almas sentiam ainda o peso da mais cruel tribulação.

Como as pragas dos vencidos e os gritos dos vencedores já se iam esvaecendo ao longe, as três começaram a refletir: Indaíba pensava em Antônio, Helena em Calixto e Leonor... Leonor pensava em todos e em tudo. Mais feliz do que as outras, tinha visto são e salvo o seu amante. Mas aquelas últimas e sinistras palavras que ouvira dele — estais salvas... mas eu... eu estou perdido!... perdido para sempre, — produziram em seu espírito estranho e singular enleio; mas sua inteligência sagaz, depois de alguns instantes de reflexão, compreendeu tudo. Já por vezes lhe tinha passado, rápida como o relâmpago, a idéia de que Maurício também tramava com o resto dos paulistas contra seu pai, contra Fernando e contra todos os emboabas.

Não conhecia e nem mesmo poderia compreender a terrível colisão em que se achava seu leal e desditoso amante. Depois das duas últimas entrevistas, as excitações, as expressões equívocas e misteriosas de Maurício, deram ainda mais constância a suas suspeitas. Não há dúvidas, — concluía ela consigo mesma, — é um traidor... Ama-me talvez e talvez não... Mas ele acaba de dizer que nos salvou e que está perdido para sempre!... Que quer dizer isto, senão que ele estava no número de nossos inimigos!... Meu Deus!...

meu Deus!... exclamava ela, estorcendo as mãos e volvendo seus lindos olhos, macerados de lágrimas e vigílias, para a imagem do Crucificado — que quer isto dizer?... Minha cabeça estala... meu coração está tão angustiado... oh!... meu Deus! meu Deus! E meu pai!... e Afonso, que será deles? Murmurava ela estas palavras a meia voz, e suas companheiras a contemplavam mudas, mas cheias de confiança, como se ouvissem seu anjo tutelar, que ia levar imediatamente aos pés do Eterno suas súplicas, para serem atendidas. Nisto estavam, quando apareceu à porta da capela um homem com as mãos ensangüentadas, o cabelo em desordem, o olhar torvo e as feições transtornadas.

Trazia debaixo do braço esquerdo uma espada ensangüentada e na mão direita uma lanterna acesa. As moças logo que o viram, soltaram um grito de pavor e taparam os olhos com as mãos, pensando que era ainda algum paulista insurgente, que por ali se achava com ordem de assassiná-las.

— Pois já não me conhecem! — bradou o vulto, com voz áspera e agastada.

— Ah! é o senhor Fernando! murmurou Leonor, volvendo os olhos para o vulto e reconhecendo-o. Desculpe-nos: o susto e o pavor nos perturbam.

Não era entretanto, só o pavor e o susto que as perturbavam; Fernando estava mesmo por tal sorte desfigurado, que ainda mesmo em circunstâncias ordinárias o teriam desconhecido.

Os cabelos hirtos e em desalinho; as vestes em desordem e ensangüentadas, dilaceradas em diversos lugares, em conseqüência da luta frenética que tivera de sustentar, cruzando ferro contra ferro, bastavam para desfigurá-lo; mas, além disso a palidez cadavérica que lhe cobria o rosto salpicado de sangue, o furor que lhe estuava n'alma, por se ter visto suplantado pela mão vigorosa de Maurício e curvado a seus pés; o seu olhar turvo e desvairado, davam-lhe a toda a figura uma expressão tão sinistra e hedionda, que ninguém naquele momento reconheceria nele o belo e garboso gentil-homem, secretário de Diogo Mendes. Pensar-se-ia antes estar vendo um bandido ignóbil e feroz que, farto de sangue e matança, atira-se ao saque e à profanação do lar, que acaba de assaltar.

— Compreendo o seu susto, d. Leonor, — retorquiu Fernando; o caso não é para menos; tranqüilize-se, porém, os inimigos já vão longe, e tomaram tal esfrega, que nunca mais se lembrarão de nos incomodar.

— E meu pai; e Afonso? — perguntou Leonor com ansiedade.

— Seu pai, senhora, foi ferido, mas...

— Ferido! exclamou Leonor; meu pai ferido! onde está ele?

— Ah! por quem é não se aflija: o ferimento não é grave; em poucos dias estará restabelecido. Entretanto, é preciso que a senhora vá para junto dele.

— Há mais tempo já estaria se soubesse... Onde está ele?

— Em seu quarto de dormir, — respondeu Fernando.

Sem mais querer ouvir, Leonor arrojou-se para a porta da Capela e desapareceu, voando para o quarto do pai.

Helena e Indaíba quiseram acompanhá-la, mas Fernando as deteve.

— Esperem, meninas! — disse ele, embargando-lhes o passo. Para cuidar do senhor capitão-mor, basta d. Leonor e mais algumas pessoas que lá já se acham. Temos outro dever e caridade a cumprir: a menina Helena toma a lanterna e vamos ver os mortos e os feridos; os mortos para serem enterrados e os feridos para serem socorridos enquanto é tempo; e isto já.

Era uma tarefa bem cruel para duas raparigas na flor dos anos: apesar de não ignorarem o que são dores, inquietações e sofrimentos íntimos, iam pela primeira vez presenciar o espetáculo de uma arena do mais terrível combate, ensopada ainda de sangue quente, e coberta de mortos e moribundos.

Mas Fernando, para cortar toda a desculpa, lhes fez ver que naquele momento ninguém se achava desocupado, e que era indispensável que elas o ajudassem naquele doloroso dever.

Não souberam nem ousaram replicar; entretanto uma curiosidade ansiosa e cheia de inquietação as atraía, malgrado seu, àquele teatro de sangue e carnificina. Antônio e Calixto, que seriam deles? Por certo estariam também no número dos assaltantes: as duas amantes bem poderiam ir encontrá-los mortos e banhados no próprio sangue!... Esta lembrança, ao mesmo tempo que as fazia recuar horrorizadas, ao mesmo tempo as chamava àquele cenário de horrores, impelidas por uma imperiosa e fatal curiosidade.

Helena tomou a lanterna e ambas seguiram Fernando para o grande salão das audiências. Aí jaziam, estendidos no pavimento ensangüentado, quatro ou cinco corpos.

Fernando mandou que Helena aproximasse a lanterna ao rosto de cada um deles, a fim de reconhecê-los e examinar se estavam definitivamente mortos.

Bem se pode compreender com que angústia, com que estremecimento de pavor, a pobre moça desempenhou esta fúnebre tarefa, receando encontrar em cada morto, que alumiava, o rosto de seu querido Calixto. Fernando, ao contrário: com o mais satânico sangue frio, depois de os volver e revolver, um por um, examinou-lhes as feições, os golpes, apalpando-os, auscultando-os, a ver se ainda respiravam.

— Estão mortos e bem mortos; são cinco, dois do inimigo e três dos nossos, — disse secamente; — com estes nada temos; pertencem ao coveiro. Agora passemos à varanda.

Fernando, ou por acaso ou de propósito, guiou os passos das duas meninas justamente ao lugar em que se achavam, como abraçados um ao outro, os cadáveres dos dois inimigos figadais, Afonso e Calixto.

Nós vimos na primeira parte desta história como esses dois belos mancebos, que se detestavam por uma fatal coincidência, caíram ambos derribados pela espada de Maurício, e quase enlaçados em fúnebre e piedoso amplexo, esquecendo na morte seus ódios e seus amores.

Calixto, caindo com o braço estendido, enlaçava o colo ensangüentado de seu rival. Era um espetáculo para con-

160

franger de dó o coração mais empedernido e o mais alheio às tristes circunstâncias, que o acompanhavam.

Que terrível impressão não devia produzir ele sobre a pobre Helena, que ali via decifrado o horror de seu destino, que tão estreitamente se ligava àquele doloroso quadro! ... Apenas reconheceu as feições de Calixto, os olhos se lhe turvaram, a lanterna lhe caiu das mãos e os joelhos desfalecidos a deixaram cair também com os braços abertos sobre o corpo de seu amante.

— Oh! oh! — rosnou Fernando, trincando os dentes; temos mais uma, que precisa de socorros!...

Menina! menina! — continuou, apanhando a lanterna, e tocando com a ponta do pé no corpo de Helena desmaiada; — vamos adiante! é escusado ficar aqui. Estes também estão mortos e bem mortos. Eu, menina, os vi cair trespassados pela espada de Maurício...

Vamos!

Helena, desmaiada, nada ouvia, e, portanto, nada podia responder.

— Pega na lanterna, — disse bruscamente Fernando a Indaíba; — e vamos adiante! Creio que teremos também uma defunta a enterrar...

— Helena! Helena!... bradou a ingênua e corajosa carijó, debruçando-se sobre o corpo de Helena, estendido sobre o de Calixto. Morreste também!? Não, não, ela não está morta!

— Morta ou viva, de nada nos pode servir agora: — disse Fernando e, agarrando a pobre Indaíba pelo braço, fê-la levantar-se e a levou pela varanda e depois ao pátio, examinando mortos e feridos, com a feroz tranqüilidade do chacal que, à noite, depois do combate, passeia entre os cadáveres saciando a fome no campo da carnificina.

O delíquio de Helena durou apenas alguns minutos; a linda jovem paulista, a filha do velho ferreiro, herdara a compleição sadia e vigorosa de seu pai, que era de têmpera tão forte como a do ferro trabalhado em sua forja. Só um

161

golpe tão doloroso, como esse que acabava de fulminá-la, poderia interromper-lhe o uso dos sentidos.

Despertou como quem acorda de um pesadelo; mas em poucos momentos, recobrou a reflexão e a reminiscência: ela havia caído com a face sobre a espádua esquerda de Calixto. Enquanto reatava suas idéias, percebeu que o peito do mancebo arquejava debilmente e o coração batia em fracas e quase imperceptíveis pulsações.

Um sobressalto de alegria e esperança lhe fez estremecer todo o corpo, e o sangue que o pavor e a angústia lhe tinham enregelado nas veias, aqueceu-se de súbito e deu-lhe novo alento. Em um momento colocou-se de pé: achava-se em escuridão quase completa. Sem mais demora correu ao aposento de Leonor, e, tirando uma das velas que ardiam junto do oratório, voltou à varanda a examinar o estado e a natureza das feridas de Calixto. Desenlaçando os corpos dos dois rivais, abraçados na morte, colocou de costas, com todo o carinho, o corpo do amante, e, com o mais vivo prazer, reconheceu que os golpes que Calixto recebera, apesar de numerosos, eram todos leves e superficiais, não sendo o seu desfalecimento mais que o resultado da grande perda de sangue. Mais que depressa se dirigiu ao aposento do capitão-mor, para pedir a Leonor ataduras e algum bálsamo para aplicar às feridas do mancebo.

O capitão-mor, entregue a um ligeiro letargo em conseqüência da debilidade, não percebeu a entrada de Helena; mas Leonor velava à sua cabeceira.

— Que há de novo, minha amiga? perguntou Leonor com açodamento, logo que viu Helena... Onde está Afonso?... não o viste por aí?

Esta rápida e inesperada pergunta, que exigia pronta resposta, caiu como se fosse uma massa de gelo sobre o coração de Helena. A pobre menina, na angústia e tribulação em que se via, nem pensara na eventualidade tão natural dessa pergunta, e portanto muito menos havia cuidado em forjar uma mentira qualquer, para ocultar à sua patroa, ao menos por algum tempo, a triste realidade.

— Ah! sim, o senhor Afonso, — respondeu ela balbuciando, enquanto excogitava uma resposta. Eu vim aqui depressa buscar... uns panos...

— Mas, meu irmão Afonso, que é dele? Não me respondes?

— Ah! perdão, minha senhora, — tinha me esquecido... já não sei onde tenho a cabeça... o senhor Afonso, já perguntei por ele... disseram-me que tinha saído a perseguir...

— Ah! meu Deus! aquele doido o que iria por aí fazer?! Vou mandar buscá-lo à força.

— Faz bem, minha senhora, murmurou Helena.

— Mas... o que me pedias? continuou Leonor um pouco tranqüilizada.

— Umas ataduras para um ferido...

— Ah! sim! respondeu Leonor, entregando um punhado de fios de ataduras... Vai depressa; não posso abandonar meu pai, senão iria te ajudar... mas quem é ele? é um dos nossos?

— Não sei; não o conheço.

— Mas... seja quem for, vai, vai já socorrê-lo.

Helena, de caso pensado, não quis declarar quem era o ferido, porque receava que, se soubessem que era Calixto, o mais encarniçado dos inimigos dos emboabas, e a quem por isso mesmo votavam o mais violento ódio, tratassem de dar cabo dele. Nada temia de Leonor, nem mesmo do capitãomor, cujo coração sabia ser humano e generoso, mas dos outros portugueses e principalmente de Fernando, cuja malvadez e ferocidade ela, melhor que ninguém conhecia.

Quando chegou de novo para junto do corpo exânime de seu amante; já alguns emboabas e escravos fugitivos, que Fernando a muito custo fizera arrebanhar, se achavam ocupados na lúgubre faina de desentulhar o edifício e o pátio dos cadáveres que os juncavam. Alguns feridos encon-

163

trados ainda com sinal de vida, eram recolhidos à sala da prisão, que durante o assalto fora arrombada pelos insurgentes.

Ora, como dissemos, não convinha a Helena que Calixto fosse também para lá conduzido, e, portanto, dirigiu-se com modo suplicante àqueles sinistros coveiros, e, dizendo-lhes que aquele ferido era um irmão de quem ela mesma se encarregava de tratar, conseguiu que o conduzissem para seu quarto.

Fernando, tendo terminado sua fúnebre tarefa, voltou com Indaíba ao lugar onde havia deixado Helena desmaiada sobre o corpo de Calixto, e, vendo que ali só se achava o cadáver de Afonso, entendeu que os outros dois já tinham sido conduzidos para o lugar do destino.

— Ainda bem! murmurou ele. Este deve ser enterrado em lugar oculto e debaixo do maior segredo. Toma tento, Indaíba! Não vás bater com a língua nos dentes para contar, nem a Leonor, nem ao capitão-mor, e nem a quem quer que seja, a morte deste mancebo!

Indaíba olhou espantada para Fernando, mas compreendeu o motivo desta recomendação.

— Mas Helena! Helena não está morta! murmurou a indígena. Vou ver onde ela está.

— Não sei se está ou não: isso pouco me importa... Vou dar as providências para esconder este cadáver. Não preciso mais de ti, vai-te para onde quiseres.

164

Capítulo XIV

Indaíba exultou de prazer ao ver-se livre da companhia daquele homem sinistro, e dando pressa em aproveitar da liberdade, que lhe era concedida, pôs-se logo à procura de Helena.

Primeiramente dirigiu-se ao quarto do capitão-mor, que se achava aberto, como era mister, e frouxamente alumiado. Chegando apenas à porta, espreitou por todos os cantos: o capitão-mor ainda dormitava, e Leonor, à sua cabeceira, estava absorvida em seus tristes e angustiados pensamentos; mas Helena lá não se achava. Indaíba correu ao quarto de sua amiga, que era contíguo ao seu, e lá bem no interior. A porta estava fechada, mas havia luz dentro.

— Está aí — pensou a índia, com o coração a pular de esperança e contentamento. — Empurrou de leve a porta, que cedeu, por estar apenas encostada, e entrou.

Calixto estava deitado na pobre enxerga de Helena, que sentada à beira da cama, com a maior diligência, solicitude e presteza, lhe pensava as feridas.

O moço não havia ainda recobrado os sentidos; mas já tinha a respiração mais sensível, palpitações mais fortes e outros sintomas pelos quais qualquer pessoa, por mais ignorante que fosse, o julgaria fora de perigo.

Helena, ao entrar Indaíba, sobressaltou-se algum tanto, mas ao reconhecê-la, sua alma serenou, tornando-se mais tranqüila e contente do que dantes.

— É ele! é ele! murmurou Indaíba, logo que deu com os olhos naquele grupo.

— Sim, é ele! é ele e está salvo, não achas, Indaíba? replicou Helena, sem interromper o serviço urgente que a preocupava. Em poucos momentos a dedicada amante, auxiliada agora por sua amiga, tinha concluído seu caridoso mister.

Os ferimentos de Calixto eram, pela maior parte, pouco importantes; mas, devido à duração da luta, e a uma contusão mais forte no antebraço, produzida por uma rija pranchada que de propósito lhe descarregara Maurício, no intuito de desarmá-lo, sem ofendê-lo, perdera uma grande quantidade de sangue. Não só a dor física, como também o desespero e a raiva que lhe causou essa pranchada, vendo-se desarmado no momento em que, furioso, avançava contra Maurício, contando certo atravessá-lo com a espada, contribuíram por certo, tanto ou mais do que a perda de sangue, para que caísse inanimado e hirto como um cadáver sobre o cadáver de seu rival.

— Agora vamos conversar, disse Helena, e puxando Indaíba pela mão acocoraram-se ao pé do catre onde jazia Calixto, e ali permaneceram bem unidinhas, como um par de rolas, que à noitinha se empoleiram sobre um raminho, afagando-se e arrulhando, até adormecer. Assim ficaram as duas raparigas, arrulhando, em voz baixa e triste, o angustiado diálogo que se segue:

— Conta-me, Indaíba — começou Helena, — o que se passou por lá?... ah! que noite horrível, não é assim, minha amiga? ... quando pensamos nós, em dias de nossa vida, de passar por transes tão cruéis?!...

— É assim: Indaíba já tem padecido muito; mas, como esta noite, nunca! soluçou a pobre indiana.

— Eu tremo ao perguntar,... mas... é preciso... Só sei de Calixto, que aí está... E Antônio?... Viste-o?... e meu pai?...

— Ah! não, não; não vi nenhum deles, nem vivo, nem morto.

— Mas, meu pai estava na prisão...

— Eles arrombaram tudo e os presos fugiram.

— Então tenho alguma esperança: decerto puseram-se a salvo.

166

— Mas o Sr. Fernando já mandou gente perseguir os que fugiram.

— Mandou? Que homem mau! Aquele perro vil é a causa de todas as nossas desgraças... E o Sr. Maurício?

— Também fugiu.

— Ah! então bem: meu pai de certo foi com ele, e você bem sabe que não é qualquer que bota a mão neles, principalmente se vão com Antônio e Gil...

— O Sr. Afonso, coitado!... esse, sim, morreu mesmo! Ah! pobre D. Leonor quando souber...

— Ah! não! não! o homem não quer que ela saiba.

— Qual homem?

— O mau Fernando.

— Ah!

— Ele mandou que eu não contasse a ninguém, e que se enterrasse o corpo às escondidas.

— Fez bem... mas eu já sei porque é que aquele diabo fez isso.

— Por que é?

— É porque ele mesmo quer ter o gosto de dar essa triste notícia à pobre moça.

— Ah! mau!...

Aqui o diálogo foi esmorecendo entre suspiros e monossílabos, até morrer de todo. As duas raparigas, extenuadas, de fadiga, e de emoções adormeceram.

167

Capítulo XV

A primeira luz do dia despontava, rósea e risonha, nas orlas do horizonte; mas o arraial de São João e principalmente nas cercanias da casa do capitão-mor, essa aurora não achava nem um hino, nem um sorriso que a saudasse. Os passarinhos que costumavam ir cantar pela madrugada no jardim de Leonor, tinham fugido espavoridos e os sabiás, rolas e juritis, que vinham no terreiro debicar as migalhas de opíparas refeições que as meninas, em dias não mais alegres, porém mais tranqüilos, costumavam lançar-lhes, sentindo o cheiro acre de sangue recente, que impregnava o chão, não ousaram ali pousar.

Gemidos surdos, lágrimas, conversações em voz abafada, triste e misteriosa, e alguns corvos que, atraídos pelo cheiro da sangüeira, esvoaçavam em volta da habitação do capitão-mor: eis aí as lúgubres saudações que festejaram a aurora que se seguiu a essa desastrada noite.

Nesse momento do primeiro albor do dia, as duas raparigas que deixamos, há pouco, cochichando em triste e ansiosa modorna, como duas rolinhas, ao pé do leito de Calixto, despertaram ao som de uns gemidos e de umas palavras, débil e confusamente pronunciadas.

Era o mancebo que, graças aos cuidados da amante, ao silêncio e frescor da madrugada, depois de um sono breve e reparador, ia pouco a pouco recobrando os sentidos.

— Ai! que é isto? onde estou, meu Deus? Que é que me aconteceu?... Ah! Helena!... Helena... murmurava com voz entrecortada e arquejante.

— Estou aqui, Calixto! Estou aqui! disse com voz abafada e comovida Helena, levantando-se rapidamente e debruçando-se sobre o vulto de Calixto.

— Oh! estás aí! exclamou este abrindo, a custo, os olhos.

— Sim, aqui estou eu, mas não te mexas; não te desacomodes.

— Ah! minha Helena! minha querida Helena! Deixa-me beijar essa mão caridosa... É a segunda vez que me chamas à vida... A primeira foi nesse dia cruel...

— Bem sei, bem me recordo, atalhou Helena; deixa essas lembranças para depois...

Como o dia já despontava, Helena apagou a pobre candeia de azeite, que ardia no quarto, e entreabriu de manso a janela de fortes balaústres, que dava para um pátio interior.

Helena, por certo, não tinha ainda a experiência de uma enfermeira de hospital de sangue; mas, como mulher e amante, tinha esse instinto adivinhador que prevê e previne tudo. Não deixou, portanto, entrar luz muito viva nem ar muito fresco de chofre no aposento. Felizmente para o enfermo, a manhã estava serena; uma bafagem de ar puro e tépido, de envolta com uma réstia de luz branda, vivificaram os pulmões e ativaram a circulação no empobrecido sangue do ferido.

Ele conseguiu, com o caridoso e dedicado auxílio das duas meninas, sentar-se na cama, e, abrindo bem os olhos, disse:

— Ah! Helena!... É ela mesma!... Não é um sonho como ainda agora eu pensava... Ah! e também Indaíba! Estou com dois anjinhos do céu... Mas onde estou? Em casa de quem?

Helena não sabia o que dizer e hesitou em dar resposta a esta pergunta. Se soubesse que estava em casa de seus inimigos, era terrível notícia para ele: só essa idéia, no estado melindroso em que se achava, podia comprometer-lhe o pronto restabelecimento, e talvez mesmo a vida.

— Estás em minha casa, — respondeu Helena, depois de alguns instantes de silêncio.

— Estou em tua casa, em casa de mestre Bueno? Não, não pode ser.

— Não, não estamos em casa de meu pai, mas estamos em lugar seguro, em casa de um amigo.

169

— Qual amigo?!... se estamos com emboabas, estou perdido.

— Sossega, meu amigo; logo te direi tudo... Eu vou te arranjar um caldo... É preciso que descanses um pouco ainda: deita-te aí, que nós voltamos neste instantinho. Vamos lá fora, Indaíba.

Calixto obedeceu, sem mais relutância, à voz daquela excelente rapariga, que considerava com razão o seu anjo tutelar, e recostou de novo sua débil cabeça fatigada sobre o travesseiro, cheio de esperança e gratidão, e de novo adormeceu.

Indaíba e Helena logo viram Calixto de novo tranqüilo e adormecido, saíram e se recolheram ao quarto da indígena, que era vizinho ao de Helena.

— Tenho uma coisa a recomendar-te, disse esta; é preciso que ninguém saiba que Calixto aqui se acha; é preciso mesmo que acreditem que está morto e sepultado com os outros infelizes que morreram esta noite.

— Sim; mas por quê?

— Ora, por quê?! Pois não adivinhas, minha tolinha, — que se o senhor Fernando souber é capaz de o fazer morrer à míngua e à força de maus tratos!? Só uma pessoa pode saber de tudo, e é preciso mesmo que o saiba, porque sem ela eu em nada poderei valer ao meu pobre Calixto.

— Quem é?

— É nossa ama. D. Leonor; ela não nos quer mal; você bem sabe quanto ela é boa; se ela quiser, e porque não há de querer? — ninguém, senão nós três, saberá que Calixto aqui existe. Tem paciência, minha Indaíba, fica aqui um bocado vigiando Calixto, enquanto eu vou procurar jeito de conversa com D. Leonor.

Assim o fizeram. Indaíba ficou velando à cabeceira de Calixto, e Helena foi pressurosa procurar Leonor no aposento de seu pai. Ali se apresentou naturalmente como a pretexto de saber novas do capitão-mor, oferecer seus serviços e pedir ordens. Infelizmente para ela, o capitão-mor, que havia despertado de sua letargia, achava-se agitado e em ansioso diálogo com sua filha.

Perguntava por Afonso, e Leonor procurava, em vão, dissipar as sinistras impressões que assaltavam o espírito de seu pai. E como não seria assim, se ela mesma não estava de todo tranqüila a respeito da sorte de seu irmão.

Quando Helena entrou, Leonor congratulou-se por achar uma companhia tão a propósito para tranqüilizar, ou antes, para iludir seu pai.

— Vieste muito a tempo, Helena... Vem, chega-te aqui.

Helena aproximou-se do leito do capitão-mor.

— Aqui está Helena, continuou Leonor; — ela é quem sabe e viu tudo, e foi ela quem me contou.

A pobre Helena viu-se ainda forçada a mentir e enganar a ambos porque ela bem sabia que Afonso estava morto, e que, àquela hora, talvez já estivesse enterrado. Mas Helena não era dessas criaturas que se deixam perturbar nas situações difíceis e melindrosas: já tinha mentido uma vez e estava disposta a mentir ainda mais, porque compreendia que estas mentiras, em vez de produzir mal, eram naquelas circunstâncias um dever de caridade.

— Ah! viste Afonso, menina? — disse o capitão-mor com voz desfalecida. Onde está ele? Fala, minha menina: não me ocultes nada.

— O senhor Afonso, — respondeu Helena, fazendo extremo esforço para não titubear na mentira que ia pregar: — o senhor Afonso eu o vi são e salvo... depois o Sr. Fernando me disse que ele saiu, pela madrugada, perseguindo os revoltosos, e que já, sem perigo, se achava de volta... e que daqui a pouco ele deve estar em casa.

O capitão-mor, e mesmo Leonor, reassumiram certa tranqüilidade, em virtude do tom cheio de calma e segurança com que Helena conseguiu externar sua piedosa mentira. Assim tranqüilizado, o capitão-mor, a quem sua filha já tinha ministrado algum alimento, adormeceu de novo, e desta vez em sono mais profundo e menos agitado. Vendo que ele dormia, Helena, em voz baixa, pediu a Leonor que se afastasse um pouco do leito do ferido.

Leonor acedeu a este pedido, e Helena, em poucas palavras, lhe contou o que acabamos de narrar a respeito de Calixto, e acabou suplicando-lhe, não só que guardasse segredo, como também lhe facilitasse os meios de tratar de seu doente.

— Tens razão, minha pobre Helena! — respondeu comovida a pobre moça. Se Fernando souber, não sei o que será do teu Calixto. Não era preciso que me pedisses nem segredo e nem socorro: bastava me contar o que há. Quando precisares de alguma coisa, basta uma palavra, um sinal.

— Toma esta chave, — continuou, entregando-lhe a chave da copa; — lá acharás pão, vinho e mais algumas coisas. Do caldo, que se fizer para meu pai, também se dará ao teu Calixto.

Helena beijou as mãos de Leonor com lágrimas nos olhos.

— Também, — respondeu ela, — quando a senhora precisar de nossos serviços, meus, ou de Indaíba, nos aí estamos: não nos poupe.

Leonor voltou para junto de seu pai, e Helena correu à copa a procurar alimento, de que antes de tudo precisava o seu doente.

Capítulo XVI

Fernando, depois que dera as necessárias providências para sepultar os mortos e tratar dos feridos, e principalmente para sepultar em segredo o cadáver de Afonso, persuadido também de que Calixto já se achava enterrado, deixou entregue o capitão-mor aos cuidados de Leonor e de uma única preta escrava, que na hora da matança, ou por dedicação ou por falta de ânimo e forças para fugir, se deixara ficar em casa, e recolheu-se também ao seu quarto para tomar algum descanso. Já de antemão tinha tomado todas as providências para a perseguição dos fugitivos, arrebanhando para esse fim alguns emboabas que não tinham entrado na luta, e que, portanto, se achavam em melhores condições de vigor para bem desempenhar esse serviço.

Mas o seu principal cuidado era a captura de Maurício. Escolheu para esse fim seis homens dos mais resolutos e bem dispostos, e lhes deu boas cavalgaduras, que abundavam nas estrebarias do capitão-mor, prometendo-lhes avultadas somas, se o trouxessem morto, e o dobro, se o trouxessem vivo.

Depois de os ter regalado com pão, salsichas e presunto da copa do capitão-mor, expediu essa pequena patrulha que, estimulada por esses incentivos e animações, e principalmente pela esperança das somas prometidas, se pôs logo com ardor à pista de sua vítima.

Os ferimentos que Fernando havia recebido eram leves e superficiais, e o sangue havia estancado apenas com auxílio de alguns fios e ligaduras. Sem cuidados, portanto, a respeito de seu estado e enquanto esperava o resultado das diligências que havia expedido em perseguição aos revoltosos, deitou-se e adormeceu.

A casa do capitão-mor ficou silenciosa durante algumas horas, como se estivesse completamente deserta e abandonada, e todo o arraial de São João del-Rei parecia também um acampamento deixado de véspera. Os mortos já repousavam para sempre debaixo da terra; os vivos, que tinham entrado em combate, feridos ou não, procuravam no sono o restabelecimento das forças e da saúde. Os que se achavam mais descansados, por não terem tomado parte na encarniçada luta, haviam saído por ordem de Fernando ao encalço dos fugitivos.

Não foi senão depois de meio-dia que vieram chegando um por um, ou em pequenos grupos, os homens de Fernando, estropiados, estafados e quase mortos de fome, sono e cansaço; apenas se recolhiam a suas casas, estiravam-se logo no primeiro enxergão que encontravam, e, como não achavam também nem a quem contar, nem pedir nada, entregavam-se ao sono, continuando assim todo aquele fúnebre silêncio, em todo o povoado, durante o resto do dia.

Só na casa do capitão-mor havia gente desperta, alerta e solícita: eram as três mocinhas, iguais somente na idade, na beleza da forma e na pureza d' alma, além do infortúnio que as fraternizava. Fora disso pela raça e pela posição social, enorme diferença as distanciava. Uma era de puro sangue indígena; outra era seguramente de raça mista e filha de um pobre ferreiro; a última era uma ilustre e formosa fidalga em cujas veias girava o generoso sangue luso-espanhol.

Eram, entretanto, estas três meninas, as únicas que resistiam ainda ao sono e à fadiga.

É que todas as três eram amantes; todas três tinham seres queridos envoltos nos perigos de uma luta feroz e sanguinolenta, que não podiam saber se estaria ou não terminada.

Leonor estava junto de seu pai, tranqüila a respeito de seu estado, que não inspirava inquietações; mas em extrema aflição por não ter visto ainda Afonso, depois do pavoroso conflito da noite, e cruelmente impressionada pelas últimas e sinistras palavras que ouvira da boca de Maurício.

Helena tinha também junto a si o seu amante, salvo do perigo ao menos por aquele dia; mas seu pai, o velho mestre Bueno? Sabia ela o que seria feito dele? Apenas sabia por boca de Indaíba que havia fugido, aproveitando-se do arrombamento da prisão feita pelos insurgentes; mas não receava ela que de um para outro momento ele entrasse pela casa adentro, amarrado, ferido e mesmo morto?

Indaíba nada receava por seu pai, o velho Irabussu, bem sabia que os emboabas não lhe podiam pôr a mão; não podia porém esquecer-se de Antônio... A lembrança de Antônio despertava-lhe ao espírito a de Maurício e de Gil, esses amigos tão constantes e dedicados, cuja sorte também era ignorada.

Entretanto, as três moças, ainda que cruciadas por tantas angústias e tribulações, eram os únicos entes que giravam pela vasta e taciturna habitação do capitão-mor, onde, felizmente para o desempenho do seu piedoso dever, ninguém as vinha estorvar nem importunar. E não só elas cuidavam dos dois feridos, por quem mais se interessavam como também iam ministrar todos os socorros, de que dispunham, aos desventurados feridos de uma ou outra facção, que jaziam quase abandonados na prisão arrombada, que lhes servia de enfermaria sem enfermeiro.

Calixto restabelecia-se prontamente; o capitão-mor, cujo ferimento era mais grave, posto que abatido, não inspirava cuidado sobre seu restabelecimento. As três moças, extenuadas de insônia e emoções, separaram-se para tomar algum repouso, julgando que poderiam gozar dele por algumas horas.

Indaíba recolheu-se ao seu quarto e adormeceu profundamente, sonhando com Antônio; Helena encostou-se à cabeceira de Calixto, e ao som de sua respiração, cada vez mais forte e compassada, também adormeceu nos braços da esperança.

Leonor fez o mesmo: encostou-se a um espaldar à cabeceira do leito de seu pai, e, apesar das mil tribulações que lhe agitavam o espírito, estava dormindo sono bem profundo. Mas o sono reparador de que gozavam aqueles três anjos de caridade e dedicação não durou por muito tempo.

Eram passadas apenas duas horas, depois que adormeceram, quando um rumor longínquo, que se foi tornando pouco a pouco mais próximo e distinto, veio perturbar o silêncio quase sepulcral que reinava dentro e em torno da casa do capitão-mor.

Era uma altercação ou alteração de vozes que veio aumentando até entrar no pátio, de modo o mais atroador e desrespeitoso.

Eram os seis homens da patrulha, que Fernando enviara com ordem terminante de perseguir Maurício e trazê-lo vivo ou morto. Vinham desde longe disputando sobre a partilha da gorda propina de vinte mil cruzados, com que aquele lhes acenara, e sobre o emprego que lhe haviam de dar.

— A mim devia-me tocar o maior quinhão — dizia um; — se eu não dou com a trilha e o rastilho de sangue, nenhum de vocês era capaz de atinar com a cova do homem.

— Devagar com isso, camarada, — redargüiu outro; — então também a mim deve caber maior porção; quem guiou vocês para aquelas bandas, senão eu, que bem sabia que por ali é que o bicho devia procurar safar-se.

— Cala-te aí, palerma; então o maior quinhão devia tocar-me, a mim que fui o primeiro que esbarrei com a cova do homem.

— Cala-te tu também, sô intrometido!... Se não fosse eu, que conheci logo o chapéu e a faquita do menino, vocês eram bem capazes de passar por aquela cova sem saber quem era o que estava lá socado.

— Ora vocês são bem engraçados! Então não pode haver muitos chapéus e muitas facas como esses? Se eu, que sou aqui o único que sei ler e escrever, não tivesse soletrado o nome de Maurício na folha da faca e no fundo do chapéu, vocês que não passam de uns asnos, poderiam lá saber de quem eram tal faca e tal chapéu?

176

— Ora, boas! exclamou o último; então, visto isto, vocês todos cinco têm direito a um maior quinhão, e, decerto, para aumentar o de todos, hão de lançar mão do meu, e, por fim de contas, ficarei sem nada! Ora vocês são bem engraçados! Ponham a mão na consciência, se é que a têm, e vejam se não é mais de razão que o bolo seja partido por igual entre todos?

— Tens razão; é justo, é justo! — exclamou um. Mas uma coisa me lembra agora; o bolo é grande, mas repartido entre seis não é lá grande coisa. Portanto eu sou de parecer que com esse principal formemos uma sociedade de negócio de armazém, de mineração, ou de qualquer outra especulação. Que dizem, hein?

Dois dentre eles aceitaram este alvitre; os outros três, porém, repeliram-no com todas as forças, reclamando com energia, a entrega imediata da quota que lhes tocava, donde resultou uma calorosa discussão, que desandou em violenta altercação, falando todos ao mesmo tempo, em uma algazarra infernal, até a entrada da varanda.

As três moças, graças ao sono profundo que há pouco tinha se apoderado delas, não acordaram logo; mas Fernando, que há mais tempo dormia e que, além disso, adormecera com o espírito preocupado na volta da diligência que enviara em perseguição de Maurício, despertou logo aos primeiros rumores, levantou-se e acudiu à varanda.

Ficou soberanamente desapontado quando verificou que os seis malsins por ele enviados, voltavam sem trazer mais ninguém, nem vivo nem morto, e mordendo-se de raiva e de despeito disse:

— Então que é isto, senhores poltrões? Que é do homem? Pois nem vivo nem morto?

— Morto está ele, e bem morto; até sepultado, senhor meu!

— Felizmente demos cabo da pele do tal maldito!

— Então, como foi isso? Não lhes ordenei que mo trouxessem aqui vivo ou morto?

177

Os seis emboabas começaram a responder a um tempo com tal algazarra e confusão, que levou ao cúmulo a impaciência de Fernando.

— Calem-se, perros! bradou ele com voz convulsa e abafada: Não sabem que o capitão-mor e sua filha precisam de repouso! Basta que um só me responda.

Calaram-se todos, submissos e reverentes. Um deles, avançando para mais perto da varanda, disse:

— Saberá Vossa mercê, senhor meu, que depois de darmos muitas voltas por esses matos e restingas em procura do homem, demos, enfim, no rastro dele... Ia a cavalo, mas nós picamos nossos animais, e, em pouco tempo, alcançamos o bicho; quis respingar, mas nós despejamos-lhe na cabeça as nossas escopetas, e ele caiu redondamente morto aos pés do cavalo, que disparou pelo mato afora.

— Mas por que não me trouxeram o corpo?

— Isso era custoso de carregar: levava muito tempo e eu estava ardendo por trazer aos ouvidos de vossa mercê tão agradável notícia; demais, para que ofender as vistas de um fidalgo, como vossa mercê, com o espetáculo do corpo ensangüentado e asqueroso de um pobre diabo!

— Obrigado, — murmurou secamente Fernando.

— E mais ainda, continuou o emboaba — para prova de que matamos, aqui estão o chapéu e o punhal do homem, que entrego a vossa mercê.

— Bem averiguado o caso, talvez vocês venham me apresentar a pele do leão, que outros mataram. — Bem — disse Fernando, venham dar-mos.

O emboaba subiu a escada e foi entregar nas mãos de Fernando esses objetos. Este os examinou por alguns momentos, revolvendo-os entre as mãos crispadas pelo ódio.

— Não há negá-lo, são dele mesmo, e aí está a sua firma no chapéu e no punhal. Mas, com diabos! — continuou, como que rugindo dentro d' alma; — não era disto que eu precisava. O que eu mais ardentemente desejava era ter vi-

178

vas em meu poder a cabeça que este chapéu cobria e a mão que brandia este punhal. — Miseráveis! acrescentou depois, bramindo furioso, — não merecestes mais do que o meu desprezo!

— Oh! senhor meu! murmurou o emboaba, com voz lacrimosa e trêmula, curvando o joelho quase até o chão.

— Eram seis contra um e não puderam pegá-lo vivo!

— Mas, senhor...

— Não me importune com lamúrias... Diga-me cá, em que alturas mataram e enterraram o nosso homem?

— Perto da ponte, uns cem passos rio acima da banda de cá. Se vossa mercê quer acabar de crer, pode ir lá ver com seus próprios olhos a cova em que o enterramos.

— Sim! sim! — rugiu de novo Fernando, e começando a examinar com mais atenção o chapéu, notou que algumas nódoas de sangue, que o salpicavam, estavam coaguladas e denegridas e não pareciam frescas como deviam ser, se fossem derramadas naquele dia. Portanto, Fernando, que era jubilado em velhacaria, começou a duvidar da veracidade da relação dos emboabas.

— Estes diabos querem me impingir, — pensou ele — uma furiosa mentira. Tudo me faz crer que acharam morto o paulista, e agora querem fazer comigo como o homem da história da carochinha, que cortou as garras do dragão, que outrem matara, e foi com elas reclamar o prêmio prometido. Mas a mim não hão de embaçar.

— Retirem-se de minha presença e recolham-se às suas casas, — disse, dirigindo-se aos emboabas.

— Mas, senhor, e a molhadura que vossa mercê nos prometeu?

— A molhadura! ah! ah! ah! retorquiu Fernando, soltando uma gargalhada feroz e satânica — molhadura por aquilo, que não fizeram!... Ora não faltava mais nada!

— Mas, senhor...

— Deixemos de parolagem, que não tenho tempo a perder. Que lhes ordenei eu? Não foi que me trouxessem Maurício, vivo ou morto? Fizeram isso? Não! Portanto...

— Ah! senhor meu! mas...

— Não há — mas — aqui! Retirem-se e dêem-se por muito felizes em não mandá-los aferrolhar, por terem tão mal desempenhado a missão importante de que os encarreguei. E adeus! Passem por lá muito bem!

Ditas estas palavras, Fernando voltou as costas e desapareceu no interior da casa.

Imagine-se com que cara embasbacada ficaram os pobres emboabas depois de ouvirem este brusco e peremptório despacho!... Eles, que com a mente embalada entre sonhos de ouro, esperando saírem dali com as algibeiras cheias de louras e reluzentes moedas, e que entretanto se viram enxotados como cães, a pau e à pedra! eles que ainda há pouco, contando com vinte mil cruzados em boa e luzente moeda, forjavam mil planos de vantajosíssimas especulações, viram de repente, como a leiteira de La Fontaine, derribados todos os seus castelos em um só momento, e, ainda para cúmulo de decepção, ameaçados de ferrolho e tronco!

Largando à toa as cavalgaduras no meio do pátio, saíram dali cabisbaixos, resmungando e praguejando entre si.

Os emboabas pregaram uma mentira, que de caminho haviam combinado, e o leitor bem sabe com que intuito se abriu essa sepultura fictícia, sobre a qual se acharam o punhal e o chapéu de Maurício e plantada — uma cruz de madeira, tendo nos braços uma inscrição, feita a sangue: — Orai por ele.

— Então, meus amigos, que tal lhes parece esta? Com mil diabos! O maldito fidalgote parece que adivinha, se é que não tem parte com o diabo. Como poderia ele saber que nós não matamos Maurício?! Aí há alguma alhada; mas em todo caso o homem nos há de pagar, senão vou queixar-me ao capitão-mor.

— Ora, boas! aquele casmurro só sabe fazer a vontade ao sobrinho! Nós é que fomos uns asnos!

— Por quê?

— Porque não nos custava nada desenterrar o corpo do paulista, carregar com ele e atirá-lo à cara do fidalgote! Se assim fizéssemos, não podia se recusar a pagar-nos.

— Era mesmo, homem! boa lembrança, mas veio tarde.

Assim se foram queixando e praguejando, cada um para sua casa, onde foram abafar suas fadigas e despeitos nos braços de Morfeu.

Capítulo XVII

Despedidos os homens da malograda diligência, Fernando, abafando os ruídos de seus passos, andou a espreitar com cuidado o estado em que se achavam as poucas pessoas, que naquela ocasião habitavam a parte nobre do edifício; como achou tudo em silêncio e em repouso, desceu à casa da prisão e dos troncos, onde foi ver os feridos e voltou para o seu quarto.

Fernando aproveitou-se da solidão e do silêncio que ali reinavam para refletir sobre a nova e complicada situação em que se achava. Ninguém mais do que ele, à exceção de Gil e Antônio, estava nos casos de compreender perfeitamente o difícil e complicado papel que Maurício se via forçado a desempenhar, no sanguinolento drama da noite passada. Ele julgava realmente morto e sepultado o seu terrível rival; mas essa idéia não o consolava, antes exasperava mais seu espírito cruel e vingativo.

Queria ter Maurício vivo em suas mãos, preso, algemado e posto em um tronco; depois conduzir Leonor à presença do mártir, infligir a este todos os tormentos físicos e morais, vedando-lhe mesmo o dom da faculdade de falar, de maneira tal que ela ficasse convencida de que amava um facínora, um traidor só digno dos estigmas e maldições de todo o gênero humano e depois... entregá-lo às mãos de qualquer algoz. Privado deste gosto feroz pela suposta morte de Maurício, assentou em atassalhar[29] e enxovalhar a memória do infeliz rival, e de vingar-se do morto na pessoa

---

[29] atassalhar

de sua amante, porque ele bem sabia que Leonor, iludida por seus embustes e mentiras, poderia ser levada a ponto de amaldiçoar o nome de Maurício e até mesmo ser constrangida a desposá-lo, mas nunca conseguiria ser amado por ela.

Se não conseguisse todos os seus perversos intentos, teria ao menos o satânico prazer de fazer estalar entre torturas e angústias o coração da pobre moça, e para esse fim forjava na mente as mais terríveis maquinações, que em breve tratou de pôr em prática.

Convinha não dar de chofre ao capitão-mor a notícia da morte de seu filho: esse golpe era capaz de comprometer a vida do infeliz pai, no estado melindroso em que se achava. Era preciso uma mentira plausível e engenhosa, que pudesse ser sustentada por alguns dias perante a ansiosa curiosidade do capitão-mor, até que se achasse em estado de ouvir a triste nova; tarefa esta dificílima e quase impossível.

Fernando, no cérebro enfraquecido e exaltado, não podia encontrar um meio, por mais que a ele desse tratos, não conseguiu forjar uma mentira que prestasse. Por fim, a poder de muito parafusar, descobriu um:

— As mulheres em geral são mais engenhosas e astutas do que o homem, quer para o bem quer para o mal. Deixemos isto por conta de Leonor, disse ele; não há necessidade de poupá-la, e eu tenho precisão e é meu dever mesmo comunicar-lhe a morte do irmão e dizer-lhe quem o matou. Ora, eu, além de homem, me acho com a inteligência enfraquecida pela falta de sangue e pelas terríveis comoções da noite que aqui acabo de passar. Portanto o meu recurso único é Leonor. Não há remédio senão dar-lhe a notícia da morte de seu irmão, ainda mesmo que lhe amargue. Devia ela também saber que o seu amante já não existe, e que foi ele quem matou Afonso. Ela apenas poderá ter algum desmaio, que em poucos minutos se desvanecerá, pois não combateu, não foi ferida e nem perdeu sangue. Ela adora o pai: o amor filial e a esperteza feminil hão de por certo inspirar-lhe meios de iludir o capitão-mor por alguns dias, a respeito da morte de seu filho. Não quero que o velho morra: isso de maneira alguma me convém. Hoje mesmo, ao cair da noite, hei de me entender com Leonor, porque hoje sou o senhor da casa: pouco me custa isso.

Entretanto, Leonor não tinha o espírito menos ansioso que seu pai, a respeito da sorte de Afonso. O dia estava a expirar e não aparecia.

O capitão-mor todas as vezes que despertava de seus sonhos breves e letárgicos, a primeira coisa que fazia era perguntar por seu filho:

— Que é do Afonso? Ainda não chegou? — perguntava com voz desfalecida, fitando em suas enfermeiras um olhar cheio de dúvida e angústia.

— Não, senhor, mas não se inquiete: sabemos que nenhum mal lhe aconteceu.

Assim responderam elas pelas primeiras vezes, imaginando qualquer pretexto que pudesse explicar a demora do moço; mas, por fim, já o sol descambava e não havia motivo algum plausível, que justificasse tanta demora.

— Já chegou, sim, senhor, mas fatigadíssimo; apenas tomou algum alimento, perguntou por vossa mercê, e, sabendo de nós que ia cada vez a melhor, recolheu-se a seu quarto e está a dormir profundamente. Só amanhã vossa mercê poderá vê-lo.

— Ainda bem! suspirou o velho, como se sentisse tirarem-lhe de cima do coração um peso enorme. Deixa-o descansar. Pobre rapaz! que precisão tinha ele de andar escaramuçando esses canalhas!?

Foi Helena que forjou essa mentira, com a qual conseguiu completamente acalmar as inquietações do velho o qual desta vez tomou com mais apetite o alimento reparador, que lhe apresentaram, e pouco depois adormeceu em tranqüilo e profundo sono.

Mas Helena e Indaíba não estavam ainda tranqüilas, por que lhes era mister continuar a iludir também a Leonor, que mostrava vivos desejos de ir ver seu irmão mesmo adormecido. Era preciso muito ardil para desviá-la de seu intento, e foi difícil, por algum tempo, contê-la junto à cabeceira de seu pai, sem que lhe pairasse pelo espírito alguma suspeita sobre a ilusão em que procuravam mantê-la. Por fim o bom gênio, ou o anjo da guarda de Helena, inspirou-lhe subitamente uma magnífica idéia, que de mais a mais, não era uma mentira nem mesmo um pretexto.

— Oh! meu Deus! — exclamou ela de repente; — há que tempo estamos aqui e não nos lembramos do pobre Calixto, que lá está sozinho no meu quarto!?

— Oh! e é mesmo assim, — respondeu Leonor compungida... Desculpem-me, minhas amigas; o estado de meu pai me fez esquecer Calixto. Vão para o quarto dele, e se precisarem de alguma coisa, venham me dizer.

— Pois bem, minha boa senhora, — respondeu Helena; nós já vamos; vossa mercê procure não dormir, enquanto não voltarmos, que pouco demoraremos lá.

Helena e Indaíba saíram e se dirigiram ao quarto em que se achava Calixto, a prestar-lhe os cuidados de que necessitava. O estado deste era o mais lisonjeiro possível e bem poucos cuidados reclamava; mas Helena, não só deixando-se levar pelo prazer de estar com o amante, como de caso pensado prolongando sua ausência para extenuar de vigília a Leonor, a fim de que não lhe fosse possível procurar naquela noite o irmão, que já não existia, prolongou sua ausência até um bom pedaço da noite. Indaíba, a singela indiana, que bem mal compreendia o alcance destes manejos, prestava-se a eles com ingênua confiança, e mostrava-se tão discreta e solícita como sua companheira.

Quando Helena entendeu que Leonor já não podia resistir ao sono, e que devia ir para o aposento do capitão-mor, disse à sua companheira:

— Agora, Indaíba, eu preciso ir para o quarto do senhor capitão-mor; a coitada de D. Leonor deve estar a morrer de

185

sono; e tu também, minha amiga, vai para teu quarto descansar um bocadinho. Calixto não tem perigo; pode ficar sozinho e eu já cochilei um pouco; quando eu não puder mais virei te acordar, ouviste?

Indaíba não replicou, encaminhou-se ao seu quarto, e Helena dirigiu-se imediatamente ao aposento de Diogo Mendes.

De feito, Leonor, acabrunhada por tão longa vigília, por tantas e tão dolorosas emoções, estava quase a sucumbir ao sono, e com a mão na face e o cotovelo encostado ao espaldar da cadeira em que se achava sentada, à cabeceira de seu pai, de quando em quando sentindo-se presa de sono invencível, o lindo e pálido busto resvalando da mão, que o sustinha, pendia rapidamente para o chão; despertando, porém, de súbito daquele sono apenas começado, reerguia prontamente o colo e sacudia impaciente a cabeça como para expelir a teimosa sonolência que dela se apoderava. Fazia lembrar a açucena quando verga a haste flexível ao peso do orvalho que lhe satura o cálix e de novo o ergue, estremecendo ao sopro da viração.

— Minha senhora, — disse Helena, chegando-se de manso a Leonor, — vá para seu quarto dormir um pouco; está a morrer de sono.

— E tu, Helena, não precisas também dormir?

— Eu já dormi demais no quarto de Calixto; até foi o motivo de demorar-me tanto, deixando aqui a senhora sozinha; peço-lhe perdão...

— Perdão de que, Helena? Eu também estou a cair de sono, mas queria ver Afonso antes de deitar-me.

— Deixe disso por hoje, minha senhora; ele está a dormir um bom sono.

— Não faz mal; eu não o despertarei, quero vê-lo mesmo dormindo.

Helena ficou a princípio embaraçada com esta insistência de Leonor; calou-se por alguns momentos, até que lhe acudiu ao espírito uma feliz lembrança.

— Mas, minha senhora, lembre-se que ele dorme no mesmo quarto com o senhor Fernando, que a esta hora lá se acha acordado.

Tão viva e extremosa era a afeição, que Leonor consagrava a seu irmão, imediato e companheiro de infância, quão profunda e invencível era a aversão que sentia por Fernando; portanto, o receio de encontrar-se com este, principalmente naquela ocasião, sendo mais forte do que o desejo de ver seu irmão, Leonor não insistiu mais, porém quis ficar ali mesmo no quarto de seu pai.

— Pois bem, Helena, paciência! deixarei para amanhã, — disse ela, e, cedendo o lugar que ocupava à cabeceira de seu pai, assim mesmo vestida, como estava, foi recostar-se em um espreguiceiro acolchoado e momentos depois estava profundamente adormecida.

Capítulo XVIII

B em ao contrário da noite que precedera, aquela em que nos achamos passou-se na vivenda do capitão-mor tranqüila e silenciosa, mas nesse sossego lúgubre, nesse silêncio tumular, que costuma suceder aos gemidos da agonia e aos gritos do desespero.

Fernando velou até alta noite, entregue sempre a seus sombrios e sinistros pensamentos, e vendo que tudo em casa jazia em silêncio e profundo repouso, assentou de guardar para o dia seguinte a execução de seus planos. Não importa, — pensava ele, — até é mesmo conveniente que ela repouse um pouco para ter forças que a ponham em estado de receber, sem grande abalo, as agradáveis notícias que tenho a dar-lhe, e ficar conhecendo quem era esse amante, a quem abaixara suas vistas.

Na manhã seguinte, o dia surgiu esplêndido e festival; as aves agrestes, as pombas do pomar, os pequenos passarinhos, reanimados pelo silêncio e aparente tranqüilidade que reinara durante a noite, voltaram como de costume a esvoaçar, chilrear e arrulhar em torno da casa do capitão-mor.

O sol nascente, inteiramente desafrontado de nuvens, esbatia em cheio seus raios horizontais sobre os topes das serras e florestas longínquas, formando um vasto tapete mosqueado de luz e sombra pela extensão dos desertos. Parecia que o céu queria enviar um sorriso de paz e consolação àquela habitação, teatro recente de tantos horrores, e asilo que abrigava agora tanta amargura e desolação, tanto luto, angústia e inquietação.

Leonor, ao romper do dia, percebendo que a manhã despontara serena e luminosa, fora sentar-se no terraço que o leitor bem conhece e que dominava o pequeno jardim de flores, que Maurício havia de propósito construído para ela. Vinha ver se ali às auras da manhã, e em presença do panorama risonho da natureza que se desenrolava a seus olhos, poderia acalmar um pouco as mil ansiedades que lhe torturavam o coração e as inúmeras inquietações que lhe atribulavam o espírito. Mas foi debalde: os pensamentos angustiosos, as sinistras apreensões, que lhe devoravam o espírito, não lhe deixavam ver nem as brilhantes fachas de ouro e púrpura, que orlavam os horizontes, nem ouvir as vozes dos passarinhos, que esvoaçavam passando diante dela, soltando alegres trinos, como procurando acordá-la de seus angustiosos cuidados; nem sentir o delicioso bafejo da aragem matinal, que, depois de ter roçado as asas pelas flores do jardim, vinha com seu hálito perfumado afagar-lhe a fronte e agitar-lhe brandamente os cabelos soltos em desordem pelos ombros de alabastro. É que as galas e os sorrisos da natureza não podem, são ineficazes para levar contentamento e paz ao seio de um coração violentamente agitado pelas angústias do presente e inquietações do futuro. O lago, cujas águas revoltas e turvas, acabam de ser agitadas pelo sopro da tormenta, não pode espelhar em seu regaço o azul do firmamento, nem os verdores e louçanias das risonhas e vicejantes margens.

Indiferente, pois, ao espetáculo que tinha diante dos olhos, Leonor cismava profundamente, ou antes, se estorcia entre mil amarguradas reflexões, que lhe escaldavam o cérebro, como em um acesso de ardentíssima febre.

As palavras misteriosas e sinistras, que ouvira de Maurício: — Estais salva, e eu perdido... perdido para sempre! — acudiam-lhe de contínuo ao espírito e lhe ecoavam no coração como um dobre fúnereo, que sem cessar lhe restrugisse aos ouvidos.

As vagas suspeitas que concebera contra a lealdade do jovem paulista alimentadas pelas pérfidas insinuações de

189

Fernando, não tinham força para extinguir um amor, que tendo sua origem no berço, tinha lançado profundas raízes no coração da moça; o destino dela estava irrevogavelmente unido ao de Maurício; o infortúnio dele seria também o seu. A idéia de perdê-lo aterrava-a.

— Ele perdido! perdido para sempre! — cismava Leonor, mas por que, meu Deus!?... que veio ele fazer aqui nessa noite de sangue e matança?... Seria por nós ou contra nós? Ah! meu Deus! quem poderá me explicar este mistério? Não sei: talvez Helena e Indaíba saibam... mas onde tenho eu a cabeça? Essas também... coitadas, durante o combate não saíram de perto de mim...

— Ah! já sei quem me pode dizer tudo... esse moço paulista que aí está ferido, o amante de Helena, oh! sim Calixto, que tomou parte no combate; esse deve saber de tudo.

Assim pensando, Leonor levantou-se lentamente a fim de ir entender-se com Helena. Pretendia ir com ela imediatamente ao quarto de Calixto informar-se por miúdo do papel, para ela inexplicável, que Maurício desempenhara no morticínio da véspera. Mas apenas deu o primeiro passo para a única porta que do terraço comunicava para o interior da casa, avista nela imóvel e mudo o vulto de Fernando, que, encostado ao portal, de braços cruzados, a contemplava silencioso. Leonor estremeceu e recuou.

— Que tens, minha prima? Não se assuste! — disse Fernando, dando à voz uma inflexão de brandura, mas em que ressumbrava um toque de quase imperceptível ironia. Daqui em diante nada temos que recear nesta casa: os malditos paulistas levaram uma boa esfrega e nunca mais terão a idéia ou audácia de nos importunar.

O perverso considerava simples importunação tão deplorável carnificina.

— Desculpe-me, senhor, murmurou a moça, ando tão sobressaltada que qualquer coisa me assusta.

— Já lhe disse que daqui em diante nada tem que temer; os traidores, uns vão longe, e outros já não existem... mas, diga-me, senhora prima, como vai meu tio?

190

— Vai melhor, graças a Deus, e julgo que está fora de perigo... E Afonso, como vai ele? Ainda não o vi desde essa terrível noite...

— Ah! Afonso... balbuciou Fernando, hesitando se deveria dar de chofre a terrível notícia, ou se devia ir preparando de antemão o espírito de Leonor para suportar tão doloroso golpe. Resolveu pela segunda alternativa. É preciso que ela nada ignore — refletiu ele rapidamente. Tenho de dar-lhe duas notícias bem tristes, duas mortes; a do irmão e a do amante. Principiemos pela segunda.

— Mas Afonso? como vai ele? não me sabe dizer, insistiu Leonor, impacientada com o momentâneo silêncio de Fernando.

— Ah! perdão, minha prima; eu estava distraído... Afonso está dormindo profundamente.

— Sempre dormindo... desde ontem à tarde! ponderou Leonor, fitando em seu primo um olhar desconfiado.

Fernando já tinha adivinhado que as duas prisioneiras amigas de Leonor, que estavam bem certas da morte de Afonso, também procuravam esconder-lhe por enquanto o triste acontecimento.

— Dormiu ontem um pouco, — respondeu ele sem hesitar; — mas passou muito mal a noite; teve muita febre e só pela madrugada conseguiu adormecer.

— Está bem; logo que Afonso acordar tenha a bondade de mandar-me chamar; estou ansiosa por vê-lo. Não terei tranqüilidade de espírito nem o coração sossegado enquanto não abraçar meu irmão, felizmente escapo de tantos perigos.

Fernando, apesar de possuir uma alma de gelo, não deixou de sentir-se algum tanto comovido com esta última exclamação da moça, que erguia os olhos ao céu como dando graças a Deus por ter-lhe salvado o irmão.

— Pobrezinha! murmurou ele dentro da alma; quase que não tenho ânimo de revelar-lhe a verdade!... mas é preciso.

— Agora, continuou Leonor, permita que me retire; há muito tempo que me acho aqui; preciso estar junto de meu pai.

— Perdão, minha querida prima, atalhou Fernando; peço-lhe como um grande favor que me escute ainda por alguns momentos. Tenho coisas importantes a lhe comunicar e que não posso guardar para mais tarde.

— Mas meu pai...

— A prima não disse ainda há pouco que o seu estado não inspira cuidados?

— É verdade, mas...

— Helena e Indaíba lá não estão junto dele?

— Estão sim.

— Nesse caso nada há que recear; qualquer novidade que haja, elas nos virão avisar.

— Pois bem, respondeu Leonor, não achando mais réplica nem pretexto plausível para esquivar-se a um colóquio, que tanto lhe repugnava. Vamos a isso: mas peço-lhe que seja breve: meu pai ainda necessita de meus cuidados.

— Oh! minha linda prima, perdão! eu não abusarei de sua paciência; mas já lhe disse, que as coisas que tenho a comunicar-lhe são importantes e...

— Coisas importantes!... Ah! meu Deus!... ainda me estarão reservados golpes mais cruéis do que os que já tenho suportado nesta maldita terra! — atalhou Leonor, como que falando consigo mesma.

— Resigne-se, minha prima; as circunstâncias em que nos achamos são extraordinárias, e a prima, infelizmente, ainda não conseguiu bem compreendê-las. Sei que as coisas que vou comunicar-lhe não podem ser agradáveis. Eu bem quisera guardá-las para mais tarde, ou antes, nunca ter necessidade de lhas contar; mas as circunstâncias são imperiosas, e eu me acho na dolorosa colisão de dizer-lhe tudo, porque no estado em que seu pai se acha, a senhora não pode ficar na ignorância de nada do que tem ocorrido desde anteontem para cá.

— E o que de mais tem ocorrido, que eu não saiba?! Oh! conte-me tudo já, ou não me diga mais nada; quer ver ainda mais torturado, do que se acha, este pobre coração?

— Deus me defenda; mas repito: é meu dever contar-lhe tudo, como é também dever de minha prima ouvir-me com calma e resignação o que tenho a revelar.

— E por quê?

— Para salvar os dias de seu pai.

— Oh! meu Deus! meu Deus! cada vez entendo menos, senhor Fernando. Pelo amor de Deus! explique-se em termos claros, e sem rodeios, — atalhou Leonor, erguendo-se pálida, hirta e ainda mais ansiosa. — Se é algum novo golpe, que me prepara, esteja certo que o saberei suportar com a mesma coragem e resignação, com que tenho recebido os que já me têm fulminado.

— Não sou eu, é o destino que os tem preparado, minha senhora, — replicou Fernando com fria impavidez; — mas muito estimo que minha prima esteja disposta e resignada a receber sem grande abalo as novas pouco agradáveis, que tenho de dar-lhe. Assim pois, queira revestir-se de toda coragem, de toda a calma, a fim de que possa escutar-me.

— Continue, senhor, que o que está me faltando é a paciência!... retrucou a moça com aquele ar senhoril, que tantas vezes fizera baixar os olhos de Fernando.

Desta vez, porém, Fernando não se turbou, porque jogava com cartas superiores, porque tinha em suas mãos os meios com os quais ia esmagar o coração da pobre moça.

— Bem, continuou ele, — não fatigarei por muito tempo a sua paciência; há de me permitir, porém, que rememore um pouco o passado.

— Por que, senhor Fernando?

— Porque é indispensável. A senhora não se esqueceu, por certo, desse jovem paulista, que era o objeto de todas as suas predileções e que há tempos anda arredio desta casa...

— Isso todos os paulistas andam, desde que vossa mercê assentou de os perseguir.

— Mas, senhora, não trato dos paulistas, mas de um paulista, em quem a prima depositava tanta confiança, sobre quem abaixava olhares que até pareciam exprimir sentimentos que não me atrevo a declarar.

— Por que não?

— Por que não devo: escute-me, senhora, ainda por alguns instantes...

— Mas esses seus instantes me parecem séculos!

— Tenha paciência, eu vou terminar: Esse paulista, sobre quem a senhora, esquecendo o seu nascimento e a sua alta posição, se dignou baixar olhares de ternura...

— Oh! senhor, basta! — interrompeu Leonor, com altiva impaciência. Bem sei de quem fala: por que não lhe diz simplesmente o nome? Não sabe que ele se chama Maurício?

— Chamava-se! murmurou Fernando, dando a esta palavra uma sinistra inflexão.

— Chamava-se!?... que quer dizer isso? — perguntou Leonor estremecendo e sentindo gelar-se-lhe o coração.

— Ah! não sei, minha senhora, — respondeu Fernando, um pouco perplexo e arrependido da frase que soltara. Ainda não é chegado o momento de desfechar o golpe — pensou consigo; — nem tanta precipitação. Mas creio, continuou em voz alta, — dizem... que mudou de nome, como costumam fazer todos os bandidos.

— Queira continuar, — disse Leonor, desafrontada da sinistra impressão que lhe causara a frase — chamava-se, — que Fernando a seu pesar e irrefletidamente proferira, com inflexão bastante significativa.

— Pois saiba que esse homem, — continuou Fernando, — em quem a senhora depositava tanta confiança, com quem desperdiçava tanto afeto, foi o primeiro e talvez o único causador de todas as calamidades que nos têm afligido.

— Ele? Maurício?!

— Sim, senhora. Foi ele que, tendo concebido um louco amor à prima, e tendo perdido a esperança de obter, por meios legítimos, a posse do objeto amado, não recuou diante de meio algum para conseguir seu nefando projeto... Foi

194

ele quem animou, açulou e organizou contra nós essa malta de aventureiros paulistas, que desde que aqui chegamos tem constantemente perturbado o nosso sossego, posto em perigo não só a honra e a propriedade, como também a vida dos portugueses. Foi ele, enfim, o principal autor dos acontecimentos da noite de anteontem para ontem, dessa noite de sangue e de horrores.

— Ele?! Não é possível, senhor Fernando.

— Ele, sim! Escute-me, senhora. Depois de ter excitado e organizado o levante, pôs-se de fora e não quis aceitar o comando do assalto.

— Que fez ele então?

— Ficou de parte espreitando o movimento em que os paulistas, levariam tudo de vencida, para depois de destruída e afastada toda a resistência, então se arrojar sem perigo pelo interior desta casa e raptá-la, minha prima...

— Raptar-me! replicou Leonor.

— Sim, raptá-la! — insistiu Fernando — e levá-la...

— Para onde?

— Eu sei lá! Para os seus antros de bandido, por certo.

— Mas não posso acreditar nisso, porque ele chegou até a porta de meu quarto, onde eu estava rezando com Helena e Indaíba, disse-me algumas palavras e retirou-se sem manifestar a menor intenção de nos fazer mal.

— Porque já não podia fazê-lo! E que palavras foram essas que lhe disse?

— Foram simplesmente estas: Senhoras, não roguem mais por si, nem pelo senhor capitão-mor, que estão salvos; roguem por mim que estou perdido... perdido para sempre.

— Ah! pois a prima não está compreendendo o sentido dessas palavras?

— Creio que sim; essas palavras querem dizer que ele para salvar-nos, perdeu-se a si.

— É que ele já se achava perdido. Eu vou explicar à prima as maquinações infernais de que esse homem pérfido lançou mãos, em vão, para conseguir seus fins sinistros. Vendo que no fim da refrega, os paulistas se achavam vencedores e quase de posse desta casa, percorreu o arraial em procura de alguns portugueses, alegando o pretexto de nos vir proteger contra os agressores. Ajuntou alguns e apresentou-se aqui com eles, combatendo contra seus patrícios e amigos!

— Deveras, senhor Fernando!...

— Escute ainda. Matou alguns deles, ajudado por esses portugueses, a quem disse que vinha salvar o capitão-mor e sua filha; mas estes vendo que ele começava a combater contra nós, voltaram-se contra ele e por nós. De outro lado os paulistas, que havia muito desconfiavam de sua traição, derrotados pelo reforço que Maurício nos trazia, carregaram também sobre ele, até que enfim o infame, abandonado de todos, se viu obrigado a sair daqui, saltando pela janela, como um ladrão que era. Os únicos que lhe ficaram fiéis foram o tal Gil, tão bom como ele, e o velhaco do índio Antônio, que também não passa de um traidor, da mesma laia daquele Tiago, que fiz enforcar aí no quintal... Se não acredita em mim, e pensa que quero iludi-la, vá perguntar aos prisioneiros, aos feridos que aqui se acham, quer paulistas, quer portugueses e eles lhe dirão se eu minto.

Leonor ficou aniquilada sob o peso destas terríveis revelações, que aliás tinham a aparência da mais completa possibilidade.

Maurício, Gil e Antônio, os três entes em quem depositava a maior confiança, com cuja lealdade sempre contara, eram os principais autores de todos os infortúnios que a acabrunhavam!... repugnava-lhe acreditar em tanta perfídia e malvadez!

Fernando leu na fisionomia alterada de Leonor a profunda e dolorosa impressão que suas palavras tinham produzido em seu espírito.

— Tem confiança ainda na lealdade, na dedicação e no amor de semelhante homem, minha prima?...

— Não sei... não sei o que responder-lhe...

— Ainda não sabe?!... pois vai saber já. Afonso, seu irmão, já não existe, e quem o matou foi...

— Foi quem?

— Foi Maurício.

— Quem lho disse?...

— Estes olhos, que o viram cair a meu lado, traspassado pela espada de Maurício!...

— Oh! meu Deus! será possível! exclamou Leonor com voz sumida e angustiada, e sentindo seus joelhos vacilarem, e sua cabeça atacada de vertigem, ia a cair, se Fernando, acudindo de pronto, não a sustivesse, colocando-a na cadeira de braços em que há pouco se achava sentada.

Fernando correu a chamar Helena para ficar junto da senhora; e esta, com cheiros e afagos, fez Leonor voltar a si.

— Já não sofro nada, senhor, foi apenas uma vertigem, que me acometeu, — retorquiu Leonor, esforçando-se por assumir toda a sua energia, e procurando abafar sob o peso do ressentimento e indignação, de que se achava possuída contra Maurício e seus amigos, o pesar, que lhe ralava o coração pela notícia da morte de seu irmão.

— Se vossa mercê tem ainda mais alguma calamidade a me dizer, pode continuar sem receio de afligir-me; afianço-lhe que não fraquejarei mais, pois que em meu coração não há mais uma só fibra que já não tenha sido ferida dolorosamente.

— É verdade; e perdoe-me se a tenho magoado tanto; era necessário dizer-lhe tudo, o que faço por dever, mas com muito pesar. E já que minha prima se acha disposta a ouvir-me, peço mais alguns instantes de atenção.

Agora que a prima conhece bem quem era esse homem que, com diabólica habilidade, soube trazê-la iludida por tanto tempo; agora que a prima quase viu com os próprios olhos a abominável traição com que pretendia pôr cúmulo às maquinações e perfídias, que de longa data tece em derredor de nós, atrever-se-á ainda a interceder por este miserável bandido? Quererá ainda desviar de sua cabeça o castigo ignominioso que merece?

— Que pergunta, senhor Fernando! De hoje em diante posso eu ter no coração senão desprezo e asco pela memória desse homem, e na boca outras palavras, que não sejam de maldição para seu nome?

— Bem, senhora; tendes razão; mas agora sou eu quem vos pede: — tende piedade dele.

— Piedade dele, e por quê?

— Porque agora já nada pode influir sobre seu destino o ódio da senhora nem de quem quer que seja.

— Não o entendo, senhor.

— É escusado odiar e amaldiçoar um morto.

— Um morto! Maurício é morto?! Esta exclamação irrompeu dos lábios de Leonor com um estremecimento involuntário; o sangue refluiu-lhe todo ao coração e seu rosto já pálido cobriu-se de uma lividez plúmbea de cadáver.

O amor, que ainda há pouco parecia ter-se apagado repentinamente naquele coração ao sopro da indignação, lançou novas chamas ao choque da terrível idéia da morte do amante. Mas o pundonor, a dignidade ofendida, o pejo reagiram logo com toda sua energia no espírito altivo de Leonor. Recalcou no íntimo d'alma essa paixão teimosa, que lhe turbulava a mente, e conseguiu triunfar do desfalecimento, que de novo a ameaçava.

É assim que, num grande incêndio, uma parede se desaba, apaga uma chama, que momentos depois renasce ainda mais violenta e crepitante, para ser ainda outra vez abafada debaixo de novos escombros.

— Oh! meu Deus! exclamou Fernando, ao notar a alteração da fisionomia de Leonor, fingindo-se assustado. Perdão, minha prima... Quer desfalecer de novo... quando me deu segurança de ouvir com espírito calmo?...

— Não se aflija, senhor; não desfalecerei mais, já o disse. Falando assim, Leonor levantava-se, firme e altiva como uma palmeira, que depois de vergada pelo furacão se ergue de novo, balanceando-se ufana, na atmosfera serena, como que desafiando novas tempestades. Seus olhos se encheram de brilho e suas faces se tingiram de um carmim afogueado, porque uma nova indignação vinha incendiar-lhe as faces. Acreditava em tudo quanto Fernando lhe dizia, porque as provas aí estavam bem claras e irrecusáveis; mas também compreendia perfeitamente a intenção perversa com que Fernando, de um modo que não podia disfarçar aos olhos de Leonor, se comprazia em dar-lhe aquelas funestas e lúgubres notícias. Se deixava de amar Maurício, não podia deixar de detestar Fernando, por quem sempre sentira a mais decidida aversão e cujo caráter abjeto e atroz bem conhecia.

— O que é preciso fazer agora, senhor Fernando? — perguntou Leonor, terminando suas frases incisivas e fitando um olhar não menos incisivo em Fernando, que se viu forçado a baixar os olhos diante daqueles, que tantas vezes o tinham fulminado.

— Agora, — respondeu Fernando, hesitando e um pouco perturbado, — agora é mister ocultar do melhor modo que for possível aos olhos do senhor capitão-mor a morte de seu filho, ao menos por alguns dias; no estado melindroso em que ele se acha, essa notícia, dada de chofre, pode ser fatal, e, ai de nós! se ele nos faltar! É preciso que ele viva e que fique conhecendo agora os seus verdadeiros amigos, a fim de que possa melhor governar estas minas, que foram confiadas a seus cuidados.

— Não se inquiete a esse respeito, senhor; Helena, que aqui está, e Indaíba já tomaram a si o cuidado de ocultar essa triste nova não só a meu pai como também a mim, que, se não fosse o senhor, até agora a ignoraria.

— Ah! fizeram bem, — disse Fernando; mas... que traça deram para conservar na ilusão meu pobre tio?

— Nós, acudiu Helena, — lhe temos feito acreditar que o senhor Afonso chegara ontem muito tarde, depois de ter

199

perseguido até muito longe os fugitivos, e que por muito fatigado se acha dormindo.

— Dormindo, é verdade... disseste a verdade, — suspirou o fingido secretário de Diogo Mendes, — e dormindo o sono eterno!... Mas, minhas donas, esse sono não pode durar sempre... é preciso inventar mais alguma coisa. O capitão-mor, por estes dois ou três dias, não pode levantar-se sem perigo de se abrirem suas feridas, ainda mal cicatrizadas, e então se lhe chegar ao conhecimento ou menos tiver desconfianças...

— Mas o que havemos de dizer, — respondeu Leonor, cheia de susto e solicitude.

— Lembra-me uma coisa.

— Qual é?

— Digam-lhe que Afonso levou uma queda do cavalo, destroncou um pé, e se acha impossibilitado de sair da cama por estes quatro ou cinco dias.

— Bem lembrado! — exclamou Helena; eu me encarrego de lhe fazer acreditar tudo isso, e assim, nem um nem outro podendo levantar-se da cama, é fácil sustentar o engano...

— Mas, replicou Leonor, e quando meu pai puder se levantar e quiser ver meu irmão?

— Então, atalhou Fernando, trataremos de urdir mais alguma... porém vejo que por fim tudo será inútil. Ele, tarde ou cedo, desconfiará e então não teremos remédio senão dar-lhe a notícia com toda a precaução.

Leonor, pálida e ofegante, despediu-se de Fernando, e, encostando-se ao braço de Helena, retirou-se.

Primeiramente foram ao quarto do capitão-mor, onde Indaíba se achava junto a sua cabeceira. O capitão-mor dormia; Leonor tomou o lugar da índia, que saiu com Helena, a fim desta dar-lhe conta da conversação que tinham tido sobre o meio combinado para manter o capitão-mor mais alguns dias na ilusão em que se achava, a respeito da morte de Afonso.

200

— Que insensível e soberba mulher! exclamou Fernando, apenas achou-se sozinho. Nem mesmo quebrantada por tantos sustos, fadigas e infortúnios, dobra aquela cerviz indômita e altaneira... Mas se pouca ou nenhuma esperança me resta de por ela ser amado, fica-me ao menos a consolação de ver-me plenamente vingado de suas tolas esquivanças e desdéns.

Capítulo XIX

A muito custo, Fernando e Leonor, de combinação com as duas prisioneiras, conseguiram, durante dois dias ainda, iludir o capitão-mor sobre o fim trágico de seu filho. Neste piedoso intento, as três moças eram inspiradas por sentimentos puros e humanitários; Leonor, por um extremoso amor filial, e as outras, não só por ela, pela ternura e dedicação à sua jovem e boa ama, que lhes tinha sabido inspirar afeição, como pelo natural impulso de seus generosos e singelos corações. O mesmo não acontecia a Fernando, o qual, cumpre dizer em abono da verdade, se mostrava algum interesse pela vida de seu tio, não era seguramente por espírito de amizade e gratidão, mas sim porque essa vida interessava muito a seus planos ambiciosos. Desejava muito a mão de Leonor, não tanto para ser genro de seu tio, como para ser seu herdeiro, e herdeiro não tanto da fortuna, como da vantajosa posição e poderio de que gozava.

Por vezes o capitão-mor lhe dissera: — Fernando, eu não pretendo ficar por muito tempo neste cargo, que me é mui penoso, e contrário a meus gostos, e não vejo ninguém melhor do que tu para suceder-me nele; havemos de arranjar isso.

Ora Fernando, que além de ambicioso era dotado de habilidade, perspicácia, e cultivada inteligência, podia com razão, aspirar não só a esse como a outros mais altos cargos, e os sonhos dourados de sua ambição elevavam-se até o governo de uma capitania.

Mas, para que lhe fossem abertas de par em par as portas desse porvir esperançoso, era mister que primeiro obtivesse a mão de Leonor.

Sem o grande crédito e decidida proteção do capitão-mor, que gozava de bastante influência junto ao governo da metrópole, bem difícil, senão impossível, se lhe tornaria a realização de todos esses sonhos de grandeza, prosperidade e elevação. Fernando, porém, como sabemos, nenhuma esperança nutria de que Leonor anuísse de bom grado a dar-lhe a mão de esposa; mas, nem por isso desistia de sua pretensão, confiado no ascendente e autoridade que o capitão-mor exercia sobre o espírito de sua filha e na certeza que tinha que este não desaprovava, antes desejava com veras, esse consórcio.

Embora a tivesse de levar constrangida ao altar, isso não repugnava a sua consciência pouco escrupulosa.

Apesar dos encantos e formosura de Leonor, não era o amor, mas sim a ambição, o móvel principal do procedimento de Fernando. Até então o ciúme, a inveja, o despeito de se ver suplantado por um rival de condição obscura, que tantas vezes o tinha humilhado, supria a violência da paixão e lhe inspirava todos esses atos de perseguição e crueldade, que deram em resultado a sublevação dos paulistas.

Em negócios de amor, a inveja que toma o nome de ciúme, é a mais feroz de todas as paixões. Agora, porém, que supunha morto o seu feliz competidor e julgava removida a principal dificuldade que se opunha a seus projetos, só cuidava em afagar os seus sonhos ambiciosos, tratando de dar-lhes pronta realização.

Ao passo que os habitantes da casa do capitão-mor, cuja inquietação e desconfiança cada vez mais se aumentavam, viam-se em torturas para ocultar-lhe a morte de Afonso, Helena não menos embaraçada se achava para impedir que viesse ao conhecimento de Fernando que Calixto, graças aos cuidados e solicitude dela, ali se achava com eles debaixo do mesmo teto.

Era forçoso que Fernando ignorasse esse fato, porque sendo Calixto um dos mais audaciosos e implacáveis inimigos dos emboabas e um dos mais exaltados chefes do levante, não podia ser poupado por Fernando, que havia jurado a morte de todos os paulistas do território das Minas, sujeito à jurisdição de Diogo Mendes. Entre os cabeças, que eram Maurício, Gil, mestre Bueno, Antônio e mais alguns estava incluído e nem podia deixar de assim ser, o nome de Calixto.

Bem se pode imaginar o continuado susto em que devia andar a pobre Helena, os incessantes cuidados e preocupações, que devia tomar, a fim de que seu pobre amante escapasse às vistas desconfiadas e perscrutadoras de Fernando, até que ele se restabelecesse e se achasse em estado de pôr-se a salvo.

Felizmente para ela, os afazeres e cuidados de que Fernando se achava encarregado, durante a enfermidade do capitão-mor traziam-lhe o espírito bastante preocupado e não lhe davam tempo de prestar muita atenção ao que se passava dentro de casa.

Estava-se já no quinto dia, depois da terrível noite do assalto. Fernando, Leonor e suas duas companheiras já não sabiam mais o que inventar para acalmar as contínuas e crescentes apreensões do capitão-mor a respeito da sorte de seu filho.

Era pela manhã; Leonor e Helena, tendo deixado Indaíba junto ao leito do ferido, que ainda dormia, se achavam debruçadas sobre o parapeito da varanda que dava para o grande pátio, conversando misteriosamente, excogitando entre si os meios de manter, ao menos por mais aquele dia, o engano em que se achava o capitão-mor e esconder aos olhos de Fernando a existência de Calixto dentro daquela casa.

— Mas o que estão aqui a contemplar? — perguntou ele, depois de se ter informado do estado de seu tio e procurando entabular conversação com as duas moças. É bem triste e sinistra a memória, que vai deixar nos anais da história destas minas, o terrível acontecimento de que foram teatro este pátio, esta varanda e aquele salão.

— É verdade, senhor, mas para que rememorar tão tristes coisas?...

204

Para quê?... Enquanto o morticínio aqui cometido não for expiado, enquanto as vítimas, tanto de paulistas como de portugueses, aqui imoladas pela cobiça infrene e a treda[30] celerata de alguns bandidos desalmados não forem cabalmente vingadas, não podemos nem devemos esquecer o feroz ultraje que esteve a ponto de nos aniquilar. O sangue das vítimas, que ainda ensopa estes lugares, está clamando vingança.

Ouvindo estas terríveis palavras, Helena, pensando no seu Calixto, sentiu gelar-se-lhe o sangue nas veias.

— Mas, senhor, esses desgraçados a esta hora devem estar bem cruelmente punidos; vencidos e perseguidos a ferro e fogo, quantos deles não terão tido a sorte do senhor Maurício.

— Cala-te, boa menina; não é de ti, que perdeste teu bom e fiel amante, traspassado de golpes vibrados pela mão de seus tredos companheiros; não é de ti, que se devia esperar interesse e comiseração por esta malta de facínoras... Vem — continuou ele, tomando Helena pela mão, — quero te mostrar o lugar em que teu pobre Calixto caiu crivado de golpes de seus patrícios. Foi aqui, continuou ele, parando junto à porta do salão. Vendo que Maurício, seguido por alguns portugueses, os atraiçoava, pôs-se de nosso lado com todos os paulistas que o acompanhavam. A dupla traição de Maurício, que por um nunca visto requinte de perfídia, pretendia embair a ambos os partidos, pôs-nos a todos em uma confusão horrível, combatendo cada qual a esmo, sem saber qual era o amigo e qual o inimigo. Ao grito de Calixto — A ele, meus amigos!... morra Maurício! morra o traidor!, paulistas e portugueses, todos voltaram-se contra Maurício e contra os poucos que lhe ficaram fiéis. D. Leonor, Helena, acreditem-me: foi esse brioso e denodado moço quem, com seu procedimento leal e corajoso, nos salvou a todos nós, habitantes desta casa, das mais tremendas calamidades!

[30] Treda: falsidade.

Combateu a nosso lado, como um leão furioso, até que, crivado de golpes e esvaindo-se em sangue, caiu, por um golpe de espada que Maurício lhe desfechou, e que quase lhe cerceou o braço direito!...

Leonor, que maquinalmente acompanhara Fernando e Helena, escutava transida de horror, aquela temerosa narração, sentindo, entretanto, no fundo da alma grande repugnância em acreditar que Maurício, aquele generoso e leal mancebo, que durante tantos anos nunca desmentira o elevado conceito em que ela e seu pai o tinham tido, fosse capaz de tanta infâmia e de tão atroz perfídia!...

Helena, porém, que tinha pensado todos os ferimentos de Calixto e que bem sabia que, além de alguns golpes leves, só tinha no braço direito uma forte contusão, começava a duvidar da veracidade da narração de Fernando. Este bem poderia estar mentindo inconscientemente, pois, no ardor do combate, talvez se enganasse sobre a gravidade do golpe com que Calixto caíra inanimado.

Mas a filha de mestre Bueno, sempre prevenida contra Fernando, cujo caráter embusteiro e perverso de há muito conhecia, começou por desconfiar e duvidar de tudo quanto ele dizia.

— Deixa estar — refletiu ela; — quando Calixto se achar restabelecido, ele há de me contar tudo por miúdo, tudo quanto se passou.

— Foi aqui mesmo também, — continuou Fernando, — que vosso infeliz irmão caiu com a garganta traspassada por uma estocada que Maurício lhe atirou; deu apenas alguns passos vacilantes e foi cair sobre o cadáver de Calixto, enlaçando-lhe o colo com um dos braços estendidos... Pobres moços!... era um espetáculo pungente capaz de comover o coração mais feroz!... Nos últimos instantes da luta tinham combatido ao lado um do outro, contra o mesmo inimigo, e parece que, ao morrer, quiseram reconciliar-se na morte, esquecendo os ódios e rivalidades da vida, abraçando-se e misturando seu sangue no chão da luta. Oh! mil maldições são poucas para o nome do autor dessa tão dolorosa e sanguinolenta cena! Quem dera não tivesse ele morrido para sofrer o castigo ignominioso que merecia por seus crimes!

Falando assim, Fernando procurava esmagar o coração de Leonor, aviltando e estigmatizando aos seus olhos, o homem que havia amado.

Quanto a Calixto e Helena, sua intenção era inteiramente diversa.

— Consola-te, minha menina; tu também perdeste o amante, mas ele morreu heroicamente, combatendo pela boa causa e salvando toda uma família das garras de um facínora. Quanto me dói não ter Calixto sobrevivido ao menos um dia ao seu falso e traidor amigo; saberia ao menos que este não pôde esquivar-se ao merecido castigo, em conseqüência dos bem certeiros golpes que ele lhe desfechou, indo morrer miseravelmente, abandonado e amaldiçoado por todos. A ação generosa e heróica, com que Calixto rematou seus dias, purifica, a meus olhos, a sua rebeldia e as imprudências que cometeu, levado pelo ardor da mocidade e pelas instigações de seus perversos conselheiros. Assim não tivesse ele sucumbido nessa luta feroz; com que prazer eu e meu tio lhe teríamos perdoado, atentos a sua pouca idade e o eminente serviço, que nos prestou nos seus últimos momentos; seria ele o único excluído da perseguição e do suplício destinado a todos os seus companheiros.

Ao ouvir estas palavras, Helena sentiu um suave eflúvio de esperança banhar-lhe o coração, vendo afastar-se de cima da cabeça de seu amante a nuvem sinistra, que a ameaçava.

— Se eu agora declarasse que ele se acha são e salvo dentro dessa casa... — pensou ela.

Mas o conhecimento que tinha do caráter aleivoso e refalsado de Fernando, lançou logo uma sombra nesse reflexo de esperança que começava a expandir-se dentro em sua alma; hesitou e fitou seus grandes olhos meigos e negros em Leonor, que logo compreendeu essa muda interrogação.

— Pobre moço!... continuou Fernando, sempre no mesmo tom de mágoa e compunção; — não só o perdoaríamos, como mesmo, se ele quisesse mostrar-se dócil, como foi valente e generoso, procuraríamos os modos de o tornar feliz, casando-o com a sua bela Helena, para que nos seus braços esquecesse os vexames que sofreu por causa de Afonso; era uma reparação que de bom grado faríamos em homenagem a sua memória.

Rendendo este tributo de comiseração, entusiasmo e gratidão à memória do amante de Helena, que ele supunha morto, Fernando não deixava de ser sincero até certo ponto; mas o seu principal intuito era captar a simpatia e benevolência da filha de Bueno, porque bem conhecia a íntima e recíproca afeição que a ligava a Leonor, desde que estava ali junto dela, afeição que cada vez mais se fortalecia e estreitava, e que tinha feito de Helena a íntima amiga e confidente de sua ama.

Se Fernando conseguisse dissipar a péssima impressão que suas crueldades e perseguições contra seus parentes e patrícios tinham deixado no espírito da jovem paulista, e tornar-lhe o ânimo favorável a seus intentos, acharia nela, por certo, um poderoso auxiliar para a realização de seus projetos.

Leonor, a princípio vacilante sobre o conselho que devia dar a sua amiga, animada agora com as últimas palavras de Fernando, que pareciam repassadas de sincera compunção, tomou uma resolução e com um aceno de cabeça afirmativo animou-a a fazer a declaração que lhe pairava nos lábios.

— Pois bem, senhor — começou Helena — é bem agradável para mim o bom conceito que faz do infeliz Calixto. Diz vossa mercê que, se ele tivesse escapado da matança de outro dia, nem o senhor capitão-mor, nem vossa mercê lhe haviam de fazer mal algum...

— Era preciso que fôssemos uns vilãos ingratos para lhe fazer mal. Se, por felicidade, ele tivesse escapado, mandaria procurá-lo, estivesse onde estivesse, e o faria recolher a esta casa, para aqui ser tratado como merece.

208

— Oh! senhor! exclamou Helena, — o que vossa mercê está dizendo é para mim uma grande felicidade!

— Maior seria ainda, menina, se ele ainda fosse vivo; verias até que ponto chegaria a minha generosidade para com ele, em honra de Afonso, que foi seu rival na vida, e que, tudo faz crer, morreu seu amigo. ·

— Pois saiba vossa mercê que Calixto não é...

— Não é o quê, menina? — acaba...

Helena interrompeu-se, sem ousar dizer o resto; ainda tinha na alma um resto de receio e desconfiança.

Helena resolve responder por ela.

— Não é morto; disse ela resolutamente.

— Não é morto!? — exclamou Fernando com desagradável surpresa, que não pôde disfarçar, e, recuando um passo, franziu o sobrolho com expressão tal, que fez estremecer as duas meninas.

Mas Leonor, que por seu assentimento, tinha induzido sua amiga a fazer aquela perigosa revelação, tomou a si, com a decisão e sobranceria que lhe era natural, toda a responsabilidade do passo imprudente que haviam dado.

— Sim, senhor, não é morto — disse ela, voltando-se para Fernando com olhar altivo e gesto decisivo. — Não é morto e acha-se aqui dentro desta casa, são e salvo. Se vossa mercê não cumpre a palavra, que há pouco deu, de que se ele estivesse vivo nenhum mal lhe faria, e até lhe daria gasalhado e proteção, é indigno do nome de fidalgo, que tem, e não passa de um vilão ingrato e refalsado, em cujas palavras ninguém mais poderá acreditar.

— Mas quem lhe disse, minha prima, que eu desejo fazer mal a esse moço? — replicou Fernando, inteiramente desconcertado com a nova de que Calixto ali estava vivo e com o tom imponente e imperioso que tomara Leonor. Quando também dei eu ocasião à minha prima de duvidar de minha palavra?

— Desculpe-me, senhor; pareceu-me, pelo seu ar, que lhe desagradava a notícia que lhe dei; a desconfiança, o receio e o interesse que tomo por esse pobre moço, tornaram-me suspeitosa...

— Essa desconfiança não deixa de ofender-me, minha senhora; mas é digna de desculpa. Temo-nos achados enredados em um labirinto tal de intrigas, ódio e traições, que é lícito até duvidar dos santos e dos anjos. Mas é quase incrível... como pôde salvar-se esse moço, que eu julguei realmente morto, pois o vi a meu lado crivado de golpes e esvaindo-se em sangue, cair hirto e imóvel junto a mim, e que meia hora depois ainda fui encontrar estendido no mesmo lugar e na mesma posição, sem dar o menor indício de vida, como tu e Indaíba presenciastes.

— Não sei, senhor; — respondeu Leonor, mas o certo é que está vivo e fora de perigo.

— Fui eu que o salvei, senhor — acudiu Helena — e peço-lhe perdão...

— Bem, boa menina; em vez de repreendê-la, louvo muito a sua ação e nem poderia levar-lhe a mal o ter salvado aquele que deu ocasião a que todos nos salvássemos. — E onde se acha ele?

— Aqui mesmo nesta casa, no quarto de Helena.

— É preciso que eu o veja, mas ficará para logo... vem-me agora ao espírito uma excelente lembrança... É mais um ardil de que podemos lançar mão, com sucesso, para manter o capitão-mor na ilusão, em que se acha, sobre a sorte de seu filho.

— Qual é? perguntaram as duas moças ao mesmo tempo.

— Calixto, que se julgava morto, agora redivivo, vai prestar-nos ainda um bom serviço a bem do pronto restabelecimento do seu pai, D. Leonor... dando-lhe tempo para vigorar-se a fim de poder receber sem perigo a dolorosa nova, que temos de lhe dar.

— Mas como? explique-se, senhor.

— O capitão-mor talvez amanhã mesmo se ache em estado de poder levantar-se do leito e percorrer a casa. Seu

210

primeiro cuidado, e será impossível impedi-lo, é, sem dúvida, o de ir ao leito de seu filho.

— Que achará vazio — exclamou Leonor, suspirando.

— Escute, senhora; não achará vazio. Farei transportar Calixto para esse leito, que é no meu quarto, como sabem; levaremos lá o capitão-mor e teremos o cuidado de ter o quarto com muito pouca luz. No porte, Afonso e Calixto eram iguais; as feições, no escuro não se distinguirão. Calixto ou melhor, Afonso estará dormindo e faremos ver ao capitão-mor, com vivas instâncias, que não convém despertá-lo, pois que o sono, a tranqüilidade de espírito e a imobilidade são as principais condições para seu pronto restabelecimento. Será muito conveniente manter o capitão-mor no seu engano ao menos até amanhã. Esta idéia agradou muito não só a Leonor como a Helena, e esta tratou logo de ir prevenir a Calixto do lutuoso e singular papel, que tinha de fazer, isto é — de fingir-se adormecido a fim de passar por outro, que realmente dormia o sono eterno.

Capítulo XX

Com este ardiloso, mas inocente embuste, que foi perfeitamente executado graças ao interesse, que as pessoas nele envolvidas tinham em seu bom resultado e pleno sucesso, as desconfianças e inquietações de espírito do capitão-mor se acalmaram durante aquele dia, dando lugar a que dormisse tranqüilamente durante a noite que se lhe seguiu.

Mas, no outro dia, já não era mais possível e nem convinha entretê-lo naquela ilusão, que não se podia perpetuar.

Fernando, em vista do estado, já fora de perigo, em que se achava o capitão-mor, de acordo com Leonor e Helena, entendeu que era tempo de desenganá-lo; mas, a despeito das precauções que tomaram, dos rodeios que empregaram para não lhe dar de chofre e de um modo brusco a terrível nova, esta não deixou de afligi-lo de um modo assustador e caiu em profundo abatimento. Afonso e Leonor eram seus ídolos; um brilhante futuro para ambos era o seu sonho de ouro, eram as flores que lhe adornavam as cãs; um deles via esvaecer-se para sempre; o outro estava ainda sujeito a tantas vicissitudes?...

Acabrunhado pela dor, e imerso no mais profundo desalento, encerrou-se em seu quarto, e por dois dias esteve prostrado no leito, recusando todo o alimento, e não querendo falar a ninguém senão a Leonor, que em vão empenhava todos os esforços, empregava todos os recursos, que lhe inspirava a ternura filial, para consolá-lo e induzi-lo a resignar-se a viver.

— Meu pai — dizia-lhe ela, com as lágrimas nos olhos — se a vida lhe é um fardo insuportável, tenha ao menos piedade de sua filha. Que será de mim, se vossa mercê me faltar? Qual será o meu amparo no meio deste sertão, rodeada de gentios e de homens turbulentos e ferozes talvez mais ainda que os gentios?...

A dor que acabrunhava o coração do capitão-mor com a perda de Afonso era extraordinária, porém vendo a aflição que seu estado causava a sua filha, única afeição sincera que lhe restava, procurou disfarçar a mágoa; posto que essa resignação não fosse verdadeira, contudo as palavras de Leonor o enterneceram e não pôde o capitão-mor impedir que lhe brotassem dos olhos algumas lágrimas. As súplicas da filha foram um bálsamo para sua alma, suavizaram-lhe as agruras do sofrimento.

— Não, disse ele, mal erguendo-se e um tanto mais tranqüilizado, — eu quero, eu preciso viver, visto que ainda me resta em ti um amparo e um consolo nas minhas aflições. Não te inquietes por minha causa; foi apenas uma recaída de que eu espero sarar breve... Depois do choque que levei com a morte do meu pobre Afonso e de tão atrozes aflições, que me têm dilacerado a alma, não pode haver mais infortúnios que eu não saiba superar com resignação e coragem... Assim, Deus me dê saúde para viver mais alguns anos e fazer ver a esses paulistas quanto vale a vida de um português!

O capitão-mor exaltava-se um pouco ao lembrar-se dos paulistas, que eram os únicos causadores de seus tormentos e aflições.

— Não, minha filha, continuava ele, é preciso vivermos, para tirarmos uma desforra e salvarmos a nossa honra, que tem sido muito aviltada.

— Ah! meu Deus! exclamou Leonor, — ainda meu pai fala em vingança!? Eu que cuidava já acabadas essas lutas...

— Assim é preciso, minha filha. Que dirão de mim, ao depois, quando souberem que fomos batidos, e destroçados por um grupo desses paulistas, sem tirarmos uma desforra e lavarmos a nossa honra?

A esse desejo de vingança, que começava a despertar na alma bonachã de Diogo Mendes, excitavam-no a morte fa-

213

tal de seu querido filho, que ali se achava sepultado e as narrações, às vezes falsas e exageradas, que ouvia de seu sobrinho. Antes com a presença de Leonor, que sempre a seu lado o consolava, do que mesmo com os remédios, que bem pouco efeito produziam, foi ele experimentando melhoras, até que chegou a suportar com mais coragem e fortaleza outros revezes e contratempos que lhe estavam reservados.

Não havia, felizmente, outro fato que o tivesse abalado tanto como o da morte de seu caro filho; os outros revezes, bem que fossem numerosos, consistiam na mor parte em danos e prejuízos da fazenda: — os escravos que fugiram, aproveitando a ocasião do ataque e o número diminuto de portugueses, que bem pouco podia valer-lhe; os longos barracões que formavam o pátio da fazenda e que naquela noite haviam se convertido em chamas; os portões desmantelados e mil outros destroços que havia deixado aquela horda no seu arremesso devastador. Os portugueses que ainda restavam, uns se achavam convalescendo, outros, que menos sofreram no conflito, tinham o braço quebrado ou o pé destroncado, talvez efeito de alguma escaramuça e alguns chegaram a ficar desfigurados por cicatrizes e brechas, que causariam riso a outros que não fossem o capitão-mor e sua família.

Também o arraial ficara meio despovoado, não havia permanecido aí nem um só paulista: as casinhas e algumas tendas conservavam-se fechadas e toda aquela povoação se via então entregue ao mais completo abandono. Vendo-se só com esse punhado de homens inválidos, que se achavam em redor da fazenda, o capitão-mor e seu sobrinho receavam que os paulistas, conhecedores disso, voltassem a completar a sua obra de devastação.

Embora já tivesse decorrido mais de um mês depois de tão desastroso acontecimento, tudo parecia-lhes revelar que um novo ataque mais decisivo ia perfazer aquela cena de sangue. Com toda razão desconfiavam que os paulistas, certos do estado indefeso da fazenda e do arraial, por menor que fosse o número que reunissem, não hesitariam um só momento em marchar de novo contra eles.

Reunindo, pois, alguns moradores do povoado e dos arredores, com promessas de grandes recompensas, os distribuíram em patrulhas que rondassem pelos arredores, em distância de duas léguas. Quanto ao resto de sua gente, trabalhava quanto podia na construção de trincheiras, fossos e outros meios de defesa que seriam então de grande auxílio ao número minguado e fraco dos seus defensores.

Embora tivessem os seus espias angariado mais alguns homens, o estado quase inerme de sua gente os teria desanimado, em semelhantes conjunturas, se alguns de seus espiões, que eram mui bem galardoados, não lhes viessem trazer a boa nova de que a légua e meia do povoado se acampava um grande reforço.

Em São João del-Rei já havia chegado a notícia do afrontoso desafio de Caldeira Brant a Amador Bueno e, pelas indicações dos espias, viram logo que devia ser o chefe emboaba que vinha na direção indicada.

Esta notícia auspiciosa encheu de orgulho e de alvoroto a alma amesquinhada de Fernando, que pôde tranqüilizar o capitão-mor das cismas e receios que jamais o abandonavam. Nas circunstâncias em que se achavam, não lhes podia ser esse grande evento mais benéfico, nem mais próprio. Tanto que soube deste fato, Fernando, de acordo com Diogo Mendes, enviou dois emissários ao campo de Caldeira Brant, levando-lhe a relação das circunstâncias em que se achavam e oferecendo-lhe a fazenda, onde juntos e com mais vantagens dariam combate ao inimigo comum.

Assim foi que, no outro dia, o arraial de São João del-Rei, que cuidava continuar no gozo de tranqüila paz, foi despertado em sobressalto pela estrépito e vozeria das forças do audaz bandeirante.

Era um bando numeroso de cerca de quatrocentos homens, que, atravessando o povoado, se dirigiam para a fazenda.

Por informação de Irabussu, que acompanhou todos esses fatos, perscrutando e espionando, o leitor deve saber que a gente de Caldeira Brant, tanto que chegou à fazenda do capitão-mor, empenhou-se, toda ela, na construção de trincheiras, estacadas e outros misteres e estratégias de guerra.

Depois de transformar a fazenda quase inerme e indefesa de Diogo Mendes em uma possante fortaleza, Caldeira Brant esperava impaciente que seu inimigo o viesse atacar; mas ainda que bem fortificada, afligia-o a incerteza que tinha da distância e posição de Amador e da força que trazia. Reunido, pois, uma escolta de quarenta homens bem providos de armamento, mandou-a, como espia fazer reconhecimentos para as bandas do Rio Grande, por onde devia chegar Amador. Já o leitor conhece a sorte desastrosa e funesta que teve esse grupo de homens, por sua ambição e temeridade, na encosta daquela serra que, desde esse acontecimento, tomou o nome, que ainda hoje conserva, de "Morro da Vitória".

Caldeira Brant, despeitado com esse desastre, antevia a necessidade de sair com sua gente a campo; mas ainda que ele fosse temerário e arrogante nos seus foros de fidalguia, não ousava ainda assim dar esse passo tão arriscado, sem primeiro conhecer as forças e os meios de seu adversário. Assim foi que, no outro dia, despachou uma escolta bem armada, com ordens terminantes de ir ao lugar em que se achava acampado Amador e voltar, trazendo-lhe notícias circunstanciadas de tudo que lá observasse.

Mas essa escolta de emboabas, que seguia o rumo da precedente, ao chegar ao campo indicado, já o encontrou abandonado, com alguns começos de trincheira.

Depois de certificar que o inimigo havia deixado aquele acampamento, voltou a turba de emboabas para a fazenda, conduzindo alguns feridos que, na volta desastrada da pri-

216

meira expedição, tinham ficado sem forças pelo caminho. A nova saída de Amador do sítio que ocupava irritou, ainda mais, a iracúndia[31] de Caldeira Brant, que, ignorando a resolução do chefe paulista, temia ser atacado de surpresa, tratando logo de pôr vigias, durante a noite, ao redor da fazenda, e, durante o dia, em observação pelos altos dos morros.

[31] Iracúndia: ira, cólera, furor.

Capítulo XXI

Entretanto Amador Bueno, que havia escondido a marcha ao longo de vales e grotões, chegou à gruta de Irabussu ao cair da noite. Aí foi ele recebido com grande contentamento, não só da parte dos selvagens, que entoavam pocemas de guerra, como de todos os paulistas, que o acolheram com entusiasmo indescritível. Ao achar-se diante da imensa massa de granito, que se elevava perpendicular, fendendo-se num espaçoso e vasto pórtico, os paulistas pararam estupefatos diante daquele monumento, e o próprio Amador, homem avisado e experiente conhecedor dos sertões, não pôde conter uma exclamação de pasmo diante daquela soberba obra da natureza.

Tanto Amador como sua gente não podiam ficar por muito tempo na contemplação da gruta de Irabussu; a longa marcha que fizeram, cheia de rodeios e maus caminhos, os havia fatigado, aumentando-lhes a sede e a fome. Foi, pois, toda essa gente introduzida na gruta onde, depois de copiosa refeição, caíram logo em profundo sono.

Havia no meio da gruta um leito natural de estalactite, onde prepararam a cama de Amador; mas este apesar de estar muito fatigado, não quis abandonar seus hospeiros. O desejo de ouvi-los falar sobre os acontecimentos que os obrigava a refugiarem-se ali na gruta, o entusiasmo de reunir-se a seus patrícios, a esperança de alcançar vitória, excitaram-no de tal maneira que perdeu completamente o sono. Recostado, pois, nesse leito, e sentando-se os outros em pequenos blocos de pedra, puseram-se a conversar, alumiados pelo fraco clarão de um fogo que Antônio alimentava.

Satisfazendo-lhe a natural curiosidade, Maurício fez-lhe a narração, ainda que superficial, da longa história de sua vida que, por ligar-se também a de seus companheiros, era sempre interrompida por apartes e exclamações.

Todos os fatos dessa existência aventureira despertavam sobremodo o interesse de Amador Bueno, que só tinha para seus atos louvores e elogios.

Quanto a Amador, o que o impeliu a pegar armas era breve e positivo e ele o narrou em poucas palavras.

Tendo ouvido dizer que Caldeira Brant espoliava seus patrícios e os perseguia e maltratava com desalmado despotismo, reclamou contra um tal abuso. O fidalgo, muito ofendido em seu orgulho, pretensioso e altaneiro como era, respondeu-lhe com um desafio. Embora não esperasse Amador por essa afronta e estivesse desprevenido não só de armas como de gente, reuniu com dificuldade um pequeno contingente e pôs-se logo a caminho para São João que foi o ponto marcado pelo arrogante emboaba para ferir-se o combate. Este grupo foi se aumentando no decurso de sua marcha por paulistas que fugiam à perseguição do chefe português.

Amador havia escutado com o mais vivo interesse a narração de Maurício. Esta conversação durou até alta noite, até que fatigados, cada um procurou o seu cômodo nos nichos e cantos da imensa gruta.

O Chefe paulista agradecia à providência, com todo fervor de sua alma, o lhe ter proporcionado um encontro tão feliz. Reunindo sua gente à de Maurício e Gil, que só se compunha de homens fortes e resolutos e aliando-se aos dois mancebos em quem ele reconhecia as mais lisonjeiras qualidades, já não lhe dariam tantos cuidados as ameaças do inimigo, embora o número de sua tropilha, unida à de Maurício e Gil, ainda fosse bem inferior ao das forças do caudilho emboaba.

Maurício e Gil, por sua vez, com seus outros companheiros, não podiam ficar mais satisfeitos com um evento tão afortunado... De mais, a vinda de Amador veio lhes pôr termo às apreensões e cuidados, pois receavam a cada mo-

219

mento serem descobertos pelos espias de Caldeira Brant, que, segundo disse Irabussu, andavam sondando aquelas imediações e podiam descobri-los na gruta.

Depois de um sono reparador, foi Amador despertado pelos malhos de mestre Bueno, cujo tinido compassado, repercutindo pela extensa gruta, chegava-lhe múltiplo aos ouvidos. Tanto que se levantou, encontrou logo a seu lado Maurício, Gil e Nuno que dali o levaram a visitar a tenda do velho ferreiro, onde com grande alegria e admiração pôde ver o grande provimento de armas de fogo, de azagaias e chuços[32], todas consertadas e prontas e a abundante provisão de pólvora, que era uma grande providência nas circunstâncias em que se achavam.

Estas e outras precauções, que não havia tomado, Amador Bueno encontrava ali na gruta. Só um homem experimentado e prudente, como era o mestre Bueno, se lembraria dessas prevenções, e se não fosse ele, passariam desapercebidos no espírito agitado de seus comparsas esses objetos indispensáveis na ocasião em que estavam. Maurício e Gil relataram a Amador Bueno os meios de que dispunham e as circunstâncias em que se achavam.

Agora o que mais urgia era prevenir e armar sua gente e engendrar os planos de combate, pois não era mais possível conservar por muito tempo aquele bando de quase trezentos homens na gruta de Irabussu.

O momento do impetuoso combate não podia tardar muito: os espiões de Caldeira Brant, cada vez em maior número, vagavam agora dia e noite por aquelas cercanias em minuciosa observação, andavam mais de duas léguas distantes da fazenda e naturalmente descobririam a gruta. Não desejava Amador dar um assalto à fazenda; queria antes ser atacado ali mesmo, não porque temesse suas trincheiras, mas porque considerava a Diogo Mendes, cujo caráter e procedimento já Maurício lhe havia preconizado.

---

[32] Chuços: vara ou pau armado de aguilhão.

220

Maurício, Gil e seus companheiros, entusiasmados com a chegada de Amador, perderam todo o receio de serem vistos e denunciados pela gente da fazenda. Estavam ansiosos por um combate decisivo e logo foram ter com o chefe paulista a ouvir sua opinião sobre o que deviam fazer.

Amador mandou armar barracas em frente da gruta de Irabussu, porque assim seriam vistos; e, conhecedor da audácia de Caldeira, esperava logo o ataque.

Ordens dadas e executadas, daí a 2 horas estavam as barracas armadas e o povo esperando ansioso o momento de mostrar sua coragem e dedicação.

O sol já ia alto, quando no acampamento de Amador entrou um grupo de índios e paulistas, trazendo presos alguns emboabas que haviam encontrado nas proximidades da gruta. A entrada destes homens no acampamento de Amador e Maurício levantou grande alvoroço, não só do lado dos selvagens, que entoavam suas pocemas de guerra, como da parte dos paulistas, que embora respeitassem a ordem não podiam se conter sem soltar gritos e pragas.

Cercados de toda aquela gente, foram eles levados aos trambolhões à presença de Amador e Maurício, que logo lhes vieram ao encontro e a muito custo puderam acomodar sua gente e acalmar a agitação e o alarido que reinava em torno dos pobres portugueses; estes evocavam o nome de quantos santos havia em seu auxílio.

Os chefes não consentiram que eles ali fossem maltratados, com grande contrariedade dos selvagens, que já antegozavam o momento de experimentarem neles suas flechas.

Aquele grupo de portugueses imprudentes pareciam enviados ali para avivar e acender a sede de sangue e vingança.

Maurício e seus companheiros os puseram logo em liberdade, não só porque lhes repugnava fazer-lhes mal, senão porque eles iam lhes prestar mais serviços voltando para a fazenda, e indicando a Caldeira e Fernando o lugar em que se achavam acampados.

Não podendo sustentar sua gente por mais tempo aquartelada na gruta, por falta de provisões, e para que por outro lado não incomodassem Diogo Mendes, levando a guerra à sua casa, os paulistas não queriam mais se ocultar, já os aborreciam tantas delongas e cuidados, e mesmo estavam bem preparados para fazer frente a quatrocentos ou quinhentos portugueses.

Trataram, pois, de soltar aquele grupo de emboabas a fim de que fossem informar a Caldeira Brant, da posição que Amador Bueno ocupava e da existência de Maurício na gruta de Irabussu.

Logo que se viram livres e perdoados pelos generosos paulistas, e mal se orientaram do povoado, ao dobrar a serra de São José, puseram-se a correr com toda a velocidade que lhe permitiam as forças, ansiosos para se distanciarem do acampamento, e mais ainda para levar a Caldeira Brant a nova de suas descobertas e receberem o prêmio prometido.

Chegaram estafados à fazenda, onde encontraram o seu chefe com o capitão-mor e Fernando, que conversavam na varanda e que logo saíram ao encontro deles, ávidos de curiosidade...

A notícia que traziam da estada de Amador na gruta de Irabussu veio confirmar as desconfianças de Fernando quanto à existência de Maurício ali; porque Amador só poderia ali chegar, guiado por pessoas conhecedoras daqueles lugares e estas eram de certo Maurício e seus companheiros.

Esta notícia pareceu atear mais o ódio e o despeito de Caldeira Brant. Outro tanto não sucedeu a Fernando, que exultou de prazer quando os homens lhe inteiraram de que Maurício se achava também na gruta.

Trataram logo de reunir sua gente, passar revista nas armas e munições e entusiasmá-los; para os encorajar, deram-lhes instruções para o tiroteio e prometeram-lhes boas pagas.

Era já tarde. O acampamento distava da fazenda; portanto, deixaram a marcha para o dia seguinte, isto com bas-

222

tante sacrifício dos chefes, pois estavam ansiosos por decidirem da sorte.

Tinha Fernando a certeza de vencer e esmagar os paulistas, para o que contava com o auxílio da gente de seu patrício, com quem muito se havia amistado.

Capítulo XXII

Maurício e Amador tinham um bom vigia em Irabussu, e este, que era respeitado em São João del-Rei, percorria o arraial sondando disfarçadamente e ia comunicar na gruta tudo que via e ouvia. Algumas horas depois que os emboabas se retiraram, chegou Irabussu que, voltando de suas excursões, trouxe aviso aos paulistas de que os emboabas vinham atacá-los na manhã seguinte.

Maurício e Amador Bueno trataram logo de pôr em prática os seus planos de combate, e, reunindo sua gente, deu-lhes as instruções necessárias.

A gente de Amador era toda paulista e bem disciplinada, porém a de Maurício compunha-se de três raças diferentes, paulistas, índios e negros, comandados respectivamente por Nuno, Antônio e Joaquim.

Antônio, que era índio e sabia dominá-los, teve ordens de emboscar com sua gente num capoeirão que margeava o caminho, à espera da força inimiga e de fazer resistência à primeira coluna. Joaquim, com os outros, emboscados iam também em distância de duzentos passos, de modo que pudessem acudir logo. Nuno, Maurício e Gil, com os paulistas a seu comando, avançariam pelo caminho, ao encontro do inimigo.

Amador e os seus ficariam de prontidão no acampamento para socorrê-los, se preciso fosse.

Isto combinado, trataram de revistar as armas de fogo dos paulistas e negros, e aos arcos e flechas dos índios e pôr tudo em ordem para se porem de emboscada ao alvorecer do dia. Antes da chegada de Caldeira Brant já deviam estar em seus postos. Antônio recebeu instruções particulares de seu amo, sobre certos pontos que deviam ser executados na hora do combate.

Na fazenda de Diogo Mendes túdo andava em alvoroço; o grosso de portugueses que se preparavam para a luta, não tinham conhecimento algum do exercício d' armas, nem ao menos sabiam enfileirar-se.

O capitão-mor não queria perder a ocasião de mostrar sua coragem acompanhando-os ao campo de batalha; mas Caldeira Brant e Fernando se opuseram logo, fazendo-lhe ver o perigo em que se ia meter. Leonor também mostrou desejos de assistir ao combate e lembrou a seu pai que podia ficar de longe, sem se envolver na luta. Diogo Mendes não concordou com o alvitre da filha; receava que ela não tivesse coragem de assistir a uma peleja sem perder o ânimo. Fernando, sempre que se tratava de Leonor, procurava contrariá-la, mas desta vez protegeu-a, acoroçoando ao tio a irem ficar de longe para ver o combate. Isto não era aconselhado por bondade, nem para satisfazer o desejo de sua prima, mas sim, antevendo a dupla vingança que antecipadamente gozava de matar Maurício em sua presença.

Leonor percebeu que seu primo urdia naquele mesquinho cérebro alguma trama infernal, pois deixava transparecer em seu rosto um contentamento visível; mas pouca importância dava a ele e não desistiu de sua pretensão. Combinaram, pois, que os espectadores ficariam no alto do morro, onde podiam observar todo o combate sem perigo e voltar para a fazenda quando estivessem cansados.

As duas companheiras de Leonor bem desejavam acompanhá-la, ambas tinham em perigo seus pais e amantes.

Indaíba, por ingenuidade, ou por ser de origem selvagem, nada temia quanto a seu pai e a Antônio; mas Helena, que foi criada com outro mimo, muito sofria quando pensava em seu pai, de quem há muito não tinha notícias, e de Calixto que, tendo ficado prisioneiro ainda pelo amor dela, ia agora forçadamente bater-se contra os seus. Procurou o mancebo e referiu-lhe tudo que incomodava seu espírito. Calixto tranqüilizou-a dizendo que nada receasse quanto a

225

mestre Bueno e nem mesmo quanto a Maurício, a quem ele considerava um amigo, e não um pérfido, como lhe fizeram acreditar.

— Pérfido é este fidalgo e hei de mostrar-lhe para quanto presto, hei de vingar mestre Bueno, Irabussu e outros, que sofreram castigos brutais por mandado dele. O capitão-mor tem bom coração e, se algum mal nos faz, é por insinuações desse malvado. Não lhe farei mal algum, nem consentirei que os outros o façam; Leonor é um anjo, meu braço estará sempre pronto para sua defesa: a ela e a ti devo a vida.

Helena conhecia os bons sentimentos de Calixto, e sabia o quanto ele era grato a Leonor, e ao capitão-mor, e também o ódio que consagrava a Fernando; portanto, não teve mais que dizer-lhe e confiou na sorte.

Na manhã do dia seguinte, os quatrocentos homens de Caldeira Brant deixavam a casa de Diogo Mendes, e, atravessando o povoado, num falatório confuso e interminável, demandavam a gruta de Irabussu. Iam eles bem providos de armas e munições e divididos em dois pelotões, um dos quais estava à disposição e comando de Fernando, que marchava na frente e o outro era comandado por Caldeira Brant.

Na formatura e na marcha, não mostravam a menor noção de disciplina; esbarravam-se, feriam-se uns nas armas dos outros e por isso praguejavam e faziam uma gritaria infernal. Parecia mais um batalhão desbaratado do que um exército regular marchando para a guerra. Em distância acompanhavam-no o capitão-mor, Leonor e alguns pajens.

Depois de uma hora de marcha à vontade, chegaram ao alto da serra, onde deviam ficar o capitão-mor, sua filha e criados. Os guerreiros descansaram um pouco; enquanto isto, os chefes tiveram tempo de observar o acampamento do inimigo, e viram, com grande prazer, que nas poucas barracas que existiam, não podia haver número suficiente de homens para fazer-lhes frente, e, cheios de entusiasmo, deram ordens de escorvar[33] as armas e prosseguir a marcha.

No acampamento de Amador, logo que perceberam o movimento da gente de Caldeira, deram o sinal convencionado e puseram-se a postos.

Fernando, talvez mais impaciente do que Caldeira, avançou na frente com sua gente. Maurício e os seus vieram até a altura em que se achavam emboscados Antônio e seus índios, e esperaram.

Fernando, logo que chegou à distância que seus tiros pudessem atingir o inimigo, parou e deu ordem de fogo. Maurício sustentou o tiroteio por alguns instantes e deu ordem à sua tropilha de recuar, e, a um sinal dado, os índios dispararam suas flechas, que partiram sibilando. Os portugueses avançaram tropeçando, aqui num ferido, ali num cadáver de um companheiro, atiravam sem fazer pontaria, na confusão das tropas sem disciplina. Maurício foi sempre recuando, até que caiu. Imediatamente Antônio deixou os índios, pegou seu amo, pô-lo às costas e correu para o acampamento.

Fernando, cego de cólera, continuou a marcha, como se uma força magnética o impelisse para diante; foi logo ferido e caiu.

Os paulistas, não encontrando mais espaço para carregar suas armas, levaram o resto da gente de Fernando a coice d' armas e empurrões, abrindo passagem para continuar o combate com Caldeira Brant.

A força de Caldeira Brant não tinha nem disciplina, nem prática de carregar e atirar, de sorte que, enquanto preparavam e escorvavam as armas, já haviam recebido duas descargas cerradas dos combatentes de Maurício e inúmeras flechadas dos índios.

---

[33] Escorvar: preparar.

Caldeira Brant, em um instante, estava prisioneiro: tinha nos flancos os índios comandados por Antônio, na retaguarda os negros com seu chefe, e na frente os paulistas.

Quando apertaram o cerco e o intrépido bandeirante viu-se prisioneiro, apesar da altivez que o caracterizava, pediu misericórdia para os seus. Acabado o combate, os poucos portugueses que restavam em pé achavam-se quase tão inutilizados como os que haviam caído feridos ou mortos.

Amador observava impávido a luta, e admirava a disciplina que Maurício havia dado a sua gente, tanto a seus patrícios, como aos índios e negros. Na hora do combate não se ouvia a sua voz, nem de seus combatentes, só se ouvia o sibilar das flechas, o estampido dos tiros e o baque dos corpos.

Caldeira foi levado à presença de Amador e foi recebido cavalheirescamente por este. O caudilho paulista era um homem de maneiras distintas; não tinha a arrogância de seu antagonista, mas achava-se nesse momento satisfeito por ter feito sentir ao insolente emboaba que o sangue que corre nas veias dos paulistas também é nobre, e talvez mais nobre porque eles não provocam guerras, e só sabem responder dignamente aos insultos.

Leonor não desviava os olhos do lugar onde estavam sendo sacrificadas tantas vítimas, por causa do ódio de um homem e do infundado capricho de outro.

O capitão-mor fez ver à sua filha o mal que resultava para o trabalho essas guerras armadas sem motivo justificável, que, por simples caprichos dos chefes, sacrificavam tantos homens necessários, que nada tinham que ver com as discórdias particulares.

Leonor ouvia, mas não respondia; seu pensamento estava no acampamento; ela vira Maurício cair, mas não sabia em que estado se achava.

O pai percebeu a tristeza da filha e convidou-a a voltar para a fazenda. Já estava terminada a luta; nada mais o prendia ali. Com este convite, Leonor despertou de seus tristes pensamentos e pediu a seu pai que a levasse ao acampamento, pois queria prestar seus serviços aos feridos; que a retirada deles dali para a fazenda sem socorrer os que sofriam seria uma impiedade digna de censura.

Diogo Mendes achava razoável o desejo de sua filha, mas receava alguma hostilidade da parte de Amador, a quem ele não conhecia, ou mesmo dos índios e paulistas de Maurício. Debaixo da suspeita que lhe havia sugerido Fernando, de que Maurício era um traidor, o capitão-mor temia que o desrespeitassem e à sua filha.

Leonor fez-lhe ver que Maurício sempre o respeitou como filho, e ela tantas vezes havia salvo; não era, portanto, traidor como seu primo o inculcava. Demais — acrescentava ela — nem todos os portugueses morreram; lá temos Calixto que, apesar de ser paulista, nos é grato, porque nos deve sua vida e a de Helena; lá está Antônio que sempre lhe foi fiel e submisso como um cão, e que, além disso, lhe é reconhecido pelos benefícios que tem recebido desde pequeno, e também pelo carinho com que tratamos Indaíba. E, enfim, confio em Maurício, que vale por todos e não consentirá que nos façam mal. Antes de Fernando entrar em nossa casa, Maurício vivia com Afonso como se fossem irmãos, e vossa mercê nunca teve ocasião de o achar mau ou traidor; já vê que seus receios são infundados. Ele continua a ser o que foi; está arredado de casa porque não pode viver com meu primo que o odeia, e procura intrigá-lo, não só para que vossa mercê o expulse de casa, como de sua afeição. Não há perigo algum para nós, eles não podem nos esperar à mão armada, porque sabem que nós não queremos nem podemos fazer-lhes mal algum.

Diogo Mendes atendeu ao pedido de Leonor e puseram-se em movimento.

O coração de Maurício batia agora mais acelerado do que na hora do combate, ao avistá-la descendo o outeiro em direção a eles. O prazer alterou-lhe mais as pulsações do coração, do que o susto e fadiga por que havia passado.

Receoso de que sua gente, ou a de Amador, não respeitassem convenientemente a pessoa do capitão-mor, sua filha e criados, chamou por Antônio e mandou-o conter os índios que o obedeceriam. Preveniu também a Gil e Nuno para conterem os paulistas, e ele foi ter com Amador, avisando-o da chegada de Diogo Mendes e sua filha. O jovem paulista e Amador foram ao encontro dos recém-chegados, e este convidou-os a descansarem em sua tenda.

Foi-lhes servido o que de melhor havia ali. Já era tarde e precisavam de alguma refeição.

Diogo Mendes pediu para ver seu sobrinho. Maurício conduziu-o a uma barraca em que ele se achava e havia sido tratado com toda a caridade por Amador; mas seu estado era gravíssimo, tanto que não os conheceu.

Foram depois ver Caldeira Brant; este, apesar de alguns ferimentos não se achava abatido de corpo, mas sofria bastante do espírito. Homem orgulhoso, esperava cantar vitória e via-se suplantado por seu antagonista.

Valeu-lhe a lição, e deu-lhe ensejo de ver como Amador era considerado e estimado por seus patrícios, e compreendeu que a verdadeira fidalguia existe nas almas bem formadas e não no sangue azul, como ele acreditava.

Diogo Mendes o animou muito, mostrou-lhe muitos exemplos iguais. Depois foi ter particularmente com Amador e pediu-lhe o perdão do vencido, e também permissão de mandar conduzir para sua fazenda os feridos.

Amador concedeu tudo o que lhe pediu, contou os motivos que ali o trouxeram, e que, tendo salvado sua dignidade, estava satisfeito e não queria vingar-se, antes sentia que a insolência de Caldeira o obrigasse a derramar tanto sangue.

Amador elevou os dotes de Maurício a um grau extraordinário, não por ser seu patrício, — dizia ele — mas sim pela nobreza d' alma que possuía, e que o tornava um homem de caráter invulnerável. Maurício — acrescentou Amador, — foi muito feliz em encontrar em seu protetor sentimentos nobres e humanitários; deu-lhe além da educação necessária, exemplos de honradez e probidade, e ele, reconhecendo tudo isto, lhe consagra uma afeição filial.

Um resto de desconfiança, que ainda lhe pairava no espírito, sobre a fidelidade de Maurício dissipou-se ao ouvir as palavras de Amador. Diogo Mendes enternecido prometeu ao chefe paulista que em breve faria de Maurício seu filho legítimo, unindo-o à sua querida Leonor.

Maurício abraçou-o transportado de alegria. Leonor beijou-lhe a mão com veemência, mas nem um nem outro podiam articular palavra: a comoção embargava-lhes a voz, não esperavam tanta indulgência.

Antônio e Calixto, que a um canto escutavam a conversação, compreenderam logo que era chegado o momento do perdão, e vieram pedir a liberdade de Indaíba e Helena para com elas se desposarem.

Gil foi comunicar a Mestre Bueno e a Irabussu o que ali se passava nesse momento e levou-os à presença de Leonor e do capitão-mor, que os trataram com afabilidade, lhes fazendo sentir que Helena e Indaíba nunca foram tratadas como escravas, mas sim como companheiras e amigas de Leonor.

Irabussu voltou à gruta e trouxe dois sacos de ouro, que Maurício e Gil haviam confiado a sua guarda, — e disse: — Brancos, aqui está o tesouro que me foi entregue! Irabussu vai ver sua filha, e nenhum compromisso tem mais neste mundo.

Maurício e Gil fizeram presente do ouro a mestre Bueno e a Irabussu para dote de suas filhas. Os dois heróis haviam-se alquebrado no trabalho para os dois jovens paulistas; a eles pertencia agora mostrar sua gratidão.

FIM

A presente edição de O BANDIDO DO RIO DAS MORTES de Bernardo Guimarães é o Volume de número 33 da Coleção Excelsior. Capa Cláudio Martins. Impresso na Líthera Maciel Editora e Gráfica Ltda., à rua Simão Antônio 1.070 - Contagem, para a Editora Itatiaia, à Rua São Geraldo, 67 - Belo Horizonte - MG. No catálogo geral leva o número 01119/9B. ISBN. 85-319-0737-3.